신의 죽음

신의 죽음

개정판 1쇄 발행 | 2024년 3월 30일

지은이 김진명
발행인 한명선

책임편집 김수경
제작총괄 박미실
디자인 모리스

주소 서울시 종로구 평창길 329(우편번호 03003)
문의전화 02-394-1037(편집) 02-394-1047(마케팅)
팩스 02-394-1029
전자우편 saeum2go@hanmail.net
블로그 blog.naver.com/saeumpub
페이스북 facebook.com/saeumbooks
인스타그램 instagram.com/saeumbooks

발행처 (주)새움출판사
출판등록 1998년 8월 28일(제10-1633호)

© 김진명, 2024
ISBN 979-11-7080-047-7

- 잘못된 책은 바꾸어 드립니다.
- 책값은 뒤표지에 있습니다.

신의 죽음

김진명
장편소설

새움

차례

작가의 말

한 달 전 김정일이 유명을 달리했다. 언론은 서둘러 각계의 전문가를 초빙해 김정일 사후의 한반도를 진단하느라 법석이었다. 많은 학자와 전문가들이 제공하는 시각은 놀라우리만치 일치하고 있었다.

어떻게 하면 남한에 불똥이 튀지 않을까.

같은 겨레로서 북한 주민을 위해 무엇을 해야 할까라는 관점은 눈을 씻고 봐도 찾아볼 수 없다. 이제 남과 북은 완전히 다른 나라로 갈려버린 것일까? 그러기에는 같이 살아온 오천 년이란 세월이 너무 길다. 이보다 더 답답한 일은 남북 분단이 겨레 스스로 원해서 이루어진 일이 아님에도 이를 회복하고자 하는 미세한 움직임조차 찾아볼 수 없다는 사실이다.

나는 이런 현상을 대하며 다음과 같은 화두를 떠올려본다.

북한 없이 남한은 평화롭게 잘 살 수 있을 것인가?

당장은 많은 사람이 '그렇다'라고 대답하겠지만 사정이 그리

신의 죽음

수월하지만은 않다.

이 화두에 답하기 위해 우리는 18년 전 세상을 떠난 김일성이 죽기 직전 지미 카터에게 털어놓았던 경천동지할 한 마디를 되돌아볼 필요가 있다.

'미군 2사단을 북한에 진주하도록 하면 어떻갔소?'

동토의 신 김일성이 한 말이라고는 도저히 믿어지지 않지만 그는 카터와의 대동강 선상회담에서 분명히 이렇게 말했고 그 자리에서 남북정상회담을 제의했다. 그리고 김영삼 대통령과 자신의 남북정상회담이 이루어지기 꼭 17일 전 그는 이 세상을 떠나고 말았다.

그의 죽음에 미스터리는 없는 것인가?

물론 김정일이 건재하는 북한에서 그의 죽음에 대한 의심이 제기될 수는 없었던 노릇이다. 김정일이 죽고 그의 아들 김정은이 권력을 그대로 이어받은 이 시점에서도 그의 죽음에 대한 검증이 이루어질 수는 없다.

그러나 의문은 내 머리에서 도저히 떠나지지 않는다.

'의사를 보내라! 의사가 도착하지 않았다!'

그날 밤 그가 죽었던 묘향특각에서는 위와 같은 내용의 무전이 평양으로 빗발쳤었다. 그것은 무엇을 말하는가? 24시간 그를 따라다닌다는 8명의 의사는 하필이면 그때 어디로 간 것인가? 평양에서 의사를 태우고 출발한 직승기 두 대에는 무슨 일이 있었기에 김일성은 주치의도 없이 죽음의 순간을 맞이했던 것일까? 어째서 평양에서 떠난 차량들은 그가 신음하고 있던 시간 묘향산 아래에서 방향을 되돌려 돌아갔던 것인가? 무슨 이유로 호위총국의 김일성 담당 1국 요원들과 김정일 담당 2국 요원들 사이에는 총격전이 벌어졌던 것인가?

이런 작은 의문들이 이내 또 하나의 큰 의문으로 나를 이끌었다.

어째서 미국이 뒤를 받치는 김일성-김영삼 정상회담은 무산되고 중국이 주도한 김정일-김대중 정상회담은 성공했던 것일까?

그리고 동북공정.

김정일이 세상을 떠나고 어리디어린 김정은이 중국의 전폭적 지지를 받아 권좌에 선 지금, 고구려를 한족이 건국했다는 이 역사 왜곡 이론이 예사롭게 다가오지만은 않는 순간 나는 다시 우리 남한이 그냥 이대로 있어도 되는 건지, 김정일 급사 사태의 불똥이 튀지 않기만을 바라고 있으면 되는 건지 되짚어보게 된다.

차차 하나의 불길한 예감이 떠오른다. 혹시 북한은 점점 중국화가 되어가는 건 아닌지, 그리하여 종내는 중국의 식민지나 혹은 중국의 23개 성 중 하나가 되고 마는 건 아닌지, 북한이 중국에 들어가고 나면 그 다음은 남한의 차례가 오지는 않을는지. 우리는 당대에 처리야 할 중국과의 투쟁을 자식에게 미루고 있지는 않은지.

그리고 처음의 의문으로 되돌아간다.

그 누구보다 중국을 속속들이 아는 김일성은 왜 미군 2사단을 북한에 주둔시키자고 제의했던가? 혹시 그의 죽음에는 아무도 모르는 비밀이 도사리고 있는 것은 아닌가?

임진년 새해 벽두에 같은 제목으로 『신의 죽음』 개정판을 낸다. 그만큼 김정일의 급사라는 사태를 맞은 한반도의 상황은 엄중하기 때문이다.

2012. 1. 10. 용두산에서

김진명

프롤로그

1989년 6월 중국 베이징.

을씨년스런 날씨 탓일까? 천안문 광장의 검붉은 나무 기둥이 이날따라 더욱 무거워 보였다. 청조 이후 근현대사의 애환을 한 몸에 안고 있는 이곳 천안문 광장에 아침부터 평소와 달리 눈에 띄게 많은 사람들이 모여들기 시작하더니 오후 한 시를 넘기면서는 그 숫자를 헤아리기조차 힘들었다.

늘어나는 인파를 어쩌지 못하고 바라보고만 있던 공안들 사이에서 지휘관의 무전기는 상부와의 교신으로 끊임없이 소음을 토해내고 있었다.

"오늘은 정말이지 심상치가 않습니다. 뭔가 빨리 조치를 취해야 할 것 같습니다!"

긴장한 공안들의 표정만큼이나 찌직거리는 파열음 저편의 목소리도 잔뜩 날이 서 있었다.

"모두 몇 명이나 되나?"

"워낙 거대한 인파라 정확한 숫자를 헤아리기가 쉽지 않습니다. 지금 이 순간도 계속해서 늘어나고 있습니다."

"예비 검속을 계속해! 곧 병력을 증파하겠다."

그 시각, 자오쯔양 총서기는 영국 대사와 환담을 나누고 있었다. 그는 공안과 군으로부터 다투어 올라오는 급보 몇 개를 거의 동시에 받고는 서둘러 자리를 파했다. 영국 대사를 돌려보낸 그의 손에는 마지막으로 정리된 보고서 한 장이 들려 있었다.

천안문 광장에 100만 군중 집결. 군 병력과 대치 중.

자오 총서기는 휘청거리는 몸을 벽에 기대며 간신히 버티고 섰다. 그의 가냘픈 몸매와 흰 수염이 가늘게 떨리고 있었다.
"공안 주임과 시장, 베이징 당서기를 부르시오."
비서에게 지시를 내린 그는 소파에 몸을 묻고 앉아 눈을 감았다. 얼마나 시간이 흘렀을까.
똑똑똑.
자오 총서기는 가볍게 들려오는 노크 소리에 긴 상념에서 깨어났다.
"총서기 동지, 모두들 오셨습니다."
이제 중국의 운명을 좌우할 세 사람이 모두 도착한 것이었다.
"어서들 오시오."
손님들을 맞는 자오는 사안의 무거움 때문인지 인사도 생략한 채 곧바로 회의를 시작했다. 실시간으로 보고를 받고 있는 공안

신의 죽음

주임의 상황 설명이 다급하게 이어졌다.

"희생 없이 진압할 수는 없습니다. 지금껏 경험한 적이 없을 만큼 무서운 기세입니다."

"어느 정도 희생이면 될 것 같소?"

"수천 명, 아니 그 이상이 될지도 모르겠습니다."

"음."

자오쯔양의 입에서는 자신도 모르게 신음이 새어 나왔다. 그러는 사이에도 쉴 새 없이 보고가 날아들었다. 공안 주임이 들고 있는 무전기는 현장 지휘관의 보고를 숨 가쁘게 토해냈다.

"빨리 조치를 취하지 않으면 위험합니다. 어서 지시를 내려주십시오!"

눈을 감은 채 무전기에서 흘러나오는 목소리를 조용히 듣고 있던 자오 총서기가 어느 순간 자리에서 벌떡 일어섰다. 사람들이 놀란 눈으로 그를 올려다봤다.

"갑시다!"

"네? 어디로 말입니까?"

"천안문……."

모두가 놀랐다. 총서기의 의도를 이해할 수 없었다. 천안문으로 가서 무엇을 어떻게 하자는 건지. 지금 시급한 것은 진압 명령이었다. 시간이 지체될수록 희생자만 늘어나게 될 게 뻔했다. 사람들은 차를 타고 가면서 자오 총서기가 현장을 직접 보고 진압 지시를 내릴 모양이라고 짐작했다.

총서기의 차가 천안문 광장에 다다르자 군 병력이 급히 총서기의 차를 막아섰다.

"총서기 동지, 더 이상은 위험합니다. 저들이 총서기 동지의 차를 알아볼 겁니다!"

연대장 계급장을 단 지휘관이 급박한 목소리를 토해냈다.

"그들을 만나겠소."

"안 됩니다, 총서기 동지. 너무 위험합니다. 저들은 폭도입니다!"

"아니, 저들은 폭도가 아니오. 중국의 인민이오. 우리 국민들이란 말이오!"

자오쯔양은 연대장의 만류에도 아랑곳하지 않고 천안문 광장 한가운데로 들어섰다.

"자오 총서기다!"

누군가가 자오쯔양을 알아보고 고함을 지르자 삽시간에 사람들이 그를 에워쌌다. 몰려드는 군중을 바라보는 총서기의 머리에 문화혁명 때의 쓰라린 기억이 떠올랐다. 그때도 군중의 물결이 천안문을 뒤덮었었다. 그러나 그때와 지금 군중의 요구는 전혀 달랐다. 그때는 공산주의로의 이행을 원했고 지금은 공산주의와의 결별을 원하고 있는 것이다. 자오 총서기는 거대한 인민들의 물결을 둘러보며 마지막 결심을 굳혔다.

"여러분!"

자오쯔양의 목소리가 천안문 광장의 하늘로 낭랑하게 울려 퍼졌다.

"내가 너무 늦게 왔소. 미안하오."

총서기의 입에서 무슨 소리가 나올지 침을 삼키고 기다리던 군중들은 일제히 환호성을 질렀다.

"와아!"

사람들은 자오의 이름을 연호했다.

"자오!"

"자오!"

"자오!"

"나는 여러분들이 무엇을 원하는지, 무엇 때문에 이 자리에 모였는지 잘 알고 있소! 그것은 바로 민주주의가 아닙니까!"

사람들이 다시 환호성을 질렀다.

"민주주의 만세!"

"자오 총서기 만세!"

"중화인민공화국 만세!"

"덩샤오핑 물러가라!"

위험한 구호까지 터져 나오는 상황이었지만 자오 총서기는 다시 소리를 높여 외쳤다.

"지금 이 순간부터 나와 중국 정부는 민주주의를 열망하는 여러분의 바람이 이루어질 수 있도록 최선을 다할 겁니다!"

자오의 메시지는 분명했다. 중국의 변화를 총서기가 천안문에 직접 와서 선언한 것이다. 드디어 중국이 바뀌는 것이다. 군중들의 환호성은 더욱 높아갔다.

같은 시각, 덩샤오핑은 베이징 시내의 안가에서 불안한 얼굴로 누군가를 기다리고 있었다. 한 마리 맹수처럼 눈을 빛내며 골똘히 생각에 잠겨 있는 그에게 마침내 수행비서의 보고가 전해졌다.

"오셨습니다."

"그래, 어서 모시게!"

비서의 보고에 덩샤오핑의 얼굴에는 비로소 화색이 돌기 시작했다. 밖으로 나갔던 비서는 젊은 장성 한 사람을 데리고 들어왔다.

"지엔 장군!"

"주석 동지!"

"와줄 줄 알았소."

팔십 노구를 가진 부도옹 덩샤오핑의 환하게 펴진 표정은 지엔이라 불린 이 젊은 장군이 얼마나 중요한 인물인가를 단적으로 말해주고 있었다. 실제로 지엔유탕 장군은 현재 베이징 군벌의 좌장이자 중국군 최고의 실력자로 인정받는 사람이었다. 부리부리한 눈매를 가진 지엔은 한껏 예의를 갖춰 주석에게 경례를 올려붙였다. 그가 자리에 앉자마자 덩샤오핑은 바로 본론을 꺼냈다.

"장군은 자오쯔양 총서기를 어찌 생각하시오? 천안문 광장에

신의 죽음

나가 군중을 선동하다니, 이건 당을 깨겠다는 얘기가 아니오? 반역행위가 아니냔 말이오!"

"자오 총서기께서는 제게도 군을 움직이지 말 것을 당부하셨습니다."

지엔의 말에 덩샤오핑의 입에서 무거운 신음이 새어 나왔다.

"그리 간단한 문제가 아니오. 자오 총서기의 나약함과 인민의 환상이 겹쳐진다면 당의 미래가 어찌 될지 아무도 장담할 수 없게 된단 말이오."

덩샤오핑의 격정적인 말에도 지엔 장군은 더 이상 입을 열지 않았다. 덩샤오핑은 불타는 듯한 눈길로 지엔을 노려보며 한 마디 한 마디를 뚜렷이 내뱉었다.

"지금 상황에서 당과 나라를 지키는 길은 하나뿐이오. 저 폭도들을 진압해야 하오. 지엔 장군, 조국의 운명이 지금 이 순간 지엔 장군의 결심 하나에 달려 있소."

지엔도 상황의 위급함은 잘 알고 있었다. 그가 정색을 하며 반문했다.

"주석 동지, 이건 수만의 인민을 죽일 수도 있는 결정입니다."

"안타깝지만…… 대의를 위한 불가피한 희생이오. 장군이 나서서 책임을 완수해주시오."

그러나 지엔 장군의 얼굴은 여전히 주석의 말을 받아들이기 어렵다는 표정이었다.

"인민의 군대가 인민을 살해할 수는 없습니다."

예상치 못한 지옌의 반응에 덩샤오핑의 눈썹이 치켜 올라갔다.

"조국의 운명이 백척간두에 서 있는데, 장군까지 나약해지면 안 된다는 걸 모르는 것이오?"

"주석 동지, 조금만 고정하시고 제 말을 들어보십시오. 저는 주석 동지의 부름을 받고 이 자리에 왔습니다."

"……?"

"그건 주석 동지의 어떠한 명령이라도 따르겠다는 뜻이 아니겠습니까. 그렇지만……."

지옌은 지금이야말로 자신의 속내를 털어놓을 순간이라고 생각했다.

앞으로 세계는 중국과 미국의 양자 대결 구도로 고착화될 것이다. 그런 가운데 친미주의자인 자오 총서기는 자칫 미국의 속셈에 놀아날 가능성이 높았다. 만약 세계가 중미의 대결구도로 간다면, 그 주역은 바로 자신이 책임지고 있는 군이어야 했다.

"그런데 왜 명령을 거부하려는 것이오?"

"인민의 군대가 자유를 요구하는 인민을 사정없이 짓밟았다는 불명예를 역사에 남길 수는 없습니다."

"무슨 소리요? 그러면 장군에게는 다른 방법이라도 있다는 얘기요?"

"병력은 내어드릴 수 있습니다. 그러나 지휘관은 주석 동지의 사람으로 임명하십시오."

신의 죽음

"왜 그래야만 하지?"

"저는 인민들에게 군의 상징처럼 인식되고 있습니다. 제가 직접 나선다면 우리 군 전체가……."

지엔 장군은 말끝을 흐렸다. 그러더니 얼마쯤의 시간이 지나서야 다시 입을 열었다.

"저로서는 군의 명예도 생각하지 않을 수가 없습니다."

그제야 덩샤오핑은 지엔의 의도를 읽을 수 있었다. 한편이 되어주긴 하겠지만 책임은 혼자 지라는 뜻이었다.

"좋소. 장군의 제안을 받아들이겠소."

잠시 생각에 잠겼던 덩샤오핑이 다시 입을 열었다.

"장쩌민을 부르도록 합시다."

"장쩌민? 상하이 시장 말입니까? 왜 하필 상하이 사람을?"

"아직까지 자오쯔양 총서기의 손이 뻗치지 않은 사람이니 그가 적합할 것 같소. 베이징에 있는 자라면 누구든 총서기와 가까이 지내지 않는 자가 없을 터."

지엔은 고개를 끄덕였다. 자칫 잘못 선택해 자오 총서기의 사람을 내세웠다간 시작도 못 해보고 끝장이 날 게 분명했다. 그리고 그 결과는 덩샤오핑과 자신의 파멸로 귀결될 것이었다.

"좋은 생각입니다. 그런데 자오 총서기는 어떻게 할 생각입니까?"

덩샤오핑의 눈에서는 살기가 뻗쳤다.

"제거해야지요."

지옌은 잠시 눈을 감았다. 총서기는 중국 인민들의 존경을 받는 사람으로 지옌 자신과도 막역한 사이였다. 그럼에도 자신은 자오쯔양을 버리고 덩샤오핑을 택한 것이었다. 조국의 앞날을 위해 이 길이 옳다고 그는 생각했다.

이제 덩샤오핑은 완전히 평정을 되찾고 있었다. 군이, 아니 지옌이 자신의 손을 들어준 것이다. 이제 천안문 앞 시위대를 진압하는 일은 시간문제였다.

덩샤오핑은 지옌의 마음을 완전히 붙들어두어야 한다고 생각했다. 겉으로는 장쩌민이 맡더라도 어차피 군은 지옌의 지시를 받을 수밖에 없었다.

"지옌 장군! 당신은 당과 내게 충성을 보여주었소. 사태가 수습되고 나면 나는 반드시 당신이 원하는 소원을 들어주리다. 그때 원하는 것이 있으면 무엇이든 말씀하시오."

지옌은 자리에서 일어나 덩샤오핑에게 다시 거수경례를 올려붙였다.

젊은 교수의 추리

2005년 4월.

캘리포니아의 명문 버클리대학교의 인문학부 건물에서는 유례없는 특강이 진행되고 있었다. 한국인 김민서 교수의 비교문화 강의로, 학교 당국은 책에 묻혀 휴식년을 즐기는 이 젊은 교수에게 졸업반 학생들을 위한 단 하루의 특강을 부탁했던 것이다. 워낙 소문난 강의라 인류학과 학생들뿐만 아니라 전공을 막론하고 많은 학생들이 몰렸고 개중에는 몇몇 교수도 있어 강의실의 열기는 뜨거웠다. 민서의 강의는 동양의 문화에서 어느새 관상 쪽으로 흘러가고 있었다.

"교수님, 그럼 말을 하면서 얼굴을 만지는 버릇이 있는 사람은 어떤 상인가요?"

"마음이 약하고 상대의 눈치를 보는 건데 자기 주관이 없이 살아."

"잘 때 입을 벌리고 자는 사람은요?"

"명이 짧아."

"양손을 사타구니에 끼고 개처럼 자는 사람은요? 개 같은 인생인가요?"

"아니. 그건 오히려 귀하게 되는 상이야."

강의실엔 와 하고 웃음이 터졌다.

"많이 먹어도 살 안 찌는 사람은요?"

"성격이 어지러운 사람이야."

"저는 양 손바닥에 점이 있거든요."

"그건 부자가 될 상이야."

"눈 바로 밑에 점 있는 여자는요?"

"남자 많이 만나."

이때 한 학생이 손을 들며 자리에서 일어섰다.

"교수님, 제 생각엔 사타구니에 양손을 끼고 개처럼 자면 그건 천한 상 같은데 어째서 관상에선 그걸 귀하게 된다 그러나요?"

민서는 왁자지껄한 학생들을 둘러보며 애정이 가득한 목소리로 설명했다.

"관상은 이치에 부합한다. 하지만 몸의 이치란 텔레비전에 나오는 모델의 몸짓과는 달라. 손을 사타구니에 끼고 자는 사람은 자신의 몸이 소중하다는 잠재의식이 작용해 그런 자세가 저절로 나오는 것이란다."

"……"

"관상은 사람의 외면을 통해 내면을 읽어내는 방법인데 사실은 매우 과학적이야. 이처럼 사람을 면밀히 관찰해 통계적 경험으로 축적해두는 것이 동양 문화의 한 특징이다. 사주 같은 것도

신의 죽음

마찬가지야. 하지만 뭐니 뭐니 해도 관상이 제일이지."

민서는 설명과 함께 학생들의 얼굴을 하나하나 찬찬히 들여다 보았다.

"그런데 교수님, 직접 본보기를 보여주셨으면 좋겠어요."

학생들은 흥미로운 표정으로 민서의 얼굴에 눈길을 모았다.

"본보기라면?"

"교수님이 우리 관상을 봐주셨으면 좋겠습니다."

학생들 사이에서 와아 하는 환호성이 터졌다.

"나는 학자지 관상쟁이가 아니다."

"에이, 그러지 마세요. 우린 이미 다 알고 있어요."

"무슨 소리냐?"

"교수님은 천재라면서요. 오 년 전 처음 저희 학교로 오실 때 젊은 한국인 천재 교수를 성공적으로 영입했다고 학교 신문에도 실렸다던데요."

민서는 감정이 담기지 않은 건조한 목소리로 대답했다.

"세상에 천재란 없다. 다만 어떤 일에 얼마나 열정을 가지고 임 하느냐의 차이가 있을 뿐이다."

"하지만 이미 명성은 울려 퍼져 버렸어요. 이 샌프란시스코의 하늘 밑에 말이에요. 인류학 박사로 스물여섯 나이에 교수가 되 시고 5개 국어에 정통한 것은 기본이고 지금 학계에 날리는 명 성에 비추어볼 때 교수님은 천재임에 틀림없어요. 우린 이공계의 천재는 많이 봤어도 인문계의 천재는 처음 봐요."

"네 말의 결론은 뭐냐?"

"제 생각에는 교수님이라면 그 관상이라는 것도 보실 수 있을 것 같아요. 교수님이 늘 그러셨잖아요? 조금이라도 새롭고 신기한 게 있으면 그게 뭐라 하더라도 결코 그냥 지나친 적이 없다고. 그게 학문하는 태도라고. 저는 교수님이 관상학을 절대 그냥 지나치지는 않았을 거라 생각해요. 너희들 생각은 어떠니?"

학생들은 마구 고함을 질러댔다.

"맞아요!"

"증명을 해보세요!"

"휴식년 중이시라 오늘밖에는 교수님을 못 뵙잖아요."

학생들은 순식간에 소리를 질러대며 민서를 밀어붙였다.

"알았다, 알았어."

민서는 웃으면서 학생들을 하나하나 살펴보았다. 미국의 대학이지만 인류학을 전공하는 학생들이라 동양의 신비 문화에 대단한 흥미를 느끼고 있었다. 하긴 한국이라도 사정은 마찬가지일 것이었다. 관상에 흥미를 느끼지 않는 사람은 드물 것이다.

"절 봐주세요!"

"저요!"

"저요!"

학생들은 계속 아우성이었다.

"딱 한 사람만 볼 거야. 그러니 여러분들끼리 합의해서 정해. 누가 볼지 말이야."

학생들은 민서의 분명한 성격을 아는지라 실망하는 기색이 역력했다. 하지만 쉽사리 들었던 손을 내리지는 않았다. 학생들은 주변을 힐끔거리며 다른 학생들이 손을 내려주기를 바랐지만 아무도 자진해서 이 행운을 놓치려 하지 않았다. 대치 상황이 약간 지속되자 누군가가 자리에서 벌떡 일어났다.

"나는 교수님이 미아의 관상을 봐주는 게 옳다고 생각하는데 너희들 생각은 어떠냐?"

삽시간에 강의실이 조용해지면서 학생들의 시선이 한 여학생에게로 쏠렸다. 곧이어 학생들은 모두 고개를 끄덕이며 손을 내렸다.

"그래, 그게 좋겠어."

"맞아, 미아가 봐야 해."

민서는 적잖이 놀랐다. 모든 학생들이 갑자기 이구동성으로 한 학생을 지목하는 데는 어떤 이유가 있을 것이었다.

"교수님, 미아 크리스티를 봐주세요. 애는 지금 미스터리에 빠져 있어요. 신문에도 실렸고요. 애가 과연 유죄인지 무죄인지 가려주세요."

"무슨 소리야?"

"그냥 일단 봐주세요."

학생들은 손가락으로 한 여학생을 가리켰다. 민서의 시선이 손가락 끝을 따라갔다. 그 시선이 닿는 곳에 미모의 여학생이 얼굴에 가늠하기 어려운 표정을 지으며 앉아 있었다.

"미아?"

"네."

여학생은 표정을 유지한 채 낮은 목소리로 대답했다.

민서는 차분히 정신을 가다듬고 여학생의 관상을 살피기 시작했다. 성정이 맑고 순한데다 얼굴에 흉점이나 불길한 티조차 하나 없어 도저히 죄를 짓거나 할 관상이 아니었다. 다만 눈 밑에 작은 색점이 있긴 했으나 남자가 많다는 것이 범죄와 바로 연결될 수는 없는 일이라 민서는 단호한 목소리로 선언하듯 내뱉었다.

"무죄야."

"와아!"

학생들은 고함을 지르고 휘파람을 불며 환호했다.

"미아, 한데 넌 지금 무슨 일인지 몰라도 매우 불안해하고 있구나."

학생들은 다시 한 번 환호성을 내질렀다.

"교수님이 경찰에게 얘기하세요. 미아한테는 죄가 없다고. 거짓말탐지기보다 더 정확한 교수님의 관상에서 무죄가 나왔다고 말이에요."

민서는 대략 무슨 일인지 알 수 있을 것 같았다. 아마 미아는 무슨 이유에선지 경찰로부터 혐의를 받고 있을 것이었다. 그러나 미아는 한평생 범죄와 관련이 있을 얼굴이 아니었다.

"무슨 일이 있는 거지?"

민서는 이 깨끗하고 예쁘게 생긴 여학생이 도대체 무슨 일로 거짓말탐지기 검사까지 받았는지 궁금해졌다.

"얘는 어떤 사건에 관련돼 있어요. 아직 혐의가 벗겨지지 않았단 말이에요."

"자세히 좀 말해봐. 아니, 이따가 연구실로 오는 게 좋겠다."

"와! 역시 교수님이 최고야!"

"천재 교수님이 미아를 도와주신다."

학생들은 미아의 어깨를 두들기고 악수를 하는 등 난리였다.

특강이 끝나고 연구실로 찾아온 그 여학생은 자신을 미아 크리스티라고 소개했다. 민서는 손수 차를 끓여 내었다.

"감사합니다, 교수님."

"그래, 그런데 아까 친구들 이야기가 무슨 소리지? 자세히 얘기해볼래?"

미아가 입술을 살짝 깨물더니 말했다.

"사실 저는 살인 사건과 관련해서 경찰로부터 용의자로 의심을 받고 있어요."

"살인 사건?"

민서는 찻잔을 입술로 가져갔다. 시원하고 깨끗한 민서의 이마에 주름살 하나가 살짝 그어졌다.

"피살자에게서 나온 유일한 단서가 제 이름이었대요."

"음, 좀 더 자세히 설명을 해봐."

미아는 잠시 눈길을 창밖으로 돌렸다. 자신의 억울한 사정을 말하려니 감정이 북받치는 모양이었다. 하지만 그녀는 곧 마음을 다잡고 이야기를 시작했다.

"삼 주 전 금문교 부근에서 총소리가 들렸고, 몇 발의 총을 맞은 한 중국인 남자의 시체가 발견되었는데, 그의 양복 안주머니에서 제 이름이 적힌 메모가 나왔대요."

"그 중국인 피살자는 자네가 아는 사람인가?"

"아니요, 전혀 모르는 사람이었어요."

"메모에 적힌 이름이 자네가 아니라 다른 동명이인일 가능성은?"

"경찰 말로는 샌프란시스코에서 미아 크리스티란 이름을 쓰는 사람은 저밖에 없대요. 저는 그 사람을 알지도 못하고 만난 적도 없어요. 도대체 왜 제 이름이 적힌 쪽지가 그 사람의 주머니에서 나왔는지 짐작도 못하겠어요."

"피살자의 정확한 신원은 확인됐다던가?"

"네, 고미술품 감정사였대요."

"고미술품 감정사? 그런데 경찰은 단지 그 메모 하나로 자네를 의심한다는 말인가?"

"네. 경찰은 제가 그 사람을 알고 있으면서도 모른다고 거짓말을 하는 것으로 생각해요. 경찰이 불러서 갔다가 거짓말탐지기를 써도 되겠느냐고 해서 그러라고 했는데, 막상 긴장하고 불안해서 그랬는지 결과가 제게 불리하게 나왔어요."

신의 죽음

"저런."

띠리리리!

그때 미아의 휴대폰이 울렸다. 미아는 휴대폰을 꺼내 보더니 휴 하고 한숨을 토해냈다. 민서의 시선을 의식한 미아가 말했다.

"담당 형사예요."

"받아봐."

미아는 화가 난 표정으로 전화기를 귀에 가져다 댔다.

"네? 학교에 오셨다고요? 지금요?"

미아는 미간을 좁히며 잔뜩 긴장한 표정이었다. 상대가 뭐라고 길게 말을 하는지 한동안 전화기에만 귀를 대고 있던 미아가 잠깐만요, 하더니 민서에게로 눈길을 돌리며 물었다.

"어쩌죠? 지금 꼭 만나야만 하겠다는데……."

"이리로 오라고 하지. 나도 같이 만나보세."

미아의 얼굴이 밝아지는가 싶더니 이내 다시 휴대폰에 대고 말했다.

"알겠어요. 그럼 여기 인류학과 김민서 교수님 연구실로 오세요."

전화를 끊고 미아는 민서에게 고개를 숙이며 고맙다는 인사를 했다.

잠시 후 민서의 연구실로 한 사내가 들어왔다.

"제럴드 반장이라고 합니다."

"김민서예요. 앉으시죠."

제럴드가 예의를 갖추고는 자리에 앉았다.

"저는 이 학생을 잠깐 만나러 왔는데……. 갑자기 교수님께 실례를 하게 되었습니다."

"저도 대충 이야기는 전해 들었는데, 그런 단순한 우연으로 확실한 증거도 없이 미아를 범죄와 연관시키는 건 너무 성급한 처사 아닌가요?"

제럴드는 민서의 말에 가소롭다는 듯 한쪽 입꼬리를 표 나게 들어 올리며 말했다.

"단순한 우연이라고요? 피살자의 주머니에서 나온 유일한 단서이자 가장 강력한 단서가 바로 미아 크리스티란 이름이 적힌 메모였습니다. 저희로선 이 이름의 주인공이 누구인지, 피살자와 어떤 관계를 맺고 있는 사람인지 수사하지 않을 수가 없는 겁니다. 이건 초보적인 얘기죠. 게다가 이 학생은……."

더 이어지려는 제럴드의 말을 민서가 끊었다.

"반장님 얘기대로 피살자에게서 누군가의 이름이 적힌 쪽지가 나왔다면 당연히 그 사람이 누군지 파악을 해야겠지요. 그건 이해합니다. 하지만 미아 학생은 그 중국인과 전혀 일면식도 없다고 합니다. 그렇다면 다른 가능성도 염두에 두고 생각을 해봐야하는 거 아닙니까? 무조건 상대방을 의심만 하고, 백 퍼센트 신뢰할 수도 없는 거짓말탐지기 같은 걸 들이대기 전에 말이죠."

민서의 말을 듣고 있던 제럴드 반장의 입꼬리가 다시 치켜 올라갔다. 기가 막힌다는 표정으로 그가 반문했다.

"다른 가능성이라고요? 어떤 가능성 말입니까? 미아 크리스티라는 이름을 가진 사람은 샌프란시스코에 오직 이 학생 한 사람밖에 없습니다. 게다가 이 학생은 그 중국인과 전혀 모르는 사이라고 했는데 그게 거짓말이라고 밝혀졌습니다. 사건이 일어나던 시간에 학교 도서관에 있었다고 하지만 이를 증언해줄 사람도 전혀 없습니다. 알리바이가 불명확하다 이겁니다. 게다가 오늘은 새로운 증거도 나왔습니다."

"새로운 증거라고요?"

미아 크리스티가 미간을 좁히며 긴장한 표정으로 물었다. 민서 역시 그게 무언지 짐짓 궁금하다는 표정으로 제럴드 반장에게 시선을 고정하고 있었다. 제럴드 반장이 미아를 힐끗 돌아보며 다시 입을 열었다.

"피살자는 사건이 있기 이틀 전과 하루 전 뉴욕에서 걸려온 전화를 연속해서 받았습니다. 지난 일 년간 단 한 번도 그에게 뉴욕에서 걸려온 전화가 없었다는 점에서 사건과 관련되어 있을 것으로 추정하고 있어요. 그리고 뉴욕에서 온 전화를 받은 또 한 사람이 있단 말입니다."

민서는 조용히 그의 말을 경청하고 있었다.

"미아, 너 지난달 26일 뉴욕에서 걸려온 전화를 받은 적이 있지?"

급작스런 질문에 미아는 놀란 표정으로 고개를 저었다.

"글쎄요. 뉴욕에서 온 전화를 받은 기억은 없어요."

"정말인가?"

제럴드가 재차 물었지만 미아는 다시 고개를 저었다. 그런 전화는 받은 적이 없다는 뜻이었다. 제럴드는 피곤하다는 표정을 지으며 다시 입을 열었다.

"안 되겠군. 일단 서로 가자."

막 일어서려는 제럴드를 민서가 제지하고 나섰다.

"무슨 소리요? 영장도 없이 사람을 데려갈 수 없다는 건 잘 아실 텐데……."

제럴드가 쓴웃음을 지으며 말했다.

"얘는 지금도 거짓말을 하고 있습니다. 우리는 이미 얘의 통화 내역을 살펴봤고, 뉴욕으로부터 전화를 받았다는 걸 확인했소."

"거짓말이에요! 몰라요! 저는 한 번도 뉴욕의 누군가와 통화를 한 기억이 없어요."

미아가 겁에 질린 얼굴로 외쳤다. 금방 울음이라도 터질 것 같은 얼굴이었다. 그런 미아를 잠시 바라보던 민서가 제럴드를 향해 제안하듯 말했다.

"반장님, 반장님이 미아 학생을 의심하는 건 이해합니다. 하지만 아까도 말했듯이 파리 한 마리 죽이기도 힘들 것 같은 이 여린 여학생을 무조건 의심하는 외에, 다른 가능성도 좀 생각을 해보자고요."

여전히 어이가 없다는 표정으로 제럴드가 반문했다.

"다른 가능성이라고요? 교수님이 생각하는 다른 가능성이란 게 대체 뭡니까? 나로서는 이 수상한 여학생 외에 다른 가능성이란 건 도무지 상상이 되질 않습니다."

"좋아요. 그렇다면 제가 추리를 하나 해보지요. 혹시 피살자의 주머니에서 나왔다는 메모에 정확히 '미아 크리스티'라고 적혀 있었나요?"

"당연하죠."

당연한 걸 왜 다시 묻느냐는 표정으로 제럴드는 덤덤하게 대답했다.

"혹시 '미아 크리스티'가 아니라 '크리스티 미아'라고 적혀 있었던 건 아닌가요?"

이어진 민서의 질문에 제럴드는 깜짝 놀라는 표정이었다. 하지만 이내 안정을 되찾고는 대답을 이어갔다.

"그래요, 크리스티 미아라고 적혀 있었죠. 하지만 그게 무슨 상관이죠? 미아 크리스티건 크리스티 미아건 다를 게 없잖소?"

"음……. 그렇지 않아요. 분명히 다릅니다. 단순히 성을 앞에 썼느냐 뒤에 썼느냐의 문제가 아니라, 미아 크리스티와 크리스티 미아는 본질적으로 다른 사람일 겁니다."

"본질적으로 다르다?"

호기심 어린 표정으로 묻는 제럴드 반장 옆에서 미아 역시 귀를 쫑긋 세운 채 듣고 있었다. 민서는 질문을 계속해나갔다.

"피살자가 고미술품 감정사라고 했죠?"

"그렇소."

제럴드는 재빨리 대답했다. 어서 그 다음 얘기를 해보라는 뜻이었다. 그러나 민서는 서두르지 않고 천천히 다음 질문을 이어갔다.

"혹시 크리스티라는 이름의 회사를 들어보신 적이 있나요?"

"물론이죠. 경매로 유명한 회사 아닙니까? 뉴욕에 있는……."

"그래요. 소더비와 더불어 세계적으로 유명한 양대 경매회삽니다. 당연히 골동품이나 고미술품 같은 걸 많이 취급하죠. 피살자의 직업과 관련된 일을 하는 회사인 겁니다. 그렇다면 '크리스티 미아'의 의미는 크리스티 경매회사의 미아라는 사람이라고 유추할 수도 있겠죠? 여기 있는 이 미아 크리스티가 아니라 말입니다."

말을 끝내는 민서의 표정에는 자신감이 묻어 있었다. 단순히 가능성이 있는 하나의 추리가 아니라 거의 분명한 사실일 것이라는 믿음이 담긴 표정이었다. 미아의 얼굴 역시 환해졌다. 반면에 제럴드 반장의 얼굴은 그야말로 흙이라도 씹은 표정이었다.

"음……."

제럴드는 한동안 말을 잊은 채 무언가를 골똘히 생각하고 있었다. 그러더니 한참 만에야 입을 열었다.

"아주 그럴듯한 추리입니다. 크리스티가 피살자의 직업과 관련된 어떤 회사 이름일 수도 있다는 추리는 상당히 설득력이 있어 보입니다. 하지만 문제도 있습니다. 이번엔 교수님이 제 추리를 좀 들어보시지요."

"……."

민서는 어서 해보라는 표정으로 가볍게 웃어 보였다.

"교수님의 추리에는 한 가지 문제가 있습니다."

제럴드는 시선을 창밖으로 던지며 짐짓 심각한 표정을 지었다.

"어떤 문제죠?"

민서가 채근하자 제럴드가 다시 입을 열었다.

"만약 피살자와 미아라는 사람이 서로 잘 아는 사이가 아니고, 그래서 이름을 메모해야 기억할 수 있는 정도의 사이라면, 어째서 피살자는 미아라는 사람의 성이 아니라 이름만을 적었느냐 하는 점이 문제입니다. 누군가의 낯선 이름을 기억하기 위해 메모할 경우 대부분의 사람들은 이름과 성을 같이 적거나, 하나만 적는다면 성만 적게 됩니다. 그렇지 않은가요? 누군가에게 처음 자신을 소개할 때도 대부분의 사람들은 성을 우선적으로 알려주지 성은 없이 이름만 알려주지는 않죠. 그런데 미아는 분명히 성이 아니라 이름입니다. 어딘가 이상하지 않은가요? 왜 성은 없고 이름만 있을까요?"

"음……. 좋은 지적입니다. 확실히 미아 패로라든가 미아 케네디 하는 식으로 미아라는 이름을 가진 사람들은 많지만 미아를 성으로 사용하는 경우는 저도 들어본 적이 없습니다."

"그러니까 말이 안 된다는 겁니다. 교수님의 생각은 어떠신가요?"

제럴드의 채근에도 민서는 한동안 말없이 생각에 잠겨 있었다. 한참 만에야 민서는 침묵을 깨고 입을 열었다.

"메모에 적힌 미아라는 사람은 어쩌면 우리가 알아듣기에는 발음이나 철자가 너무나 까다롭고 어려운 성을 가진 사람일 수도 있습니다. 성이 복잡하기 때문에 이름만 메모했을 수도 있다는 것이죠."

"글쎄요……"

제럴드 반장은 여전히 믿기 어렵다는 표정이었다. 민서는 그의 표정을 무시한 채 다시 질문을 이어나갔다.

"아까 피살자가 뉴욕에서 걸려온 전화를 이틀 연속 받은 적이 있다고 하셨죠?"

"네, 그래요. 그런데 그건 왜?"

이름 얘기를 하다 말고 왜 갑자기 뉴욕에서 온 전화 얘기를 꺼내는지 도무지 짐작하기 어렵다는 표정으로 제럴드 반장이 반문했다.

"대충 뉴욕의 어디서 온 전화일지 짐작이 갑니다."

"혹시 크리스티 경매회사?"

"그래요. 아마도 거기일 가능성이 높죠. 피살자와 크리스티 경매회사의 미아라는 사람이 통화를 했을 겁니다."

제럴드 반장은 묵묵히 민서의 얼굴을 바라보다 눈길을 전화기로 향했다. 제럴드 반장의 눈길이 무엇을 의미하는지 금방 알아차린 민서는 고개를 끄덕이며 전화기의 스피커 버튼을 누른 뒤 411에 전화를 걸었다. 다 같이 듣자는 의미였다.

"411 안내입니다. 어디를 연결해 드릴까요?"

"뉴욕의 크리스티 경매회사 부탁합니다."

신호가 이어지더니 잠시 후 크리스티 경매회사의 교환이 전화를 받았다.

"크리스티 경매회사입니다."

"그곳에 혹시 미아라는 분이 계십니까?"

"죄송합니다. 미아 씨는 출장 중입니다."

민서는 통화를 하면서 제럴드 반장 쪽을 돌아보았다. 일단 크리스티 회사에 미아라는 사람이 있다는 사실만은 분명히 확인된 셈이었다.

"출장이요? 언제 돌아옵니까?"

"글쎄요. 담당 부서를 돌려드리겠습니다."

전화가 연결되자 민서는 같은 질문을 던졌다.

"언제 돌아올지는 아직 미정입니다."

"출장은 언제 떠났습니까?"

"삼 주 전입니다."

"어디로 연락해야 미아 씨와 통화할 수 있을까요?"

"누군데 그러시죠?"

"약속이 있는 사람입니다. 원래 오늘 만나기로 되어 있었거든요."

"죄송합니다. 사실 출장에서 돌아올 날짜는 한참 지났고, 현재 연락도 두절된 상태입니다."

"알겠습니다."

민서는 스피커폰 버튼을 눌러 전화를 끊었다. 대화를 듣고 있던 제럴드의 얼굴은 굳어지다 못해 석고상처럼 딱딱해져 있었다.

"자, 이 정도면 우선 반장님의 수사는 원점에서 다시 시작해야 할 것 같군요."

"음."

제럴드는 무거운 신음을 토해냈다. 한동안 미동도 하지 않은 채 무언가를 골똘히 생각하던 그는 휴대폰을 꺼내 411을 눌렀다. 뉴욕의 크리스티 경매회사로 전화를 걸어 자신의 신분을 밝히고 미아와 같은 부서에서 일하는 누군가를 바꾸도록 했다.

"거기 미아라는 여자가 일하고 있습니까?"

"네."

"미아가 그 여자의 이름입니까?"

"거기 어디세요?"

"경찰입니다."

"네, 이름입니다."

"그 여자의 성은 뭐죠?"

"사스케체완입니다."

"뭐라고요? 다시 한 번만."

신의 죽음

"사스케체완."

"잘 안 들리는데, 천천히 말해봐요."

"사-스-케-체-완."

"사-스-케-체-완? 그게 미아의 성이란 말입니까?"

"그렇습니다."

저쪽의 대답을 듣는 제럴드의 표정이 놀라움으로 물들었다. 그는 자신도 모르게 젊은 교수를 흘끗 쳐다보았다.

"그 여자의 다이어리나 메모 철을 좀 봐줄 수 있겠습니까? 삼 주 전 출장을 떠나던 날 토니 왕이라는 사람과의 약속이 잡혀 있었는지."

"누구라고요?"

"토니 왕, 중국계입니다."

"없습니다."

"그날 아무 약속도 안 잡혀 있었다는 얘깁니까?"

"네."

"출장은 어디로 갔습니까?"

"샌프란시스코입니다."

제럴드의 목소리가 풍선에 바람 빠지듯 일시에 힘을 잃었다.

"알았습니다."

전화를 끊는 그의 얼굴은 낭패감으로 붉게 물들어 있었다.

샌프란시스코의 세 남자

천안문 광장 인근의 베이징호텔.

"미스터 스탠리, 오늘은 몇 장이나 찍을 거예요?"

카메라를 들고 나서는 스탠리를 보고 도어맨은 아는 체를 했다. 스탠리는 이 호텔에 장기 투숙 중이었다. 스탠리는 카메라를 들어 보이는 것으로 대답을 대신하고 웃으며 거리로 나섰다. 거리에는 이미 많은 사람들이 자전거를 타고 달려오고 있었다.

"오오, 이런!"

스탠리는 탄성을 지르며 마구 셔터를 눌러댔다. 그러면서 이름도 모르는 한 여성에게 인사말을 던졌다.

"굿 모닝, 핑크!"

핑크란 핑크 팬티를 입은 여성을 지칭하는 말이었다. 자전거를 타고 출퇴근하는 수많은 베이징의 여성들은 굳이 바지를 입지 않았다. 자전거를 타는 거의 모든 처녀들이 치마를 걷어 올린 채 달려오고 있기 때문에 앞에서 보면 수백 수천 개의 팬티가 자신을 향해 돌진해 오는 듯이 보였다. 그 유명한 베이징의 팬티 출근이다. 대개의 관광객들은 화들짝 놀라서 비켜서지만 농담을

신의 죽음

던져가며 열심히 셔터를 눌러대는 스탠리는 이 이상의 문화 행위는 없다고 속으로 생각하고 있었다. 이제 오십대 중반에 접어든 그는 무려 이십여 년을 실력 하나로 베이징에서 버텨내고 있는 CIA의 정보원이었다.

뚜뚜뚜뚜!

한참 사진 찍기에 몰두하고 있는 그를 방해하며 전화벨이 울렸다. 눈은 여전히 카메라에 댄 채 스탠리는 휴대폰을 귀에 가져다 대었다. 누구보다 스탠리를 신임하는 본부의 부서장이었다. 스탠리는 그제야 카메라를 내리고 돌아섰다. 첩보원으로서의 본능적 동작이었다.

"이 시간에 어쩐 일이세요?"

그렇게 말해놓고 스탠리는 머릿속으로 워싱턴의 시각을 계산했다. 자정이 가까워오고 있었다. 이 시각에 부서장이 직접 전화를 걸어왔다면 보통 일은 아니었다.

"지옌 장군이 지금 미국에서 이해할 수 없는 행동을 하고 있네."

"어떤 행동인데 그러시죠?"

"오늘 오후 지옌은 워싱턴에서 국방장관과 만나기로 되어 있었는데 갑자기 만찬을 취소하고 샌프란시스코로 날아갔네."

스탠리의 한쪽 눈썹이 치켜 올라갔다.

"정말이지 이해하기 어렵군요. 이번 미중 고위급 군사회담은 중국 측에서 더 원했던 건데, 특히 지옌 자신이 말이에요."

"그러게 말일세."

"샌프란시스코에서는 무얼 하고 있나요?"

"사람들을 만나고 있네."

"어떤 사람들을?"

"너무 많은 사람들을 만났기 때문에 그가 구체적으로 어떤 사람을 만나려 했는지는 알 수 없었네."

"은폐 공작이군요."

"우리도 그렇게 생각하네. 하지만 도무지 짐작을 할 수가 없네. 자네가 거기서 지옌이 샌프란시스코에 간 진짜 이유를 좀 알아봐 주게."

"알겠습니다."

스탠리는 전화를 끊으며 한 사람의 얼굴을 떠올렸다.

안펑.

중국 내 최고의 정보 사냥꾼이자 지난 이십여 년간 목숨을 건 거래를 수백 건도 넘게 해온 사이라 이제는 가장 가까운 친구가 되어버린 사나이였다.

안펑의 아지트는 이십 년이 넘도록 하나도 바뀐 게 없었다. 똑같은 테이블에 똑같은 재스민 차, 심지어는 이십여 년 전 도배된 줄무늬 벽지조차 그대로였다.

"안 동지, 그 선글라스는 너무나 잘 어울리는군."

"이건 당신이 준 거야."

"스타크. 프랑스에서 만든 수제 선글라스지. 하지만 동지의 얼굴과는 특별히 잘 어울린단 말이야."

"오늘은 왜 이리 공치사가 심하지? 뭐 어려운 부탁이라도 있는 거야?"

스탠리는 목소리를 낮췄다. 철저히 비밀이 보장되는 공간이었지만 중요한 얘기를 할 때 목소리를 낮추게 되는 건 첩보원의 본능과도 같았다.

"지옌 말이오⋯⋯."

"지옌? 지금 당신네 나라에 가 있잖아."

"그렇소. 지옌은 군사 교류를 확대하자며 미중 고위급 군사회담을 제안했고, 미국은 이를 받아들여 일단 논의를 해보자며 테이블을 마련했지. 하지만 미국으로서는 지옌의 진짜 속내가 따로 있을 것이라는 의심을 지우지 못하고 있소. 이건 지옌도 어렵지 않게 짐작하고 있을 거요. 말하자면 이번 회담은 지옌의 제안을 미국이 들어보는 자리이자 지옌으로서는 미국을 적절히 설득해야 하는 아주 중요한 자리인 셈이오. 그런데 미국 국방장관과의 만찬까지 취소하고 워싱턴에서 갑자기 샌프란시스코로 날아가버렸소. 외교적 결례 문제를 떠나서 도무지 납득하기 어려운 행동이지."

안평은 묵묵히 고개를 끄덕였다. 스탠리의 궁금증을 이해한다는 뜻이었다.

"음, 예정에 없던 무슨 중요한 일이 생긴 모양이군."

"그렇소. 그런데 그 예정에 없던 중요한 일이라는 게 도대체 무엇인지 짐작할 수가 없단 말이오."

스탠리의 말을 듣는 동안 안평의 얼굴은 점점 흐려졌다.

"음, 지옌이라! 쉽지 않은 일이 되겠군."

"쉽지 않은 일이라?"

"그렇소. 지옌은 쉽게 추적할 수 있는 인물이 아니란 뜻이오. 무소불위의 권력을 가진 사람인 건 분명한데, 실상 그에 대해 세상에 알려진 건 그리 많지 않소. 베일에 싸인 실세, 막후의 조정자라고나 할까?"

"나도 그에 대해서는 제법 알고 있소. 군부의 실질적인 리더일 뿐만 아니라 정계와 재계, 심지어는 학계나 문화계에도 아주 깊은 영향력을 행사하고 있는 인물, 직접 전면에 나서지 않고 대리인들을 통해 중국의 모든 분야에 영향력을 행사하고 있는 인물이지. 그의 집과 사무실은 용담호혈(龍潭虎穴)이라 할 만큼 다양한 인재가 들끓고 있다는 소문도 익히 들었소. 단순한 군인이 아닌 것은 이미 많은 사람들이 알고 있지. 물론 본국에서도."

안평은 말없이 고개를 끄덕였다. 스탠리의 설명이 다시 이어졌다.

"게다가 지옌 장군은 자신의 권력과 영향력에 대해 스스로도 잘 알고 있는 인물이오. 함부로 경거망동하는 스타일이 아니라는 얘기죠. 그런데 미국 국방장관과의 만찬을 갑자기 취소하고 예정에 없던 샌프란시스코로 날아갔다니, 이상해도 단단히 이상한 일이지 않소?"

"그 이유를 알아봐 달라는 말씀?"

"그렇소. 본국에서는 지금 애가 달아 있소."

"좋소. 하지만 최선을 다한다고 해도 쉬울 것 같지는 않아."

두 사람의 표정은 절대로 다시 펴지지 않을 듯 굳어 있었다.

안평으로부터 연락이 온 것은 사흘이 지나서였다. 역시 똑같은 재스민 차가 나왔고 두 사람은 곧바로 본론으로 들어갔다.

"짐작했던 것처럼 쉽지 않아. 아무도 모르고 있어. 입을 다물고 있는 게 아니라 정말로 아예 모른다는 얘기지. 다만 역으로 추적을 하다 보니까……."

"뭔가 있었소?"

"지엔이 샌프란시스코로 가던 날 여기 베이징에서도 두 사람이 비밀리에 샌프란시스코로 들어가 지엔을 만났어."

"누구요, 그 둘은?"

"레이치우와 캉바오."

"누구? 처음 듣는 이름인데."

스탠리는 미간을 찌푸렸다. 이십여 년을 중국에서 활동하는 동안 누구든 이름만 들으면 무얼 하는 인간인지 다 안다고 자부해왔건만 이토록 중요한 일에 등장한 두 사람의 이름을 모른다는 게 어딘지 기분이 좋지 않았다.

"레이치우는 학자야. 캉바오는 지엔 밑에 있는 수족 같은 자들

가운데 한 사람이고."

"학자? 무얼 하는 학자요?"

"고고학."

"그것 참 이상한 일이군. 고고학자가 급히 샌프란시스코로 지엔을 만나러 갔다? 지엔은 워싱턴에서 샌프란시스코로 날아가고? 당신은 짐작 가는 게 있소?"

안평은 고개를 저었다.

"답답하군!"

스탠리는 한숨을 내쉬었다.

"그들 세 사람이 왜 샌프란시스코에서 만났는지는 나도 전혀 짐작할 수가 없어. 하지만 이들 세 사람이 한꺼번에 한곳에 모인 적은 전에도 한 번 더 있었다는군."

"그래요? 그게 언제랍니까?"

"김일성이 죽었을 때."

"김일성?"

놀라서 묻는 스탠리에게 안평이 고개를 끄덕였다.

"북한의 그 김일성 말이오?"

"그래."

스탠리는 잠시 할 말을 잊었다. 그야말로 점입가경이었다. 고고학자의 등장도 의문이었지만 그들 세 사람이 십여 년 전 김일성의 사망 때 모인 적이 있었다는 얘기는 더더욱 큰 의문을 던져주었다.

"어디서요?"

"단둥. 중국에서 북한으로 들어가는 길목이지. 다리만 건너면 북한이야. 정보를 준 자는 그렇게 기억하고 있어."

"음."

스탠리는 본부에 어떻게 보고해야 할지 쉽사리 판단이 서지를 않았다. 김일성의 사망 때 단둥에서 모인 적이 있었던 세 사람이 지금 샌프란시코에서 급히 다시 만났다……. 이게 보고 자료가 될 수 있을까? 스탠리는 서둘러 자리에서 일어났다.

크리스티의 미아

김민서 교수와 만난 다음날, 제럴드 반장은 뉴욕의 크리스티 경매회사의 문을 밀고 들어섰다.

"샌프란시스코 경찰국 강력계의 제럴드 경위입니다."

그는 미아가 근무하는 부서로 찾아가 신분증을 내밀었다.

"무엇을 도와드릴까요?"

부서장은 친절한 중에도 놀라는 빛이 역력했다.

"미아는 아직 출장에서 돌아오지 않았습니까?"

"네, 아직."

"연락도 없고요?"

"네, 그래서 실종 상태라고 생각하고 있습니다."

제럴드는 고개를 끄덕였다.

"샌프란시스코로 갔다고 했던가요?"

"네, 그렇습니다."

"구체적으로 무슨 일 때문에 갔습니까?"

"좋은 물건이 있어 감정하러 간다고만 했습니다."

"그 여자가 원래 그런 일을 하는 사람입니까?"

신의 죽음

"네. 경매에 올릴 물건을 찾고 감정에 필요한 것들을 사전에 조사하는 일을 합니다."

"직접 감정도 하나요?"

"아닙니다. 별도의 감정사가 따로 있습니다. 미아도 상당한 안목을 가지고 있긴 하지만 감정은 항상 전문 감정사가 하지요."

"그러니까 미아는 샌프란시스코에 좋은 물건이 있어서 감정사와 같이 감정을 하러 갔다는 얘기군요. 그런데 감정사는 여기 뉴욕에서부터 같이 갔습니까?"

"아닙니다."

"그것 참 이상하군요. 이런 세계적인 경매회사라면 명품도 많이 몰릴 테고, 따라서 감정할 물건도 많고 전속 감정사도 있어야 할 텐데."

"물론 전속 감정사도 있고 의뢰할 분도 많이 있지만, 미아는 그 물건에 대해서는 샌프란시스코에 있는 어떤 분이 적임자라고 했습니다. 마침 물건도 샌프란시스코에 있으니 거기서 그 감정사를 직접 만나겠다고 했고요."

"그 감정사의 이름을 알고 있습니까?"

"아니요."

"혹시 중국인은 아니었나요?"

"맞아요. 중국인이라고 했던 것 같아요."

"혹시 토니 왕이라는 이름을 들어본 적이 있습니까?"

"아니요."

"그런데 미아는 왜 하필 중국인 감정사에게 갔을까요?"

"미아는 중국계 여성이에요."

"음."

제럴드는 미아도 중국인이고 감정사도 중국인이었다면 물건도 중국 것이고 처음 미아와 접촉한 물건의 주인도 중국인일 가능성이 크다고 생각했다.

"혹시 어떤 물건을 보러 갔는지는 알 수 없습니까?"

"고대 중국의 구슬이라고만 들었습니다."

"구슬?"

"네, 문헌에도 있는 유명한 구슬이라고 했어요."

"음, 문헌에 있는 구슬이라……. 그런데 미아는 어떻게 그 구슬에 대한 정보를 얻었는지 아는 바 없습니까?"

"각 에이전트에게는 인센티브가 있기 때문에 그런 정보에 대해 반드시 회사에 보고할 필요가 있는 건 아닙니다."

"회사를 통해 연결된 물건이 아니란 뜻이군요?"

부서장은 고개를 끄덕였다.

"그런데 미아가 실종 상태인 건 언제 알았습니까?"

"출장에서 오랫동안 돌아오지 않고 연락도 없었으니까요. 의심하긴 싫지만 이 업계에서는 그런 경우 본인이 한 건 하고 자기 갈 길을 갔다고 생각하지요."

"매력 있는 직업이군요. 그런데 왜 전화로는 실종이라고 하지 않았습니까?"

"전화상으로 그런 얘기를 할 순 없죠."

"그러면 미아의 실종에 대해서는 아무것도 조사된 게 없습니까?"

"경찰에 알리지 않았을 뿐 우린 나름대로 조사를 마쳤습니다."

"어떤 결과가 나왔죠?"

"그녀도 가고 싶은 길로 갔다는 결론입니다."

"음."

제럴드의 입에서 나지막한 신음이 새어 나왔다.

"하여튼 잘 알았습니다. 뭔가 나오면 연락을 주세요."

"알겠습니다."

크리스티 경매회사를 나온 제럴드는 뉴욕 경찰청에 가서 안면이 있는 형사와 함께 미아의 통화 기록을 살피고, 영장을 발부받아 다시 사무실과 가택 수색을 실시했다. 하지만 사건 해결의 단서가 될 만한 것을 찾아낼 수는 없었다. 결국 제럴드는 아무 소득도 없이 다시 샌프란시스코행 비행기에 오를 수밖에 없었다.

화씨의 벽

"실례 좀 해도 되겠소?"

산책을 마치고 돌아오던 민서는 복도에서 서성이고 있는 한 사내와 마주쳤다. 전에 본 적이 있는 제럴드 형사였다.

"아, 어서 오세요. 여긴 어쩐 일로?"

"차 한 잔 얻어 마셔도 되겠습니까?"

"들어와요."

제럴드는 소파에 앉아 커피를 한 잔 대접받자 며칠 전 교수의 앞에서 미아를 마구 몰아붙였던 게 생각나는지 머쓱해하며 머리를 긁적였다. 당당하기만 했던 그때와는 백팔십도 다른 자세였다.

"무슨 일이시죠?"

"뉴욕에 다녀왔습니다."

"그래서요?"

"미아 학생에게는 아무 문제가 없다는 게 확실히 증명이 되었죠."

민서는 당연하다는 듯 고개를 끄덕였다.

"사실 교수님의 도움을 좀 받고 싶습니다."

"무슨 도움을⋯⋯?"

"저도 아직 구체적으로는 잘 모르겠습니다. 다만 뉴욕의 크리스티 경매회사에서 들은 바가 있어서 혹시 교수님이 아시는 게 있지 않을까 싶어 무작정 찾아왔습니다."

그러면서 제럴드 반장은 뉴욕에 다녀온 얘기를 자세히 들려주었다. 중국의 고대 구슬에 대한 얘기까지.

"구슬? 고대 중국의 문헌에 나오는 구슬이라고요?"

"그렇습니다."

민서는 고개를 끄덕이며 혼자 생각에 잠겼다.

"나는 그 미아 사스케체완이라는 여성을 수배했소. 그러나 아직 발견된 건 없소."

제럴드는 민서의 반응을 살피며 말을 이었다.

"하지만 그녀 역시 살해되었을 가능성도 있다고 봅니다. 그 미아가 나타나지 않는다면 이 사건은 어쩐지 미제로 남을 것 같소. 두 사람이 수면 위로 떠올랐는데 두 사람이 다 죽었다면 말이오. 그 여자가 나타나야 사건의 경위를 알 수 있을 텐데⋯⋯."

듣고 있던 민서가 고개를 끄덕였다. 그러나 민서의 관심사는 이미 다른 곳에 가 있었다.

"일단 저는 그 구슬이 뭔지 매우 궁금해지는군요. 토니 왕의 사무실에선 무슨 단서를 찾지 못했나요?"

제럴드는 고개를 저었다. 민서는 제럴드의 무력한 고갯짓을 보며 물었다.

"제가 감정사의 사무실을 좀 볼 수 있을까요?"

"어려운 일은 아닙니다만……."

제럴드의 말이 끝나기도 전에 민서는 자리에서 일어섰다.

"함께 가봅시다."

민서를 옆자리에 태우고 가면서 제럴드가 물었다.

"교수님께서 이렇게 적극적으로 도와주시니 정말 고맙긴 한데, 딱히 제 부탁 때문만은 아닐 테고, 무슨 이유라도 있습니까?"

"글쎄요. 중국의 문헌에 있는 구슬이라고 하니 흥미가 당기는군요. 그런데 사건 현장의 정황을 좀 더 상세히 일러줄 수 있겠습니까?"

"자동차에서 저격한 것 같습니다. 세 발을 쐈는데 세 발 다 급소에 명중한 걸 보면 상대방은 프로란 얘기죠. 달리는 차 안에서 쐈으니 스키드 마크조차 없어요. 그렇게나 아무것도 얻어낼 수 없는 현장은 이제껏 보질 못했습니다."

"프로라……."

"내가 크리스티의 미아 역시 피살됐을 가능성이 있다고 생각하는 건 미아가 총을 쐈을 리가 없기 때문입니다. 미아가 감정사의 편에 서 있었는지 반대편에 서 있었는지가 생과 사의 갈림길이었을 겁니다."

민서는 무의식적으로 고개를 끄덕여주었다. 둘은 오래지 않아

신의 죽음

토니 왕이라는 피살자의 사무실에 도착했다.

"음, 이거 아주 재미있네요."

민서는 토니 왕의 사무실에서 책상 위의 수첩을 훑어보다가
탄성을 질렀다.

"뭐가 있습니까?"

사실 제럴드는 이 사무실에 벌써 열 번 가까이 왔지만 단서는
커녕 무엇을 어떻게 해야 할지 갈피조차 잡지 못하고 있던 참이
었다. 수첩도 여러 번 훑어봤지만 단서가 될 만한 것은 전혀 찾
을 수 없었다.

"설마 이게 미국으로 넘어왔다는 건 아닐 텐데. 그렇지만 문헌
에 있는 구슬이라 그랬으면 이게 틀림없는데. 오오! 이게 여기로
왔나?"

"무슨 얘기요? 설명을 좀 해주시오."

제럴드는 민서를 보채며 눈길로는 민서가 펴고 있는 수첩을
훑었다. 그러나 수첩에는 고작 한자 몇 자가 쓰여 있는 게 전부였
다.

"그게 도대체 무슨 의미가 있죠? 우리도 중국인을 시켜 그 수
첩에 쓰인 한자의 뜻을 모두 해독해두었소. 별다른 건 못 느꼈는
데……."

"그랬나요?"

"그 한자의 뜻은 '그런 이유로 왼발의 발꿈치를 잘라내는 형벌

을 가했다. 다음엔 오른발의 발꿈치를 잘라내는 형벌을 가했다.'

아니오? 이렇게 달달 외고 있을 정도지요."

민서는 입가에 웃음을 떠올렸다.

"하하, 잘 외웠군요. 그런데 그게 대체 무슨 뜻이죠?"

"글쎄 뭔가를 읽다가 메모해둔 것 같은데. 한자의 뜻 그대로

아니겠소? 그 수첩에는 그 외에도 이 감정사가 적어둔 한자가 무

척 많고, 다 그런 단상들이 아니겠소?"

민서는 고개를 끄덕였다. 아무리 한자에 밝은 중국인이라 하

더라도 이 간단하게 적혀 있는 글의 원전까지 파악하기는 쉽지

않았을 거란 생각이 들었다. 민서는 그 밖에 감정사의 메모나 기

록, 그가 최근에 보던 책들을 두루 살펴보았다. 그러나 더 이상

주목할 만한 것은 없었다.

"역시 별건 없지요?"

제럴드의 물음에 민서는 고개를 저었다.

"미아와 토니 왕이 감정하려던 구슬이 무언지는 알아냈어요."

"그래요?"

제럴드는 놀란 얼굴로 민서를 바라봤다.

"그 한자는 옛날 중국 역사서에 나오는 구절이에요. 이월기좌

족 이월기우족(而刖其左足 而刖其右足), 곧 '그런 이유로 그 왼쪽

발꿈치를 베고, 그런 이유로 그 오른쪽 발꿈치를 베었다.'『한비

자』라는 책에 나오는 구절이죠."

"그런데 그 구절이 구슬과 무슨 관계가 있다는 거죠?"

"감정사 토니 왕이 어떤 구슬을 감정하게 될 것인지 미리 알고 있었다는 얘기가 되죠. 의뢰인으로부터 먼저 얘기를 들었을 거예요. 그래서 감정사는 옛 문헌을 찾아보았고 이 구절을 수첩에 적어둔 겁니다."

"호오! 우린 내용은 모르고 껍데기만 외고 있었군. 그렇다면 그 구슬은 엄청난 보물일 것 같은데."

"'화씨의 벽(璧)'이라는 겁니다. 매우 유명한 옥이지요."

제럴드는 지난번의 귀신같은 추리에 이어 이번에는 전혀 짐작조차 하지 못했던 한자 구절 하나를 보고 원전을 밝히고 그에 대한 속뜻까지 시원하게 풀어내는 그를 보고 감탄하지 않을 수가 없었다.

"허 참. 교수님은 참으로 대단한 소양을 지녔소. 그런데 발꿈치를 베었느니 어쩌니 하는 게 그 구슬과 무슨 관계가 있다는 것인지 설명해줄 수 있겠습니까?"

민서는 고개를 끄덕이며 『한비자』에 있는 구슬의 내력을 설명하기 시작했다.

"먼 옛날 중국에서 어떤 사람이 기가 막힌 옥을 발견하고는 왕에게 진상키 위해 궁에 가지고 들어갔답니다. 그런데 왕이 전문가를 불러 감정을 시켜보니 그냥 평범한 돌에 불과하다는 감정 결과가 나왔죠. 자신이 농락당했다고 여긴 왕이 이를 괘씸하게 여겨 그자의 왼쪽 발꿈치를 자르고 쫓아냈는데, 이 사람은 다음 왕이 즉위하자 다시 그 옥을 가지고 궁을 찾았어요. 그런데 다음 왕 역시 감정을 시켜보니 역시 돌이라는 판정이 나왔습니다. 그 왕은 이번에는 오른쪽 발꿈치를 자르고 내쳤지요. 다시 그 왕이 죽고 다음 왕이 즉위했을 때 이 사람은 감히 옥을 가지고 궁에 가지 못하고 사흘 밤낮을 통곡했어요. 사연을 전해 들은 왕이 그를 불러들여 사정을 듣고는 정밀 감정을 시켰는데, 이번엔 그것이 보통 옥과는 비교조차 할 수 없는 최고의 옥이라는 사실이 드러났죠. 이게 화씨의 벽이라는 구슬의 내력입니다."

"재미있군요."

"이 옥은 하도 유명해 그 외에도 많은 이야기를 몰고 다녔는데 결국 진시황에 의해 옥새로 만들어졌어요. 그 후 삼국지의 주인공 가운데 한 사람인 조조의 손에까지 들어가게 되었는데, 이후의 기록은 남아 있지 않아요. 그런데 그 화씨의 벽이 이곳 샌프란시스코에 나타났다니, 만약 그렇다면 이건 대단한 사건이지요."

"호오. 그렇군요. 그런데 구슬의 내력이야 그렇다 치고 그것이 범인을 추적할 수 있는 무슨 근거가 되지는 못하겠죠?"

"물론 그렇지요."

그렇게 말하는 민서는 사건 따위엔 별 관심이 없다는 표정이었다. 제럴드는 실망감을 감추지 못했다.

제럴드 반장과 헤어진 민서는 곧바로 골동품 전문지 『앤틱』의 편집장에게 전화를 걸었다. 화씨의 벽이라는 보물은 이 인문학자의 흥미를 잔뜩 끌어당겼던 것이다.

"아니, 김 교수님이 웬일로 전화를 다 주셨어요?"

"요즘 아시아에서 끊임없이 모조품들이 흘러 들어오고 있다면서요?"

"네, 그렇잖아도 특집을 한번 하려던 참입니다. 교수님이 도와주신다면 그야말로 풍성한 기획이 되겠지요."

"그런가요? 사실은 그래서 전화를 넣었습니다. 한번 손을 맞춰보죠."

"이런 고마울 데가. 교수님이 도와주신다면 정말 흥미진진한 기획이 될 겁니다. 그럼 언제가 좋을까요?"

"저는 당장이라도 좋습니다. 기획안이 만들어지는 대로 기자를 보내주시죠."

"잘 알겠습니다. 제가 곧 직접 찾아뵙겠습니다."

현무첩

얼마 후, 골동품 전문지 『앤틱』에는 화씨의 벽 등 고가 골동품의 모조품이 속출하고 있다는 기사와 함께 민서의 감정법 강의가 실렸다.

그리고 잡지가 발행된 지 얼마 지나지 않은 어느 날, 집으로 돌아가려던 민서는 주차장에서 자신을 기다리고 있는 낯선 두 사람과 마주쳤다.

"김민서 교수님이시죠?"

"그렇습니다."

"잠시 모셨으면 합니다만."

"당신들은 누구요?"

"라이싱 회장님을 모시고 있습니다."

"라이싱 회장?"

"자세한 얘기는 회장님께서 하실 겁니다. 먼저 이걸 받으시죠."

사나이들은 막돼 보이지도 않았고 태도 또한 지극히 공손했다. 민서는 한 사나이가 내민 봉투를 열어보았다. 계약서 한 장과 현금 다발이었다.

"뭡니까?"

"물건의 감정을 부탁드리려는 겁니다. 사례비로 이만 달러를 준비했습니다. 서류에 사인을 해주시겠습니까?"

"무슨 물건이오?"

"가보면 아실 겁니다."

"돈은 물건을 보고 받겠소."

민서는 망설이지 않고 사나이들의 차에 올라탔다. 자동차는 시내 외곽도로를 한참 달려 퍼시픽 하이츠로 접어들었다. 차가 언덕을 얼마만큼 올라가자 검은 차양막이 내려와 차창을 가렸다.

"죄송합니다."

옆의 사나이가 공손한 목소리로 사과했다. 자동차는 잠시 후 어느 저택 안으로 들어갔다. 민서는 차에서 내리는 순간 저택의 규모에 적이 놀랐다. 사나이들은 앞장서서 민서를 안으로 안내했다.

주인은 뜻밖에도 그리 나이가 든 사람이 아니었다. 사십대 초반의 훤칠하게 생긴 중국 신사였다. 크고 웅장한 거실로 안내된 민서가 차 한 잔을 다 마시자 주인이 조심스러운 목소리로 물었다.

"야명주나 청룡주, 혹은 화씨의 벽 같은 보물들도 위조가 가능합니까?"

"물론입니다."

"허 참!"

주인의 입에서 탄식이 새어 나왔다.

"그런 보물들의 진품 여부는 어떻게 감정합니까?"

"직접 봐야지요. 그런데 어떤 보물을 가지고 계십니까?"

주인은 약간 망설이다가 겨우 입을 열었다.

"화씨의 벽입니다."

이미 짐작을 하긴 했지만 막상 주인의 입에서 화씨의 벽이라는 말이 흘러나오자 민서는 속으로 쾌재를 불렀다. 언론을 통해 보물 소장자의 심리적 약점을 건드린 게 주효했던 것이다. 보물을 볼 수 있다는 기대감에 흥분되었지만 민서는 담담한 표정을 유지하며 말했다.

"화씨의 벽은 진시황에 의해 옥새로 만들어졌지요. 워낙 유명한 구슬이었던지라 옥새가 된 후에도 사람들은 구슬이라고 불러요. 그런데 이 옥새는 진 황실이 망할 무렵 무슨 이유인지 일부분이 떨어져 나갔는데, 나중에 정교하게 보수됩니다. 그래서 화씨의 벽은 특히 당시 보수된 부분을 잘 봐야 합니다."

민서의 해박한 설명에 주인은 고개를 끄덕였다.

"그런데 그런 보물에도 모조품이 있을 수 있을까요? 너무나 정교한데."

"원래 모조품이 진품보다 더 정교한 법입니다."

"음!"

주인은 깊은 숨을 토해냈다. 감정을 억지로 누르는 한숨이었다.

"왜 그렇게 실망하십니까? 혹시 소장하고 있는 보물이 모조품이란 판정을 받은 겁니까?"

"느낌이 좋지 않아요. 아주 최근에 샀거든요. 교수님이 화씨의 벽 모조품이 미국으로 들어온 것 같다는 잡지 인터뷰를 하기 바로 얼마 전에 말입니다."

"얼마 주셨지요?"

"육백만 달러."

진품이라면 말도 안 되게 싼 가격이었다.

"감정을 하고 사셨을 거 아닙니까?"

"물론입니다. 그런데 그 감정을 했던 감정사는 사고가 나서 사망했고, 처음 연결해줬던 사람도 지금은 연락이 안 돼요."

"누구한테 사셨지요?"

"물건은 베이징에서 왔어요."

출처를 돌려 말하는 주인의 대답에서 조심성이 느껴졌다.

"그런데 화씨의 벽 정도의 보물이라면 쉽게 구할 수 없는 물건이란 건 아시지 않았나요?"

"압니다. 그래서 최고의 감정사에게 의뢰했던 거지요."

"그 감정사가 누굽니까?"

"토니 왕이라고, 그 방면에는 일인자입니다."

민서는 잠자코 고개를 끄덕였다. 곧이어 사내의 눈짓에 따라 한 여자가 물건을 들고 들어왔다.

"오! 과연."

하얀 바탕에 푸르스름한 빛깔이 은은히 깔린 화씨의 벽은 아주 정교한 옥새로 다듬어져 있었다. 민서의 뇌리에 저절로 두 번이나 돌로 판정을 받아 양 발꿈치를 베인 화씨의 고사가 떠올랐다. 보통의 옥이 보이는 선명함이나 매끄러움 대신 어떻게 보면 텁텁하고 답답한 것이 돌로 오인 받을 만도 했다. 그러나 화씨의 벽은 과연 천하의 명품이었다. 여인의 얼굴에 비교하자면 보통의 옥이 오밀조밀하고 아기자기한 미인의 환한 얼굴이라면, 화씨의 벽은 수수하고 두툼하지만 전체적으로 묵직한 빛이 나는 깊고 무거운 미인형이었다. 비록 깎여져 진시황의 옥새가 되었지만 원석의 신선함을 조금도 잃지 않고 있는 화씨의 벽은 민서의 마음을 사로잡고도 남았다.

受命於天旣壽永昌

옥새의 양면에 새겨진 전서체(篆書體) 글씨는 이천여 년의 연륜을 고스란히 간직한 채 인간의 역사를 증언하고 있는 듯했다. 민서는 무엇엔가 홀린 듯 자신도 모르게 그 뜻을 풀어내고 있었다.

"흠, 하늘로부터 명을 받았으니 오래오래 창성하리라……. 초나라에서 처음 발견돼 조나라, 진나라를 거쳐 한나라에 이르기까지 온갖 환난을 겪고 수십 번도 넘게 주인이 바뀌었어도 이 깊은 빛깔은 마치 흙에서 이제 막 깨어난 듯하군요."

주인은 민서가 옥새를 진품 대하듯 하자 다시 얼굴에 화색이 피어올랐다.

"여기 이 때운 자국을 보세요."

"네, 교수님. 아주 정교하게 때웠더군요."

"바로 이 부분이 제일 중요합니다. 현대 기술이 다른 것은 다 비슷하게 만들 수 있는데 이 깨진 부분의 이천 년도 넘는 연륜을 재생해낼 수는 없어요."

"아! 그럼 이 물건은?"

민서는 주인의 들뜬 목소리에 검인을 찍어주었다.

"네, 틀림없는 진품입니다."

"아! 고맙습니다. 교수님, 정말 고맙습니다!"

주인의 입술에서 환희와 감사의 신음이 새어 나왔다. 이때 한 사나이가 주인에게 다가와 귓속말로 무언가를 전하자 주인의 안색이 확 바뀌었다.

"도대체 무슨 일인데 경찰이 날 찾아?"

"토니 왕 살해 사건과 관련해 조사할 게 있답니다."

"들어오라 그래!"

잠시 후 들이닥친 사내들은 제럴드가 이끄는 형사들이었다.

"실례하오, 라이싱 회장."

제럴드는 민서를 보고 잠깐 놀란 표정이었지만 이내 라이싱에게 시선을 옮기며 말했다.

"토니 왕 살해 사건과 관련해 물어볼 것이 있소. 같이 경찰국으로 갑시다."

"무슨 소릴 하는 거요? 날더러 경찰국으로 가자고?"

"그렇소."

"나는 갈 이유가 없어요."

제럴드는 잠시 라이싱을 바라보다 말했다.

"연행해."

몇몇 형사가 달려들어 수갑을 채우려는 순간 민서가 형사들을 제지하며 말했다.

"당신은 어째서 사람을 다짜고짜 체포하려고만 하는 겁니까? 아직 이분이 사건과 관련되었다는 어떤 증거도 없잖아요. 일단 여기서 확인하고 확실해지면 연행해도 늦지 않아요. 나도 물어보고 싶은 게 있으니 사람들을 좀 물리면 안 되겠소?"

제럴드는 잠시 망설이다 형사들을 내보냈다. 라이싱은 민서가 나서서 험악한 분위기를 가라앉히자 마음이 안정되는 듯 민서에게 목례를 보냈다. 제럴드 역시 여기까지 오게 된 내력에 대해 비교적 차분히 설명했다.

"그럼 당신은 토니 왕이 이 물건 때문에 살해되었다고 생각하는 겁니까?"

라이싱이 어느 정도 감정이 가라앉았는지 차분한 목소리로 물었다.

"물론이오. 크리스티 경매장의 미아라는 여성도 실종되었는데, 이 물건과 관련이 있소."

"음."

라이싱은 다시 무거운 신음을 토해냈다.

"당신은 경찰국으로 연행당해도 아무 할 말이 없소. 토니 왕은 이 집에서 이 물건을 감정하고 나서 살해당했으니까."

라이싱은 제럴드를 노려보면서 말문을 열었다.

"그날 오후 내가 사람을 보내 토니 왕을 집으로 오도록 한 건 사실이오. 나는 사전에 그에게 화씨의 벽을 감정할 일이 있을지 모른다고 말해두었고 그는 상당한 기대를 하고 있었소. 그날 그는 여기서 물건을 감정했소."

"그러니까 당신은 평소 미아와 토니 왕 두 사람과 알고 있던 사이였군?"

"미아와는 과거에 한 번 거래가 있었소. 그녀는 은밀히 나를 비롯한 몇 사람의 중국인 소장가들을 접촉하며 화씨의 벽을 구매할 의사가 있는지 타진했소. 나는 물건만 확실하다면 바로 가져오라고 한 후 토니 왕에게 연락했소. 토니 왕은 내가 가지고 있는 물건의 대부분을 감정한 사람이오."

"미아와 토니 왕은 원래 아는 사이였소?"

"아니요, 내가 둘을 소개했소. 미아가 내게 화씨의 벽 얘기를 처음 했을 때 나는 감정사는 토니 왕으로 해야 한다고 못 박고 그의 전화번호를 일러주었소. 그게 내가 내건 최소한의 조건이었소."

"당신은 토니 왕에게 죽음을 소개했군. 아무튼 그때 있었던 사람들은?"

"나와 토니 왕, 미아 그리고 물건을 가지고 온 쓰시안과 그의 부하 한 사람이 전부였소."

"쓰시안? 그가 물건의 주인이오?"

"그렇소."

"일단 얘기를 계속해보시오."

"복잡한 건 하나도 없소. 토니 왕은 물건을 감정한 후 진품이라고 했고 나는 물건을 샀을 뿐이오."

"그러고는?"

"그들 네 사람이 같이 나갔소."

"네 사람이 같이? 미아와 토니 왕, 그리고 그 두 사람 말이오?"

"거래가 순조롭게 이루어져 다 같이 한잔하러 간 모양이지. 아니면 쓰시안에게 수고비를 받으러 갔든지."

"음."

제럴드는 멈칫했다. 다 풀린 것 같던 사건이 여기서 다시 모호해지고 있었다. 라이싱은 교묘하게 발을 빼고 있는데 문제는 그의 진술에 흠잡을 데가 없다는 사실이었다. 아니, 어쩌면 그의 말은 모두 사실일지도 몰랐다.

"쓰시안이라는 자의 전화번호는 가지고 있소?"

"없어요."

제럴드는 그럴 줄 알았다는 듯 고개를 끄덕였다.

"후후, 당신의 교묘한 거짓말은 결국 이런 데서 약점을 보이고 마는군. 세상에 그런 보물을 사면서 상대방의 전화번호도 하나 안 챙겨두는 사람이 있나?"

라이싱은 약이 올라 목소리가 한껏 거칠어졌다.

"당신 같은 가난뱅이 형사가 보물을 사고파는 거래에 대해 무얼 알아? 보물이란 사고파는 그 순간밖에는 없는 거야. 순간의 승부란 말이지. 그때 속으면 끝이야. 그래서 엄청난 수수료를 지불하면서 최고의 감정사를 쓰는 거고. 일단 물건을 사면 양쪽 다 거래에 대해서는 잊어버려. 전화번호 따위를 주고받을 필요는 없다고. 알겠소?"

"후, 그런 건가? 마치 장물 거래하듯 한단 말이지? 그런데 당신은 이걸 얼마에 샀소?"

라이싱은 민서를 흘끗 쳐다보고는 마지못해 대답했다.

"육백만 달러."

"어느 은행의 어떤 수표로 했소?"

"아니, 나는 현금으로 지불했소. 그게 이런 종류의 물건을 거래하는 방식이오."

"고대의 문헌이니 뭐니 하며 호들갑을 떠는 물건치고는 이해가 안 갈 정도로 싸군. 당신 역시 이 물건의 가격에 대해서는 매우 이상하다는 생각을 했겠지? 난 보물에 대해서는 젬병이지만 상식적으로는 당신이 지불한 금액의 열 배를 주어도 살 수 없는 물건 같거든. 그래서 당신은 상대방의 전화번호도 달라고 하지 않은 거야. 당신이 아무리 고상한 척해도 결국은 장물아비에 불과

해."

"마음대로 생각해!"

"어쨌거나 물건에 하자가 있는 것만은 틀림없어. 이런 물건이 중국에서 여기 미국에까지 왔다는 자체로 문제가 있단 말이야. 정상적으로 이걸 소장할 정도의 사람이면 돈에 좌우되지는 않겠지. 쓰시안처럼 물건을 팔겠다고 당신한테까지 오진 않는단 말이오. 즉, 쓰시안은 도둑이고 당신은 장물을 산 거야. 당신 생각은 어떻소?"

제럴드의 질문에 라이싱은 변명하듯 말했다.

"그건 알 수 없소. 나는 쓰시안에게 샀을 뿐이니까."

"보나 마나 쓰시안이란 자는 그 물건의 주인이 아니오. 그놈은 중국에서 그 물건을 훔쳐 와 당신에게 판 거야. 말도 안 되는 가격에 말이지. 당신은 평소 이런 식으로 물건을 모아왔을 테니 첫 눈에도 그 물건이 장물인 걸 알아보았겠지. 그래서 싼값을 불렀을 거요. 쓰시안 역시 물건의 가치를 알면서도 장물이다 보니 별수 없이 당신에게 그 가격에 넘겼겠지. 어때, 대답해봐. 내 말이 틀렸는지."

"대꾸할 가치를 느끼지 않소. 앞으로 변호사 없이 날 만날 생각은 하지 마시오."

두 사람의 대립을 민서가 막고 나섰다.

"토니 왕과 미아에게 돈을 주었나요? 감정료와 소개료 같은 것 말입니다."

"그 두 사람에게는 다음날 돈을 주기로 했소."

민서는 웃었다.

"분명히 당신은 뭔가를 숨기고 있군요."

"무슨 얘기요?"

"그들 네 사람이 같이 나간 이유를 당신이 모를 수는 없다는 얘기지요. 상식적으로 생각해봐요. 보물을 팔러 온 자와 경매회사의 브로커와 구매자 측의 감정인이 보물의 거래가 이루어진 후 의기투합해 어딘가로 같이 나갔다? 이게 가능하다고 생각해요? 성공적으로 물건의 거래가 이루어지고 나면 감정사는 구매자와 같이 둘만의 대화를 나누고 싶어 할 거요. 구매자 역시 마찬가지고요. 만약에 그들이 당신 말대로 다 같이 나갔다면, 그 이유는 두 가지로 생각해볼 수 있어요."

라이싱은 다소 긴장한 표정으로 민서의 입에 시선을 모았다.

"하나는 그들이 쓰시안에게 돈을 받기 위해서지요. 그런 경우 쓰시안은 돈을 안 줄 수 없어요. 그 물건은 제럴드 형사의 말대로 장물이니까요. 하지만 토니 왕은 당신이 불러서 온 사람입니다. 그가 쓰시안에게 돈을 받는다는 건 바로 부정한 감정을 했다는 얘기예요. 그래서 첫 번째 경우는 받아들일 수 없어요."

"음."

라이싱의 안색이 어두워졌다.

"또 하나의 가능성은, 아니 유일한 가능성은, 그들이 다른 일 때문에 같이 어딘가로 가는 거지요. 이 일은 끝냈지만 그들 사이에는 즉각 해야만 할 다른 일이 또 생겼다는 겁니다. 그것밖에는 당신을 앞에 두고 그들이 같이 나갈 이유가 없어요. 아마 당신은 토니 왕에게 또 하나의 물건을 감정하고 오도록 지시했겠지요. 당신은 그 부분을 제대로 진술하지 않았어요."

제럴드의 눈이 빛났다. 민서의 분석은 예리했다. 라이싱도 민서의 빈틈없는 분석에 풀이 죽었다.

"나는 나와 관련되지 않은 부분에 대해 진술할 이유가 없소."

"하지만 살인 사건이 터졌어. 당신의 집에서 보물을 감정한 토니가 죽었고 아마 미아도 죽었을 거요. 그런데도 말을 안 한다면 당신은 살인자나 다름없소. 나는 당신을 경찰국으로 데려가 신문을 할 거요. 그러면 당신의 장물은 온 세상에 드러날 테고, 평판 좋은 소장가가 하루아침에 장물아비로 온 세상에 알려지게 되겠지."

"으음."

라이싱의 입에서 신음이 새어 나왔다. 약간의 시간이 흐른 후 그는 침중한 목소리로 다시 입을 열었다.

"사실은 그들 사이에 다툼이 좀 있었소."

제럴드가 날카로운 눈초리를 보냈다.

"무슨 다툼이 있었다는 거지요?"

"교수님의 말씀이 맞소. 쓰시안에게는 또 하나의 다른 보물이 있었소. 그는 그 보물에 대해 대단한 자부심을 가지고 있었소. 그런데 토니 왕은 그걸 인정하려 들지 않았지."

"그래서요?"

"그래서 그 사람들은 모두 쓰시안을 따라 나갔소. 그들 모두 당장 그 보물을 감정하고 싶었던 거요."

제럴드의 눈길이 민서에게로 향했다. 민서의 얘기가 가설이 아니라 모두 사실로 드러난 것이다.

"이상한 일이군. 토니 왕이 라이싱 회장의 말대로 그 분야의 일인자였다면 일개 도둑에 불과한 쓰시안이 가짜를 가지고 그 앞에서 고집을 피울 이유는 없었을 거 아니오?"

제럴드의 말에도 일리가 있었다.

"아니, 쓰시안은 그게 화씨의 벽보다 값이 더 나갈 걸로 분명히 생각하고 있었어요. 토니 왕이 그럴 리가 없다고 하자 몹시 분개했지요."

"그 보물의 이름이 뭐였소?"

"쓰시안은 그걸 현무첩(玄武帖)이라고 불렀소."

"현무첩?"

민서는 고개를 갸우뚱했다. 민서로서도 생소한 이름이었다.

"어떤 종류의 보물이라고 하던가요?"

"보석이 박히고 현무가 그려져 있는 금첩이라고 했소. 토니 왕이 그게 무엇이든 화씨의 벽과는 비교할 수 없다고 하자 쓰시안은 화를 내며 급기야는 토니 왕을 돌팔이라고 불렀소. 쓰시안은 거기에 대해 이상하리만치 확고한 신념을 가지고 있었소. 둘은 언성을 높이다 함께 나갔죠."

제럴드가 비아냥거리는 목소리로 물었다.

"당신은 당연히 그들이 어디로 갔는지 모르겠군."

라이싱은 대꾸할 가치도 없다는 투였다.

"물론."

"일단 당신은 내일 경찰국으로 오시오."

"내일 나의 변호사가 당신에게 연락을 할 거요."

제럴드는 라이싱을 노려보았지만 달리 어떻게 할 도리가 없었다.

블랙 커튼

제럴드는 며칠에 걸쳐 라이싱을 신문했으나 그날 집에서 알아낸 것 이상의 소득을 얻을 수는 없었다. 출입국 관리 부서를 통해 쓰시안이 약 두 달 전에 베이징으로부터 입국했다는 것을 확인한 그는 베이징 공안 당국에 전화를 걸어봤다.

"수고 많소. 샌프란시스코 경찰국의 제럴드 경위인데 화씨의 벽이라는 구슬이 베이징으로부터 밀수되어 들어온 것 같소. 혹시 도난 신고를 받거나 하지 않았소?"

저쪽에서는 전화를 여러 부서로 돌렸지만 내용을 아는 사람이 전혀 없었다. 도난 신고를 받은 적이 없다는 얘기였다.

"이상하군. 그런 엄청난 보물을 도난당하고 신고조차 하지 않았다?"

제럴드는 의아한 생각이 들었지만 저쪽에서 신고된 게 없다는데야 더 이상 할 말이 없었다. 뭔가 저쪽의 관심과 환대를 기대했던 제럴드는 하릴없이 전화기를 내려놓을 수밖에 없었다.

제럴드는 일단 수배를 해보자는 생각에 쓰시안의 몽타주를 작성해 샌프란시스코와 뉴욕에 배포했다. 그러자 뜻밖의 곳에서 연락이 왔다.

국장의 호출을 받고 국장실에 들어가자 국장이 몇 사람을 그에게 소개했다.

"제럴드 경위, 이분들은 CIA에서 오신 분들이네. 앞으로 이분들과 팀을 이루게."

제럴드는 기분이 좋지 않았지만 국장의 지시를 거절할 수는 없는 일이었다.

"본부에서 나온 클라크요. 여기는 샌프란시스코 지부의 동료들이고."

"반갑소."

"일단 우리 사무실로 갑시다. 국장님께는 허락을 받아두었으니 사건이 해결될 때까지 함께 근무해보도록 하죠."

제럴드는 영문도 모르고 CIA 요원들을 따라 시내에 있는 그들의 사무실로 갔다.

"클라크, 도대체 무슨 일로 나를 필요로 하는 겁니까?"

"우선 당신이 수배한 쓰시안이라는 인물과 관련해서 도움을 좀 얻고 싶소이다."

제럴드의 눈이 반짝 빛났다.

"쓰시안?"

클라크는 신중한 어조로 말을 꺼냈다.

"두 사람의 중국인이 지금 여기 샌프란시스코에 들어와 있소. 당신이 몽타주를 걸고 수배 중인 그 쓰시안과 관련해서 말이오."

신의 죽음

"어떻게 관련이 되어 있단 얘깁니까? 공범이란 얘긴가요?"

"아니요. 우리의 정보에 의하면 그들은 쓰시안을 잡기 위해 베이징에서 급파된 사람들이오. 여기저기 마구 들쑤시고 다니고 있지."

"뭐 하는 사람들입니까?"

"한 사람은 중국 사회과학원의 교수로 레이치우라는 이름의 학자요. 또 한 사람은 캉바오라는 자고."

"그래서요?"

"중국 군부의 리더인 지엔 장군 역시 국방장관과의 예정된 만찬을 취소하는 결례를 범하면서까지 여기 샌프란시스코에 와서 수많은 중국인 유력자들을 만나고 중국으로 돌아갔소. 그의 대리인으로 여겨지는 캉바오라는 자는 암흑가의 보스들에게까지 쓰시안을 잡아들일 것을 지시하고 있다고 하오. 캉바오와 그 레이치우라는 교수는 아마 여기서 쓰시안을 잡을 때까지 기다릴 모양이오."

"사회과학원의 교수와 지엔 장군의 수하가 암흑가의 보스에게까지 부탁을 하고 있단 말이군요?"

"그렇소. 우리는 지금 그 두 사람과 그들이 접촉하는 모든 중국인들을 감시하고 있소. 그러나 그들도 아직 쓰시안을 잡지는 못하고 있소. 이자는 방대한 중국인들의 네트워크에도 걸리지 않고 있다는 얘기요. 그런데 당신은 어떻게 이자를 포착한 거요?"

"그는 중국에서 보물을 가지고 도망쳐 온 자입니다."

"보물이라고?"

"고대 황제의 옥새지요. 옥새란 왕의 도장을 말합니다."

"음, 뜻밖인데."

클라크는 쓰시안이 보물을 훔쳐 도망 온 자라는 얘기를 듣자 적잖이 놀랐다.

"나도 뜻밖입니다. 일개 도둑을 중국 군벌의 리더와 사회과학 원의 학자가 쫓고 있다?"

제럴드는 잠시 망설이다 민서의 도움으로 여기까지 이르게 된 내력을 상세히 설명했다.

"그렇다면 우리도 그 교수를 한번 만나봐야겠군."

민서는 영국의 옥스퍼드대학에서 열린 고고학회 세미나에서 돌아오자마자 제럴드의 방문을 받았다. 클라크와 동행하고 있 었다.

"방해가 됐다면 용서하십시오."

"아닙니다. 무슨 일로 왔는지는 알겠습니다. 하지만 더 이상 나 는 이 사건에 관여하고 싶지 않아요."

"온 정보기관이 이 사건을 추적하고 있지만 별 소득이 없습니 다. 요즘 중국과는 워낙 첨예하게 부딪치고 있어 대통령을 포함 해 모두가 신경이 날카로워져 있습니다. 협조를 좀 부탁드립니 다."

"내가 도울 게 뭐가 있겠습니까. 제럴드 형사가 아는 게 내가 아는 전붑니다."

제럴드가 끼어들었다.

"교수님도 흥미를 느낄 만한 일이 있습니다. 좀 도와주시죠?"

"내가 흥미를 느낄 만한 게 있다고요?"

"틀림없이 그럴 겁니다. 먼저 하나 알려드리고 싶은 건, 라이싱이 사들였던 화씨의 벽이 얼마 전 중국으로 되돌아갔다는 겁니다."

"그랬군요. 보안 유지가 되지 못했다면 그가 가지고 있기는 어려운 물건이지요. 그런데 누구에게 돌려주었답니까?"

"신원을 알 수 없는 자가 뒤늦게 중국 당국에 분실 신고를 냈고, 당국의 반환 요청을 받은 라이싱이 공식적으로 중국에 물건을 인도했답니다."

"그랬군요."

"그런데 중국 측에서는 그걸로 사건이 끝났다고 생각하는 게 아닙니다."

"무슨 얘기죠?"

"보물이 돌아갔는데도 지엔과 같은 날 입국했던 두 사람은 아직 미국을 떠나지 않고 있습니다."

"두 사람이라니?"

"화씨의 벽이 샌프란시스코 경매 시장에 나왔을 무렵 중국 군부의 리더 지엔 장군과 고고학을 전공하는 중국인 교수, 그리고

블랙 커튼

또 한 명의 수상한 중국인이 급히 이리로 날아왔소. 이건 내가 CIA와 공조하면서 알아낸 사실이오. 그런데 이상하게도 그 두 사람은 여전히 여기에 남아 신경을 곤두세우고 있소. 물건이 돌아갔는데도 말이오."

"그건 아직 일이 남았다는 얘기고, 아마도 쓰시안이라는 자가 가지고 있었다는 현무첩과 관련된 일일 수도 있겠군요?"

제럴드는 고개를 끄덕였다.

"그렇습니다. 우리도 쓰시안과 토니 왕이라는 감정사가 다툰 원인이 됐다던 그 현무첩을 주목하고 있습니다. 현무첩이란 분명 화씨의 벽에 비해 보물로서의 가치는 떨어질 겁니다. 토니 왕 같은 전문 감정사가 잘못 알고 있을 리는 없지요. 하지만 쓰시안은 현무첩의 가치를 월등히 높게 평가하고 있었다고 합니다. 그렇다면 거기엔 아주 특별한 의미가 있을 수 있다는 게 우리 생각이죠. 지엔 장군과 두 사람이 그리도 급하게 달려와야 했던 이유가 혹시 현무첩 때문이 아닐까 하는 생각이 듭니다."

민서는 세미나 준비로 잊고 있었던 현무첩에 생각이 미치자 그들의 말대로 흥미가 생기기 시작했다. 민서의 표정을 읽은 클라크가 공손한 목소리로 입을 열었다.

"지엔 장군과 같은 날 온 두 사람은 그 정체가 상당히 베일에 싸여 있습니다. 캉바오라는 자는 그렇다 치더라도, 레이치우는 중국 사회과학원의 교수인데도 역시 베이징에서의 행적이 잘 드러나지 않습니다. 샌프란시스코에 와서도 학문이나 연구와는 전혀 관계가 없는 사람들만 만나고 있습니다."

"군인과 학자, 그리고 신원 파악이 안 되는 제3의 인물이라? 뭔가 어울리는 조합은 아니군요."

"참고로 말씀드리자면 레이치우가 지엔 장군이 이끄는 블랙 커튼의 멤버라는 사실입니다. 현재까지 파악된 바로는 캉바오 역시 지엔의 수하이자 블랙 커튼의 핵심 멤버로 보입니다."

"블랙 커튼?"

"중국의 정치인, 군인, 사업가, 학자 수백 명이 모여 꾸린 '중국의 미래를 연구하는 모임'인데 우리는 그렇게 부르고 있습니다."

"비밀 결사 같은 건가요?"

"그런 성격이지요. 그간 중국의 미래에 대한 종합적 전략을 수립하고 정치 지도자들에게 의견을 제시하는 모임 정도로 생각해 왔습니다만, 최근의 중국을 보면 실질적으로 중국을 이끌고 있는 것은 이들이 아닐까 하는 생각까지 들게 됩니다. 지엔이라는 인물의 영향력이 실제로 중국 내의 여러 분야에서 막강할 뿐만 아니라, 이들의 제안이 속속 중국의 주요한 정책이 되고 있습니다. 최근 중국은 지엔 장군의 총지휘 아래 유인 군사위성을 쏘아 올렸고, 사정 거리가 미국에까지 이르는 미사일 발사도 성공시켰습니다. 지금은 타이완 문제를 무력으로 해결하자는 내용의 제안서를 만들어 후진타오에게 건의하고 있는데, 이 역시 주요 정책으로 채택되지 않을까 우려되는 상황입니다."

민서는 잠시 생각에 잠겼다. 비록 화씨의 벽이 보물이라 하더라도 단순한 도난 사건 때문에 지옌 같은 주요 인물이 국방장관과의 만찬을 취소하고 샌프란시스코까지 온다는 것은 말도 안 되는 일이었다. 설사 그랬다 하더라도 이제 사건이 해결된 마당이니 그와 함께 왔다는 두 사람도 돌아갔어야 했다. 하지만 그들은 여전히 샌프란시스코에 머물고 있고, 쓰시안을 찾기 위해 혈안이 되어 있다는 얘기였다. 그렇다면 제럴드나 클라크의 짐작처럼 화씨의 벽이 아니라 현무첩 때문이라고 생각할 수밖에 없었다. 도대체 현무첩이 무엇이기에? 민서는 레이치우와 캉바오라는 이름을 수첩에 적었다.

그때 클라크가 지나가는 말처럼 한 마디를 더 던졌다.

"레이치우와 캉바오 두 사람에게 저희가 주목을 하게 된 건 베이징의 우리 요원이 전해온 첩보 때문이었습니다."

"어떤 첩보였죠?"

"지옌 장군이 샌프란시스코로 급히 날아오던 날, 이들 두 사람 역시 베이징에서 샌프란시스코로 급히 왔다는 정보였고, 이들 세 사람은 전에도 한 번 같은 자리에 모인 적이 있었다는 첩보였죠."

"그건 아마도 대단히 중요한 사건과 관련된 일이었겠군요?"

민서가 호기심 어린 눈으로 클라크를 바라보며 물었다. 클라크는 다소 기어들어가는 목소리로 대답했다.

"저희도 그럴 거라고 짐작은 합니다. 하지만 이들 세 사람이 한 자리에 모였다는 사실과 그 당시 일어난 어떤 사건 사이에 정말로 무슨 연관관계가 있는 것인지 도무지 짐작을 할 수가 없습니다."

"무슨 사건이었죠?"

"김일성의 사망입니다. 당시 지옌과 레이치우, 캉바오 세 사람은 단둥에 모여 있었답니다."

"단둥이라면 중국과 북한 사이의 관문 같은 도시군요."

"그렇습니다. 하지만 이들이 왜 단둥에서 모였는지에 대해서는 종잡을 수가 없습니다. 김일성의 사망과 무슨 관련이 있는 것인지도 전혀 짐작할 수 없고요."

"음……"

민서는 길게 한숨을 내쉬며 생각을 정리해 나갔다. 실질적으로 중국을 쥐락펴락하는 군부의 실세와 그가 이끄는 비밀 결사에 소속된 두 사람이 급히 샌프란시스코로 날아와 쓰시안이라는 보물 도둑을 찾고 있다. 그런데 그 보물 도둑이 갖고 있는 물건 중에 화씨의 벽은 이미 중국 당국에 회수되었고, 나머지 하나는 현무첩이라고 불리는 정체불명의 보물이며, 이들 세 사람은 아마도 이 현무첩을 찾고 있을 것이라는 게 지금까지의 추론이었다. 하지만 현무첩이 무엇인지는 별로 드러난 것이 없고, 이들 세 사람이 이번과 같이 한자리에 모인 적이 한 번 더 있는데 그게 김일성의 사망 시점과 일치한다는 것이었다. 지옌과 그 수하들, 김일성, 그리고 현무첩 사이에 어떤 관계가 있는가를 밝히지 않으면 사건은 더 이상 진척되지 않을 성싶었다.

사람들이 돌아가고 나서 민서는 현무첩이 무엇인지 알아보려고 문헌을 뒤지기 시작했다. 그러나 어디에서도 현무첩에 관한 내용은 찾을 수 없었다. 민서는 다음날도 조교인 크리스 박까지 끌어들여 여러 자료를 살폈지만 역시 현무첩이라는 이름은 눈에 띄지 않았다.

하지만 전혀 성과가 없던 것은 아니었다. 크리스가 도서관에서 대출해 온 레이치우의 논문 중에서 광개토대왕비에 대한 논문을 발견할 수 있었던 것이다.

'광개토대왕비의 비밀'이라는 논문 제목을 보는 순간 민서는 망치로 머리를 얻어맞은 듯한 느낌이 들었다. 민서는 어쩐지 자신이 운명적으로 이 사건에 빨려들고 있다고 느껴졌다. 현무첩을 쫓아다니는 것으로 보이는 레이치우란 중국 고고학자가 광개토대왕비에 관한 논문을 썼다는 사실, 그리고 현무첩이 김일성과도 연관이 있을지 모른다는 짐작은 민서에게 알 수 없는 전율을 불러일으켰다. 민서는 이런 생각이 들었다.

'이건 중국인들 사이의 보물을 둘러싼 암투와 살인 사건이 아니다. 한국과 연결된 사건, 한국의 역사와 관련된 사건이 틀림없다.'

민서는 레이치우의 논문을 찬찬히 읽었다. 논문은 4세기 무렵에 일본이 한반도의 남부에 임나일본부를 설치하고 신라, 백제, 가야 사람들을 다스렸다는 일본의 주장을 그대로 답습하고 있었다.

민서는 며칠간 레이치우에 대한 정보를 최대한 모았다. 한국 학자들보다는 외국의 학자들이 그에 관해 좀 더 많이 아는 편이었다. 특히 브리티시컬럼비아대학교의 아시아연구센터에 있는 풀햄 교수는 진작부터 그를 주목하고 있어 도움이 되었다. 민서는 풀햄 교수에게 전화를 걸었다.

"단순한 학자는 아니오. 호태왕비 연구가 그의 전공이지만 기실 다방면에 걸친 활약을 해온 사람이지."

"다방면이라면?"

"정치에도 관여하는 걸로 알고 있고, 얼마 전엔 한국의 남북정상회담에도 관여했다고 들었소."

수화기 건너편에서 들려온 소리는 뜻밖의 내용을 담은 것이었다.

"레이치우가 남북정상회담에 관여했다고요? 어떻게요?"

"자세한 건 나도 모르고 그 일로 얼마 전 서울에도 들어갔다 온 모양이던데."

"고맙습니다."

민서는 전화를 끊으며 고개를 갸웃거렸다. 레이치우는 알수록 복잡한 인물이었다. 처음 그의 논문을 읽고 나서는 임나일본부설 따위에 동조하는, 한국의 역사를 깎아내리지 못해 안달하는 찌질이 중국 학자들 가운데 한 명일 것이란 짐작이 들었었다. 하지만 풀햄 교수의 말을 들어보면 여러 방면에 영향력을 지닌 인물일 뿐더러, 남북의 정상회담에까지 관여한 인물이라는 것이었다.

생각에 잠겨 있던 민서는 한국의 외무부에 근무하는 친구 박장빈을 떠올리고는 그에게 전화를 걸었다. 안부 인사를 마치자마자 민서는 서둘러 물었다.

"너, 전에 남북정상회담 때 실무 작업을 했다고 하지 않았나?"

"그랬지. 그런데 왜?"

"혹시 그때 레이치우라는 이름 들어봤어?"

"레이치우? 글쎄."

"남북정상회담에 관여한 중국인 학자라던데……."

"중국인인데 남북정상회담에 관여했다? 뭐 그럴 수도 있겠지. 남북이 처음에는 베이징에서 만났으니까, 그때 뭔가 했을 수도 있겠지."

장빈은 별로 대수롭지 않게 받아들였다.

"혹 뭐 좀 알게 되면 연락해주겠어?"

"레이치우라……. 그래, 좀 알아볼게."

민서는 생각난 김에 사촌형인 김민철 교수에게도 전화를 걸었다.

사촌형은 어려서 비행기 사고로 부모를 잃은 민서를 친동생보다 더 아끼고 돌봐준 사람이었다. 비록 네 살 차이밖에 나지 않았지만 때로는 부모처럼 때로는 친구처럼 대해주며 민서가 천재성을 키우고 공부를 계속할 수 있도록 항상 옆에서 응원해준 사람이었다. 기실 민서가 어려서 유학을 할 수 있었던 것도, 그리고

신의 죽음

인류학을 전공하게 된 것도 역사학을 공부하던 사촌형의 적극적인 주선과 배려 때문이었다.

"형, 나야."

"뭐야? 이거 민서 아니야! 버클리의 김민서 교수란 말이지?"

사촌형은 수화기에 대고 버클리란 단어를 힘주어 말했다. 왁자지껄 인사와 농담이 오가고 난 뒤 민서가 정색을 하고 말했다.

"하나 물어보고 싶은 게 있어."

"뭔데?"

"혹시 레이치우라는 중국 역사학자 알아?"

"레이치우?"

수화기 건너편의 목소리가 잠시 끊어졌다가 다시 이어졌다.

"그래, 알지. 중국 사회과학원의 고고학 교수."

민서는 반가운 마음에 목소리의 톤을 약간 높였다.

"그래. 근데 그 사람 어떤 사람이야?"

"왕젠췬 박사 알지? 그 사람 수제자야."

"뭐? 왕젠췬 선생의 수제자라고?"

민서는 크게 놀랐다. 왕젠췬이라면 세계적인 광개토대왕비 전문가인데다 일본의 억지 해석에 결정타를 날린 사람이었다. 그런 사람의 수제자가 뒤늦게 일본의 논리를 대변하는 논문을 썼다는 것은 도무지 앞뒤가 맞지 않는 어불성설이었다.

"틀림없어. 아마 출신도 지린성으로 두 사람이 같을 거야."

민서는 의아한 목소리로 다시 물었다.

"그건 좀 이상한데. 그가 쓴 논문을 보았는데 그는 왕젠췬의 논리를 따르지 않고 일본 학계의 논리를 따르고 있어. 형, 혹시 레이치우의 논문을 읽어본 적 있어?"

"아니, 없어. 그런데 그 사람 논문이 정말 그렇다면 그건 진짜 이상하네. 역사학계란 동네가 워낙 보수적이라 스승과 다른 논지를 내는 즉시 그 파벌에서는 파문되는 게 관례 아닌가? 그건 한국이나 일본이나 중국 학계 모두 비슷한 걸로 알고 있는데……."

"그러면 어째서 그런 일이 일어났을까?"

"글쎄…… 엇!"

사촌형은 곰곰 생각을 하다 갑자기 소리를 질렀다.

"뭐 생각나는 거라도 있어?"

"그러고 보니 이상한 일이 있었어. 1996년 도쿄에서 열린 호태왕비 국제 세미나에 참석한 적이 있었는데, 그 당시 왕젠췬은 돌연 마지막 발표를 취소하고 건강상의 이유를 내세우며 쫓기듯 서둘러 귀국을 했었어."

"돌연 발표를 취소했다고?"

"그래, 그 대신 레이치우가 그동안의 세미나 내용을 정리하는 특별할 것 없는 발표를 했지. 그 전날, 두 사람은 논쟁을 하기도 했었어."

민서의 눈썹이 꿈틀했다.

"논쟁이라니?"

"광개토대왕비에 관한 내용 중에서도 가장 예민한 발표를 하고 있을 때라 지금도 생생히 기억해. 당시 왕젠췬은 이런 논지로 발표를 하고 있었어. 광개토대왕비 신묘년 기사의 안 보이는 세 글자 중 마지막 한 글자는 새로울 '신(新)' 자이다. 왜냐하면 아직도 비에는 '신(新)' 자의 오른쪽 부수인 '근(斤)' 자가 남아 있는데다 그 다음에 '라(羅)' 자가 나오기 때문이다."

"그건 남한, 북한, 일본, 중국의 학자들이 모두 동의하고 있는 거잖아?"

"그런데 지금 생각하니 왕젠췬은 거기서 한걸음 더 나가려고 했던 것 같아."

"어떻게?"

"그러면 안 보이는 글자는 세 글자가 아니라 두 글자로 줄어든다……. 하지만 왕젠췬의 얘기는 더 이상 이어지지 않았어. 레이치우가 손을 들고 일어나 말을 막았거든."

"왕젠췬이 지목하지 않았는데도 말이야?"

"응. 질문 시간도 아니었고, 왕젠췬 발표의 하이라이트라고도 할 수 있는 순간이었는데……. 레이치우는 '일본 학자들이 임(任) 자라 하는 게 바로 그 글자입니까?'라고 물으면서 일어나서는 비의 해석이 한일 간의 극한 대립을 가져오니 진지하게 의논을 하자고 말했어. 별로 마음에 담아두진 않았었는데 지금 네 얘기를 듣다 보니 아주 이상한 기분이 드네."

"왕젠췬은 레이치우의 방해가 있고 나서 어떤 태도를 취했어?"

"갑자기 우물쭈물하다 쓸데없는 말을 몇 마디 더 하고는 그냥 발표를 끝내고 말았어. 원래 하려고 했던 세 글자 중 첫 번째 글자에 대한 언급은 아예 하지도 못했고."

"그 도쿄 세미나 이후에는? 다른 기회에 자신이 하고자 했던 얘기를 하지는 않았나?"

"그 세미나가 그를 본 마지막이었어. 더 이상 그는 국제 세미나에 나오지 않았으니까."

교묘하게 위장을 하긴 했지만 레이치우는 분명 스승을 매장한 것이었다. 그가 썼던 논문이나 세미나에서의 방해 행위로 보면 그는 일관되게 광개토대왕비 연구의 일인자인 자신의 스승을 배신하고 있음을 알 수 있었다. 도대체 무엇 때문인가.

민서는 사촌형과 이런저런 사담을 조금 더 나누다가 전화를 끊었다. 그러고는 지금까지 알아낸 내용들을 꼼꼼히 되짚어 보았다.

먼저, 블랙 커튼이라는 중국 내의 비밀 결사가 있다. 그 리더는 중국 군벌의 핵심이자 다방면에 영향력이 막강한 지엔 장군이다. 이 결사에 소속된 레이치우란 학자는 광개토대왕비에 관한 한 최고의 권위자인 왕젠췬의 제자이면서도 비문의 내용에 관한 한 스승과 완전히 반대되는 견해를 가진 인물이다. 보통의 경우라면 그가 제자의 자리에서 파문을 당했겠지만 역으로 스승이 제자에 의해 파문을 당하는 황당한 사태가 벌어졌다. 이는 블랙 커튼의 영향력을 이용할 수 있었기 때문에 가능한 일이었을 것이라고 짐작이 되었다.

　그런데 이처럼 막강한 영향력을 가진 지옌과 레이치우가 현무첩을 찾지 못해 안달하고 있다는 것이었다. 민서는 현무첩이 결국은 광개토대왕비와 무관치 않을 것이란 예감이 들었다. 김일성과의 연관성은 현무첩과 광개토대왕비의 사이 어디쯤에 위치할 것이라는 짐작도 들었다.

　그렇다면 우선은 현무첩이 대체 어떤 보물인가를 알아야 했다. 현무첩이 무엇인가를 알아야 지옌 장군이나 레이치우가 집착하는 이유를 알 수 있고, 김일성과의 연관성도 짐작할 수 있을 터였다. 그러나 현무첩에 관한 기록은 어디에서도 찾을 수 없다. 아마 김일성이라면 현무첩이 무엇인지를 알고 있었을 지도 모른다. 하지만 김일성은 이미 죽은 사람이었다. 살아 있다 하더라도 질문을 하기는 어려웠겠지만 이제는 질문의 통로를 찾는 일조차 부질없게 되어버린 셈이었다. 그렇다면 또 누가 현무첩에 대해 알고 있을까? 지옌이나 레이치우, 그리고 현무첩을 지니고 있던 쓰시안이 있다. 그러나 이들 역시 만날 수 없는 사람들이요 만나더라도 진실을 말해줄 사람들 같지는 않았다. 민서는 마지막으로 한 사람을 떠올렸다.

　"왕젠췬!"

　현무첩이 만약 광개토대왕비와 관련된 어떤 보물이라면 왕젠췬이 이를 알고 있을 확률은 매우 높아 보였다. 민서는 우선 왕젠췬을 만나봐야겠다는 생각이 들었다.

민서는 사촌형에게 다시 전화를 걸었다.

"형, 그런데 왕젠췬이 지금 어디서 무얼 하는지 알아?"

"예전에는 창춘의 지린성 고고연구소장을 했는데 지금은 은퇴하고 선양으로 옮겨 살고 있다는 얘기를 들었어."

"선양?"

"응. 그런데 너 혹시 거길 가려는 건 아니겠지?"

"아니, 한 번 만나보고 싶어. 왠지 이상한 느낌이 들어."

"무슨 소리야?"

"지금 뭔가 이상한 일들이 진행되고 있어. 그 이상한 일들은 우리 한국과 관련돼 있을 가능성이 아주 커. 역사의 숨겨진 비밀이 있을 듯해. 어떤 결정적 사건이 생기기 전에 그를 빨리 만나봐야 할 것 같아."

사촌형은 언제나 한 걸음 앞서 생각하는 속 깊은 민서의 말을 듣자 단순한 치기가 아니라는 짐작이 되는지 목소리에 긴장감이 묻어나기 시작했다.

"너 혹시 왕젠췬이 레이치우로부터 위협을 받았다고 생각하는 거야?"

"단순히 레이치우 개인으로부터 위협을 받았다기보다는 어떤 조직적이고 강력한 힘이 있는 것 아닌가 하는 생각이 들어. 내가 좀 과민한 것일 수도 있지만 아무튼 한 번 만나는 봐야겠어."

"그래, 네 생각이 꼭 그렇다면 말릴 수 없겠지. 이참에 너도 볼 겸 나도 같이 갔으면 좋겠는데, 마침 호주에서 학회가 있어. 주제 발표를 해야 하는 자리여서 빠질 수가 없구나."

"아니야, 형. 너무 걱정하지 마. 정말 아무 일도 아닐 수도 있어. 그냥 여행 삼아 다녀올 생각이야. 갔다 와서 연락할게."

전화를 끊은 민서는 다시 한 번 마음 정리를 한 뒤 일정을 체크했다.

중국으로 떠나는 날, 민서는 공항에서 클라크에게 전화를 걸었다. 혹시 도움이 필요할지도 모를 일이었다.

중국으로 간다는 민서의 말에 클라크는 무척 놀라면서도 반가워했다.

"필요하면 언제라도 전화를 주십시오. 중국에는 아주 유능한 우리 측 사람들이 여럿 있습니다."

왕젠췬

베이징에 도착한 민서는 일단 호텔에 짐을 풀었다. 그러고는 곧장 왕젠췬의 거처를 알 만한 기관과 사람들에게 전화를 돌리기 시작했다. 하지만 창춘과 선양 등지로 전화를 걸어 왕젠췬의 소재를 파악하려던 그의 노력은 모두 수포로 돌아갔다. 왕젠췬이 있던 창춘의 지린성 고고연구소에서는 은퇴한 이후의 동정을 알 수 없다고 했고, 선양대학교의 안면이 있는 중국인 교수 역시 여기저기 열심히 알아봤지만 종내는 고개를 가로저었다. 민서는 마지막으로 베이징대학교의 린하이양 교수를 직접 찾아갔다. 하지만 그에게서도 왕젠췬의 최근 소식은 들을 수 없었다. 린 교수가 수소문 끝에 칭화대학에 있다는 왕젠췬 교수의 직계 제자에게까지 전화를 걸었지만 특별한 소식은 전혀 들을 수 없었다.

"허 참!"

린 교수와 민서는 허탈할 수밖에 없었다. 역사학계에서 이름을 날리던 권위 있는 노학자의 행방에 대해 그 제자들조차 이렇게 아무것도 모른다는 사실이 도무지 믿기지 않았다.

린 교수와 헤어진 민서는 학교 앞에서 곧장 택시를 탔다.

"스카이호텔로 갑시다."

택시가 거리를 달리는 동안 무심히 밖을 내다보던 민서의 눈에 야릇한 스티커 한 장이 들어왔다.

'사람 찾아드립니다.'

스티커는 좌석에도 붙어 있었고 창에도 붙어 있어 눈에 잘 띄었다.

"이런 업체들이 확실히 사람을 찾아주기는 하나요?"

기사는 백미러로 민서를 힐끔 쳐다보더니 바로 전화기를 내밀었다.

"이 전화로 좀 해주세요. 제가 커미션을 받거든요."

"아니, 꼭 하겠다는 건 아니고……."

민서는 어딘지 못 미더운 생각이 들어 망설였지만 기사에게 물어본 것이 화근이었다. 기사는 호텔로 가는 내내 집요하게 자신이 스티커를 붙이고 다니는 탐정 사무소가 얼마나 성공률이 높고 싼지를 떠벌렸다. 민서가 약간 흔들리는 기색을 보이자 택시 기사는 더욱 열정적으로 찬사를 늘어놓았고, 결국 민서는 그런 기사의 열성이 마음에 와 닿아 그에게 왕젠첸의 이름과 간단한 약력을 적어주고 명함을 하나 받았다.

"헤헤, 고맙습니다."

"정말 확실한 거죠?"

"아, 그럼요. 여기 사장님은 공부도 많이 한 분인데 탐정이 소질이라서 그걸 하십니다. 못 찾아내는 사람이 없어요."

민서는 기사의 말을 믿어서라기보다는 지난 며칠간의 노력이 모두 물거품이 되자 지푸라기라도 잡아보자는 심정이었다. 호텔에 도착한 지 한 시간쯤 지나서 민서는 그 택시 기사에게 전화를 걸었다.

"접수는 벌써 했습니다. 내일까지는 연락을 주겠다고 합니다. 워낙 똑똑한 사장님이니 한번 믿어보시죠."

그러나 민서는 스스로 한심하다는 생각이 들었다. 사립 탐정에게 희망을 걸고 있는 자신이 우스워져 전화를 끊고는 명함을 휴지통에 던져버렸다. 그러나 뜻밖에도 전화는 다음날 아침 진짜로 걸려왔다.

"김민서 교수님이시죠?"

수화기 건너편에서는 젊은 여자의 음성이 들려왔다.

"네."

"그 사람을 찾았어요. 선양에 있어요."

"왕젠췬 박사를 말하는 거요?"

"네."

민서는 자신의 귀를 의심했다. 기대도 하지 않았던 탐정 사무소에서 이렇게나 빨리 결과를 가지고 올 줄은 짐작조차 하지 못하던 터였다. 민서가 미처 할 말을 찾지 못하자 상대가 다시 말을 이었다.

"선양까지 가실 건가요?"

민서는 화들짝 정신을 차리고 재빨리 대답했다.

"당연히 가야지요."

"만나러 가려면 제가 같이 가야 해요. 거기 스카이호텔이죠?"

"맞아요. 그런데 성함이?"

"삼십 분 후에 로비에서 만나요. 저는 신흥화라고 합니다."

로비에서 간단한 기념품을 구경하던 민서는 옆에 바짝 붙어서
는 한 여자를 보고 직감적으로 신흥화라는 탐정임을 알아차렸
다. 전형적인 중국 미인이었다. 시원한 눈매에 미소 지을 때마다
보조개가 쏙 들어가는 모습이 인상적이었다.

"김 교수님?"

"네. 그 탐정 사무소 사장님이시죠?"

"네. 그런데 바로 공항으로 가야 돼요. 시간이 없어요."

신흥화는 밖으로 나가 뒤도 돌아보지 않고 곧바로 대기하고
있는 택시에 올라탔다. 민서도 서둘러 신흥화의 뒤를 쫓았다. 신
흥화는 민서가 문을 닫기도 전에 기사에게 소리쳤다.

"공항으로 가세요. 비행기 시간이 급하니 밟아요!"

택시가 공항으로 가는 지름길로 들어서는 걸 지켜보고 나서
야 여자는 입을 열었다.

"근데 교수님이 찾는 그 사람, 어딘지 좀 이상해요. 정상은 아
닌 사람 같아요."

"정상이 아니다? 어떻게 말입니까?"

"글쎄, 뭐랄까요. 아무튼 가서 봐야겠어요."

"그런데 용케 찾았네요. 어디 계신다고 했지요?"

"선양 외곽의 신청즈라는 지역에요."

택시가 공항에 닿자마자 두 사람은 숨이 차게 뛰었다. 하지만 카운터는 이미 닫힌 뒤였다. 막 카운터를 떠나려는 직원에게 신훙화는 호통 반 호소 반으로 게이트를 열게 해 활주로로 나가기 직전의 비행기에 겨우 올라탈 수 있었다.

"대단하시네요."

민서는 진심으로 감탄했다.

"중국인들은 이래요. 되는 일도 없고 안 되는 일도 없고."

선양공항에 내리자 손님을 부르는 택시 호객꾼들이 극성이었다. 하지만 신훙화는 가끔 호객꾼들에게 소매를 잡히는 민서를 불러가며 사람들 사이를 헤치고 나가더니 깨끗한 택시 한 대를 골라잡았다.

"신청즈로 가주세요."

"왕젠췬 선생은 한가로이 은퇴 생활을 즐기는 모양이군요?"

"글쎄, 그랬으면 좋겠는데……. 어딘지 느낌이 좋지가 않아요."

민서는 그 의미를 물어보려다 그냥 참았다. 어차피 왕젠췬을 만나보면 알게 될 일이었다.

"저기예요."

택시에서 내려서도 십여 분을 더 걸어간 뒤에야 신훙화는 집 한 채를 가리켰다.

신의 죽음

"저기 좀 보세요."

그곳에는 한 노인이 뒤로 돌아앉아 무언가를 열심히 주무르고 있었다.

"저분이 맞아요?"

"아마 그럴 거예요."

민서는 노인을 한동안 바라보고는 충격을 받았다. 노인은 온몸에 밀가루를 뒤집어쓴 채 반죽으로 뭔가를 만들고 있었는데 한눈에 봐도 정신 상태가 정상이 아님을 알 수 있었다.

"왕 박사님!"

민서가 불러도 노인은 듣지 못한 듯 반응이 없었다.

"왕젠천 박사님!"

노인은 두 사람의 출현을 조금도 의식하지 못한 채 반죽놀이를 하는 데에 몰두해 있었다.

"당신들 누구요?"

갑자기 들려온 소리에 뒤를 돌아보니 초로의 여인 하나가 경계심 가득한 눈으로 서 있었다.

"왕 박사님을 뵈러 왔습니다."

"누구냐니까?"

여자의 목소리엔 심한 짜증과 분노가 서려 있었다.

"우리는 베이징에서 온 제자들입니다. 선양에 온 김에 스승님께 인사를 드리러 왔어요. 이건 선물이에요."

신홍화가 미리 준비한 선물을 내밀며 말하자 여자는 다소 표정을 누그러뜨렸다.

"보시다시피 저 모양이라우. 사람도 못 알아봐요."

"건강을 많이 상하셨네요."

"너무 오랫동안 신경을 곤두세우고 사셨으니 저럴 수밖에."

"왜 신경을 곤두세우고 사셨어요? 무슨 일이라도 있었나요?"

"그래도 여기선 나아요. 창춘에서는 꼼짝을 못하게들 했으니……"

"얘기를 좀 해주세요. 무슨 일이 있었는지."

"박사님은 거의 감금당하다시피 사셨어요. 이제 나이가 들고 치매가 오니까 많이 풀렸지요. 그래도 공안들이 가끔 순찰하러 와요."

"치매요?"

"네, 중증이에요. 그나마 저렇게 뭔가를 만들고 있을 때는 조용해요."

"아주머니는 어떻게 되세요?"

"먼 조카뻘 돼요. 그런데 이름을 얘기해보세요. 사람은 못 알아봐도 이름은 기억하는 경우가 있거든."

신홍화는 난감한 표정을 지었다. 이때 민서의 입에서 뜻밖의 이름이 튀어나왔다.

"레이치우!"

여자는 왕젠췬에게 다가가 귀에 대고 레이치우라는 이름을 크게 외쳤다. 왕젠췬은 여전히 반응이 없었다. 그러나 이미 민서는 자신의 입에서 레이치우라는 이름이 튀어나왔을 때 그의 눈이 광채를 띠었다는 걸 알아챈 터였다.

왕젠췬은 잠시 무표정하게 앉아 있다가 자리에서 일어나더니 어딘가로 휘적휘적 걷기 시작했다. 민서는 신훙화에게 기다리라고 말하고는 그의 뒤를 따랐다.

호박잎이 무성하게 자란 밭으로 걸어 들어간 왕젠췬이 사람들의 시선이 가려졌다 싶자 갑자기 뒤를 홱 돌아봤다. 그의 형형한 눈에서는 불길이 뿜어져 나왔다.

"넌 누구냐?"

짐작대로 그는 실성한 것도 치매에 걸린 것도 아니었다. 민서는 그에게 고개를 숙였다.

"버클리대학교의 김민서 교수입니다. 한국인이죠."

민서는 먼저 자신이 한국인이라는 사실을 밝혔다.

"한국? 한국이라……."

혼잣말을 읊조리던 노인의 표정에는 언뜻 경멸감 같은 것이 떠올랐다.

감추어진 글자

"한국에 대해 좋지 않은 인상을 가지고 계신 모양이군요?"

민서의 물음에 왕젠첸은 이맛살을 깊게 찌푸렸다.

"너희 한국 놈들은 웃기는 놈들이야. 뭐? 호태왕비에 일본 놈들이 석회를 발라 글자를 위조했다고? 크하하하."

갑작스런 왕젠첸의 호통과 웃음에 민서가 변명처럼 말을 이었다.

"그 문제라면, 당시 한국인들은 만주에 있는 광개토대왕비에 가볼 수 없는 상태에서 여러 장의 거친 탁본을 비교해 보니 글자가 서로 달라 보여 그런 이론이 나왔던 겁니다."

"웃기는 소리! 그럼 한국인들이 만주에 갈 수 있게 된 때부터는 바뀌어야 하는 거 아닌가? 그 후에 나온 논문만도 수십 편이야. 비에 석회를 발랐다는 귀신 씻나락 까먹는 소리를 여전히 해대는 논문이 말이야. 그러니 당신들은 당신네 역사를 못 찾는 거야."

민서는 자존심이 상했지만 왕젠첸의 말에 대항할 수 없었다.

"석회를 발라? 그럼 지금도 바르고 있나? 매년 일본 놈들이 만

신의 죽음

주에 가서?"

민서는 대답 대신 고개를 가로저었다.

"이봐. 거긴 매우 습한 곳이야. 여름 내내 비가 주룩주룩 오는 곳이지. 비에 누각을 지은 것도 얼마 되지 않았어. 그런데 백 년도 더 전에 바른 석회가 지금껏 잘 붙어 있겠어? 어린애도 안 믿어. 하지만 너희 한국 학자라는 놈들은 그렇게 속이고 또 그렇게 속아오더군."

왕젠췬은 그동안 가슴에 품어오고 있기라도 했던 듯 의외의 열변을 쏟아냈다.

"한국의 대표적 사학자라는 놈들 포함해서 석회 조작 어쩌고 하는 논문이 백 편이 넘게 쏟아졌지만, 지금껏 누구 하나 반성한 놈 있어? 비에 가서 직접 봤더니 아니더라. 그건 나의 오류였다. 진심으로 사과한다. 이렇게 말하는 놈 하나라도 있었어? 그건 학자의 자세가 아니야!"

민서는 그가 한국에 대해 많은 걸 알고 있다는 생각이 들었다.

"나는 호태왕비를 사랑해."

이제껏 노한 음성을 토해내던 왕젠췬의 목소리가 믿을 수 없을 정도로 갑자기 잦아들었다. 그의 목소리에는 물안개 같은 촉촉함이 배어 있었다.

"그런데 자네는 레이치우라는 놈을 어찌 알았고, 무슨 일로 나를 찾아온 건가?"

"그 사람이 쓴 논문들을 읽다 보니 앞뒤가 맞지 않고, 박사님의 제자임에도 그런 이상한 주장을 하는 걸 보면 무언가 연유가 있을 법해서 찾아 나서게 되었습니다."

"똑똑한 친구군. 그래, 귀 씻고 잘 들어. 호태왕비는 내 마음의 고향이야. 내 존재 이유이기도 했지. 그런데 내 자신을 속이고 본의 아니게 대왕께 욕을 보인 셈이 되었지."

왕젠췬은 한이 맺힌 듯했다.

"나는 학자로서 용기가 없었어. 학자란 목에 칼이 들어와도 자신의 주장을 지켜야 하는데 말이야."

"아닙니다. 박사님이야말로 학자의 본모습을 보여주셨습니다. 거짓을 말하는 대신 침묵하고, 그 침묵을 지키기 위해 이렇게 어려운 삶을 택하신 걸 보면 정말 존경스럽습니다."

"후, 그래도 내 진정을 알아주는 사람을 만나니 기쁘군. 어쨌든 나는 놈들로부터 협박을 받았어."

"어떤 협박을 당하신 거죠?"

"내 가족까지 가만두지 않겠다고 하더군, 레이치우 그놈이. 결국 나는 무너질 수밖에 없었지."

"비문에 대해 뭔가 새로운 해석을 발표하려 하셨을 때부터 그랬던 건가요?"

"아니야. 해석을 어떻게 하느냐 하는 구름 잡는 얘기가 아니고……. 귀를 씻고 잘 듣게."

"새겨듣겠습니다."

"호태왕비에서 잘 보이지 않는 글자가 세 글자인 건 알고 있나?"

"네, 알고 있습니다. 하지만 마지막 세 번째 글자는 '신' 자라고 박사님께서 이미 명백하게 선언하시지 않았습니까?"

"그래, 그랬지. 자네도 이 분야에 아주 문외한은 아닌 모양이군. 어쨌든 세 번째 글자는 '신'이고, 그 뒤의 '라'와 합쳐져 '신라'가 되지. 거기엔 이제 누구도 이의를 달지 않아."

"저도 그렇게 알고 있습니다."

"문제는 안 보이는 두 글자인데, 일본 놈들은 그 안 보이는 두 글자가 '임나(任那)'라고 주장하지. 그러면 그 앞의 백제와 더불어 모두 일본이라는 주어의 목적어가 된단 말이야. 그래서 전체적으로는 '왜가 신묘년에 바다를 건너 백제, 임나, 신라를 깨뜨렸다'고 해석이 되고, 일본 놈들은 이걸로 한반도 남부는 자기네 것이었다고 주장하지."

"그렇다면 박사님은 안 보이는 두 글자가 '임나'가 아니고, 무언가 다른 글자들로 추측된다는 주장을 하시려던 것이었나요? 도쿄 세미나에서?"

"아니, 나는 보이지 않는 두 글자가 어떤 글자였는지 추측을 하려던 게 아닐세. 두 글자 중 한 글자를 분명히 읽을 수 있다는 증거를 제시하려던 참이었지."

"아무도 알아볼 수 없었던 두 자 가운데 한 자를 박사님은 읽으실 수 있었단 말인가요?"

"아니, 비에서는 내 눈에도 보이지 않아."

"그러면요?"

왕젠취은 내뱉듯 말했다.

"그 비의 저본이 따로 있네."

"비의 저본이라면?"

"그 비의 글자가 보이던 시절에 그것들을 종이에 기록해둔 거지."

"아, 그런 게 있었나요?"

"저본에 따르면 그 안 보이는 두 글자 중의 하나는 '동'이야. 동녘 동(東). 맨 앞 글자지. 그러면 신묘년 기사 부분의 해석은 일본 학자들의 주장과는 정반대로 바뀌지. '왜가 신묘년에 침입하자 고구려는 바다를 건너 그들을 깨뜨렸다. 백제가 동쪽으로 신라를 침공하므로 왕이 친히 수군을 거느리고 가 백제를 깨뜨렸다'로 해석되는 거야. 이게 가장 자연스러운 해석이지. 더 이상 광개토대왕비문에 대한 시비가 붙을 여지가 없어지는 거지."

"그렇군요. 해석 이전에 저본에 그런 글자가 있었다면 당연히 그렇게 결론이 나야 하겠군요. 그런데 그 저본은 지금 어디 있죠?"

"나는 한평생을 광개토대왕비 연구에 바친 사람이야. 젊어서부터 아예 비 옆에서 살았어. 내가 처음 비를 보았을 때도 이미 그 세 글자는 보이지 않았어. 하지만 나는 기적적으로, 정말 기적적으로 그 비의 저본을 가진 사람을 만나게 됐네."

"어떻게요?"

신의 죽음

민서의 다급한 질문에 왕젠첸은 눈도 깜빡이지 않고 대답했다.

"그 비는 천 년 이상을 흙 속에 묻혀 있다 1800년대에 세상에 처음 드러났어. 그런데 그때 나중에 내가 그랬던 것처럼 아예 비 옆에 움막을 짓고 살던 사람이 있었네. 그 사람의 성이 초(初)씨였어. 별명은 초대비였고."

"초대비! 큰 비의 옆에 살아 그런 별명이 붙었군요."

"그래. 나는 그 초씨의 후예들을 끈질기게 찾았어. 그런 저본이 있을 줄은 생각도 못했지만 혹시라도 뭔가 도움이 될 만한 증언을 들을 수 있을지 모른다는 생각에서 말이야."

"그런데요?"

"초대비의 조카를 만난 거야. 그 사람이 대수롭지 않게 보자기에 싸인 저본을 내놓는데 나는 숨이 턱 막혀 죽는 줄 알았지. 한중일 세 나라를 그토록 뜨겁게 달궈 온 안 보이는 세 글자의 비밀을 풀어줄 역사적 자료가 그 시골 촌부의 다락방에서 썩고 있었던 걸세."

"그건 초대비가 기록한 거였나요?"

"그래. 나는 그 저본을 발견했을 때 날아갈 것 같은 기분이었어. 수십 년 동안, 아니 백 년 동안 동북아를 시끄럽게 했던 역사의 수수께끼가 풀리는 순간이었지. 일본의 임나일본부설을 확실히 잠재우고 내가 평생 동안 몰두해온 호태왕의 위대한 업적을 만천하에 공표할 확고한 증거를 손에 넣은 거야."

"그런데 유감스럽게도 박사님은 그 저본에 대해 발표하지 못하신 거로군요."

"그렇지. 그걸 찾았다는 소식이 베이징에 전해진 어느 날 나는 몇 사람의 방문객을 맞이했다네. 그들은 노골적으로 나를 협박했어. 저본을 발표하는 날에는 형무소에서 평생 썩어야 할 거라고 했지. 물론 원본은 압수당하고 말았어. 이제 역사에서 영원히 사라져버린 거야."

"그들은 어떤 사람들이었습니까?"

"한국인인 자네에게 차마 내 입으로는 말을 하지 못하겠네."

왕젠춴의 늙은 얼굴에는 분노와 더불어 수치심이 엿보였다.

"그 후 나는 남은 한평생을 저본과 싸웠네. 마지막 기회가 도쿄에서의 세미나였어. 무서운 결심을 했지만 최후의 순간에 레이치우의 협박을 이겨내지 못했지."

잠시 침묵이 흘렀다.

"정말…… 고통스런 삶을 사셨군요."

왕젠춴의 표정이 처참할 정도로 일그러졌다. 그는 격한 감정을 이겨낼 수 없었던지 주먹을 꽉 쥐었다. 그의 주먹은 심하게 떨렸다.

"레이치우, 그 죽일 놈!"

"도쿄 세미나 이후에도 진실을 밝힐 기회가 있지 않았나요?"

왕젠춴은 깊은 한숨을 내쉬었다.

"그게 잘 안 됐어. 『호태왕비연구』라는 책을 냈는데, 그 '동' 자에 대해 설명한 부분은 아예 빠져 있더군. 나는 책이 나온 다음에야 그걸 알았지."

"출판사에서 뺐나요?"

"출판사에 무슨 힘이 있나. 레이치우 짓이었지."

"그렇게 된 거였군요. 그런데 박사님, 어째서 레이치우는, 아니 레이치우와 그의 무리들은 그 '동' 자의 공개를 그토록 필사적으로 막았을까요?"

왕젠췬은 분노에 찬 목소리로 말했다.

"역사를 빼앗자는 거지. 일본 학자들의 임나일본부설 같은 걸 간접적으로 지원하면서 고구려의 역사를 축소시키고, 그렇게 해서 고구려가 중원에서 머나먼 한낱 지방 정권에 지나지 않는다는 주장을 하려는 거지. 부끄러운 일이야. 학자라면 그래서는 안 되는 것인데……. 나는 그 과정에서 희생자가 되고 만 셈이고."

민서는 같은 학자로서 진심으로 이 노학자에게 큰절이라도 하고 싶은 심정이었다.

"감사합니다. 제자를 잘못 두시긴 했지만 선생님의 모습에 깊은 감명을 받았습니다."

"악마를 키운 거지. 내 모든 연구 성과를 아낌없이 물려주었건만."

민서는 왕젠췬이 자신의 모든 연구 성과를 레이치우에게 물려주었다는 얘기를 듣는 순간 어쩌면 이 노학자도 현무첩에 대해 알고 있을지 모른다는 생각이 들었다. 어쨌거나 레이치우는 이 사람의 수제자인 것이다.

민서는 혹시나 하는 기대를 품은 채 조심스럽게 물었다.

"왕 박사님, 혹시 현무첩이란 것에 대해 들어보셨습니까?"

민서의 입에서 현무첩이라는 말이 나오자 왕젠췬은 매우 놀라는 표정이었다.

"현무첩? 현무첩이라고 그랬나?"

"네."

"현무첩! 그래, 현무첩! 그런데 자네가 그걸 어떻게 알지?"

"쓰시안이라는 자가 중국에서 그걸 훔쳐 미국으로 왔습니다. 레이치우는 그 물건을 찾으러 미국에 왔고요."

왕젠췬은 미간을 찌푸렸다. 한참이나 무언가를 생각하던 그는 이내 고개를 흔들었다.

"이상하군. 자네, 쓰시안이라는 자가 그걸 중국에서 훔쳐 미국으로 갔다 그랬나?"

"네."

"분명 북한이 아니라 중국이란 말이지?"

"그렇습니다."

왕젠췬은 고개를 절레절레 흔들었다. 민서는 자신의 추정 가운데 무언가가 잘못되었음을 직감했다.

동토의 신

"이상하군. 그게 어째서 중국에 있었지? 김일성은 절대로 그걸 내놓지 않았을 텐데."

민서는 긴장하지 않을 수 없었다.

"그게 원래 김일성의 소유물이었습니까?"

민서의 물음에 왕젠췬은 한참이나 미간을 찌푸리고 있다가 어렵게 입을 열었다.

"원래는 아니지. 장쉐량의 금고에서 나왔다는 얘기가 정설이야. 하여간 김일성이 나중에 그걸 가지고 있었던 건 틀림없어."

"장쉐량의 금고에서 나왔다는 현무첩이 어떻게 김일성의 손에까지 들어간 건가요?"

"그 얘기를 하려면 먼저 장쉐량 얘기를 해야 할 걸세. 현무첩은 처음에 이 장쉐량의 금고 속에 있었으니까. 그런데 자네 혹시 시안사건이라고 들어봤나?"

"물론입니다. 1936년 겨울, 시안에 주둔하고 있던 군대가 국민당의 대표인 장제스를 체포하여 구금했던 일종의 내란 사건 아닙니까?"

"그렇다네. 당시 장제스를 체포했던 시안의 군대를 이끌고 있던 사람이 바로 장쉐량이었네. 이들은 자신들의 최고 지도자에 해당하는 장제스를 체포 구금한 뒤 더 이상 공산당과의 내전에 힘을 낭비할 것이 아니라 오히려 공산당 군대와 힘을 합쳐 일본군에 대항해야 한다고 주장했지. 그리고 결과적으로 이들의 요구는 받아들여졌네. 장제스는 구금에서 풀려난 뒤 공산당의 지도자와 만나 국공합작을 이뤄냈던 거야. 하지만 난징으로 돌아온 장제스는 시안에서의 이 모멸적인 사건을 잊을 수 없었고, 즉시 동북군 사령관이자 대단한 거부였던 장쉐량을 체포하여 오랫동안 연금 상태로 묶어두었다네. 1975년 장제스가 죽고 나서야 연금 상태에서 풀려난 장쉐량은 대리인을 시켜 자신이 그동안 모아뒀던 보물들을 하나둘씩 내다 팔기 시작했네. 그러다 나중에는 하와이로 건너갔고."

"그 보물들 가운데 하나가 현무첩이었군요?"

"그랬지. 장쉐량을 대행해서 물건을 팔고 다니던 저우허양이란 자가 있었는데, 감정사였던 그는 현무첩을 들고 김일성을 찾아갔다네."

"저우허양이라……. 그런데 저우라는 감정사는 현무첩을 왜 하필이면 김일성에게 들고 갔을까요?"

"그야 당연히 그에게서 가장 비싼 값을 받을 수 있다고 판단했던 때문이겠지."

"현무첩이 무엇이기에 저우는 김일성으로부터 가장 비싼 값을 받을 걸로 생각했을까요?"

"정확히는 나도 알 수 없다네. 장쉐량 소유였던 현무첩이란 물건을 저우가 김일성에게 팔았다는 얘기, 그것도 아주 비싼 가격에 팔았다는 얘기만 알려졌지. 그 현무첩이 구체적으로 무엇인가에 대해서는 세상에 전혀 알려지지 않았어. 게다가 현무첩이 무엇인지를 말해줄 수 있는 몇 안 되는 사람 가운데 하나였던 저우마저 김일성에게 물건을 넘긴 뒤 얼마 지나지 않아 살해됐고, 그 후 장쉐량마저 세상을 떠났다네."

"저우가 살해됐다고요? 누구에게요?"

"알 수 없지. 그가 현무첩의 비밀 때문에 죽었는지 아니면 다른 수많은 보물을 감정한 결과로 죽었는지는 신만이 아시겠지. 아무튼 현무첩은 그렇게 동토의 신에게로 넘어갔다네."

"동토의 신이요?"

"김일성을 그렇게 부르던 시절이었다네."

왕젠촨의 설명을 듣던 민서는 얼핏 이상한 의문 하나를 떠올렸다. 김일성과 저우허양의 거래는 아마도 매우 은밀히 이루어졌을 것임이 분명했다. 그렇다면 왕젠촨 박사는 이런 얘기를 어디서 들었던 것일까? 민서는 일어나는 의문을 억누르지 못하고 곧장 질문을 던졌다.

"그런데 박사님은 어떻게 그 현무첩의 존재를 알게 되셨나요?"

"나는 평생을 광개토대왕비 연구에 매달렸네. 이 분야에서는 제법 이름을 얻기도 했지. 그런데 내가 지린성 고고연구소장으로 있을 때 저우가 날 찾아온 적이 있었다네."

"음, 그때 현무첩 얘기를 직접 들으신 거로군요?"

"처음엔 물건의 존재에 대해서는 언급하지 않은 채 그저 광개
토대왕 때의 국경에 대해서만 꼬치꼬치 캐묻더군. 내가 나름 상
세히 대답을 해주었는데도 불구하고 이자는 묻고 또 묻는 거야.
나중엔 내가 화가 나서 고함을 쳤지. 그러자 결국 내게 넌지시
묻더군. 현무첩에 대해 아느냐고. 나는 고개를 가로저었어. 하지
만 뭔가 예감이 이상해서 그게 뭐냐고 물었더니 이 친구 시치미
를 딱 떼는 거야. 나는 그게 호태왕과 관련이 있다는 확신이 들
었지. 그렇지 않다면 그자가 왜 날 찾아와 그 당시의 국경선에 대
해 그리 집요하게 물었겠나?"

"그렇겠군요."

"내가 현무첩에 대해 아는 게 없다는 걸 눈치채자 그자는 더
이상 현무첩 얘기는 꺼내지도 않았어."

"약간의 힌트도 얻지 못했나요?"

"나는 그에게 현무첩이 뭔지 알려달라고 사정을 했다네. 하지
만 그는 목숨이 달려 있는 일이라며 끝까지 입을 다물었네."

"목숨이 달려 있다? 감정사가 왜 그렇게까지 말을 했을까요?"

"큰돈이 걸린 일이고, 동토의 신과 관련된 거래였으니 그랬겠
지. 어쨌든 이자는 내게는 단 한 마디도 현무첩의 비밀을 말하지
않은 채 그걸 김일성에게 넘겼어."

왕젠췬의 얘기를 듣는 동안 민서의 호기심과 의문은 더욱 커

신의 죽음

지고만 있었다.

"그가 김일성에게 물건을 넘긴 건 확실한가요?"

"그래. 그가 후에 유일하게 한 마디 해준 게 바로 물건은 김일성에게 매우 고가에 넘어갔다는 얘기였지. 한 번만 내게 보여주었더라면 좋았을걸. 딱 한 번만이라도……."

왕젠췬의 표정에는 말할 수 없는 쓸쓸함이 깃들어 있었다. 민서는 그런 그에게 또 하나의 질문을 던졌다.

"박사님은 그렇다 치고, 레이치우 일당은 어떻게 현무첩에 대해 알게 되었을까요?"

"내가 말해줬으니까. 김일성이 현무첩이란 걸 가지고 있는데, 그 구체적인 내용은 모르지만 광개토대왕 시대의 국경선과 연관된 보물일 것이란 얘기까지, 나는 그놈에게 내가 알고 있던 모든 것을 말해주었다네."

민서는 어쩌면 모든 문제의 출발점에 왕젠췬 박사가 놓여 있는지도 모르겠다는 생각이 들었다. 그가 수제자 레이치우에게 현무첩에 관한 얘기를 들려준 것이 문제의 시발점이 된 것은 아닐까 하는 의문이 들었던 것이다. 그렇다고 이제 와서 왕 박사를 원망할 수도 없는 노릇이었다. 민서는 머리를 흔들며 다음 질문을 이어갔다.

"죽은 저우가 박사님 외의 다른 사람에게도 현무첩 얘기를 하지는 않았을까요?"

"정확히 알 수는 없지만 그럴 가능성은 희박하다고 생각하네.

그 친구 말대로 목숨이 왔다 갔다 하는 거래였을 테니까."

"그리고 실제로 누군가에게 살해를 당했고요?"

"그랬지. 물론 현무첩 때문에 살해를 당한 것인지는 알 수 없지만, 어쨌든 그자의 피살 사건은 아직까지 선양공안서의 미제 사건으로 남아 있다네."

"선양공안서의 미제 사건이라고요?"

"그렇다네."

민서는 이제 대화를 마무리할 시간이 되었음을 직감했다. 왕젠췬 박사에게서 현무첩에 대한 구체적인 정보를 더 얻어낼 수는 없을 터였다. 이야기를 마치면서 민서는 왕젠췬에게 깊이 고개를 숙였다. 한평생 광개토대왕비를 그러안고 산 노학자에게 진심으로 고마움을 표하고 싶었다. 광개토대왕비의 비문을 옮겨 적은 저본이 있고, 거기에 보이지 않는 두 글자 가운데 한 글자로 '동' 자가 분명히 기재되어 있다는 얘기는 민서의 가슴을 방망이질 치게 만들기에 부족함이 없었다.

민서가 작별 인사를 건네자 왕젠췬의 눈에 갑자기 눈물이 맺혔다. 그는 민서의 손을 잡았다. 두 사람의 따스한 체온이 서로의 손을 타고 전해졌다.

"자네를 보니 어쩐지 희망이 생기는 것 같네. 내 스스로 짓밟았던 학자의 양심을 되찾을 수는 없지만, 참회는 할 수 있을 것 같아."

"이미 충분히 참회하셨습니다."

"어쨌든 늦게라도 날 찾아주어 고맙네. 자네가 오지 않았으면 한평생을 바쳐 섬겼던 광개토대왕비를 나 스스로 배신한 채 한 많은 인생을 접어야 했을 걸세."

왕젠췬은 처음 민서가 이곳을 찾아왔을 때와는 달리 평안을 찾은 얼굴로 민서를 직접 배웅했다. 그는 민서와 신홍화가 탄 택시가 보이지 않을 때까지 오래도록 바라보고 서 있었다.

신홍화는 택시가 마을을 한참이나 벗어나고서야 비로소 말문을 열었다.

"좋은 일을 하신 모양이네요?"

"무슨 말이죠?"

"왕 박사의 표정에 평화가 깃든 것 같았어요. 처음과는 달리 어딘지 편해 보이던데요."

"학자의 양심 때문에 오랫동안 고통을 받아온 분이지요."

"교수님은 원하던 걸 얻으셨나요?"

"내가 원한 게 뭔지 모를 지경이 됐어요."

"무슨 뜻이죠?"

"뭔가 얻으려고 왔지만 저분을 보니 마음만 아프군요. 양심 때문에 저렇게 지내시는 분에게 뭔가를 얻어갈 궁리만 하는 저 스스로가 안타까워요."

민서의 세심한 마음 씀씀이에 놀랐는지 늘 예리하기만 하던 신홍화의 눈동자가 살짝 흔들렸다.

"어쨌든 이제 공항으로 가면 되죠?"

"아니, 우선 선양공안서로 갑시다."

"공안서는 왜요?"

"어떤 사람의 피살 사건 기록을 하나 봤으면 좋겠어요."

"피살 사건?"

"그래요. 저우허양이라는 사람의 피살 사건인데 미제 사건으로 남아 있다고 하더군요."

신홍화가 웃으며 물었다.

"근데, 공안서에 가선 뭐라고 하실 건가요? 미국에서 온 한국인 교수인데 미제 피살 사건 기록을 좀 보자고 하실 건가요? 공안들이 전부 어안이 벙벙해서 웃지 않겠어요?"

신홍화는 내내 재미있어 죽겠다는 표정이었다.

"좀 도와줄 거요?"

"공짜는 없어요."

"알았어요."

"그럼 공안서 밖에서 기다리세요."

민서는 고개를 끄덕였다. 신홍화는 이 방면에 머리 회전이 빨랐다. 오래지 않아 신홍화는 공안서 밖으로 나왔다.

"살인 사건 자체는 교수님 말대로 미제로 남아 있어요. 총에 맞아 죽었는데 증거도 증인도 전혀 없었대요. 공안서에서는 알 수 있는 게 아무것도 없었다는 얘기죠. 다만……."

"다만 뭐요?"

보채는 민서의 표정이 재미있다는 듯 신홍화는 약간 뜸을 들이더니 다시 입을 열었다.

"피살 사건 직후에 사체를 인수해 간 사람의 이름과 주소를 찾았어요. 기록에는 가족이나 친지가 아니라 단순한 지인이라고만 되어 있고, 만약 범인이 잡히면 통지를 해달라며 이름과 주소를 남겨놓았다더군요."

"그래요? 그게 누구죠?"

"여기!"

신홍화는 종이쪽지 하나를 내밀었다.

장우 — 하와이 호놀룰루 14708번지

쪽지를 받아든 민서는 하마터면 소리를 지를 뻔했다. 하와이에 사는 장씨 성을 가진 사람, 살해된 저우허양의 지인이라면 장쉐량과 관계된 인물임이 틀림없었다. 장쉐량의 후손일 가능성이 높았다. 민서는 이미 샌프란시스코로 곧장 갈 것이 아니라 하와이에 들러봐야겠다는 생각을 굳히고 있었다.

"고마워요. 여러 가지로."

민서는 신홍화에게 고맙다는 인사를 건넸다.

"궁금한 게 해결됐다니 저도 즐겁네요."

"그런데 어제 오늘 수고비로는 얼마를 드리면 될까요?"

"이미 받았어요."

"네?"

"그 얼굴이면 됐어요."

신홍화는 무척이나 재미있다는 듯 다시 깔깔대고 웃었다.

"얼굴값을 했다는 얘기예요. 이 정도 서비스는 그냥 그 잘생긴 얼굴로 결제가 됐어요."

민서는 이유를 알 수 없었지만 그녀의 태도로 보아 돈 얘기를 더 하는 것은 오히려 우습겠다는 생각이 들었다.

"정말 고마웠어요."

공항에서 민서는 신홍화에게 다시 감사의 말을 건넸다.

"도움이 필요하면 언제든 전화하세요. 그 얼굴값을 높이 쳐줄 테니까."

그렇게 신홍화와 헤어진 민서는 하와이행 비행기에 몸을 실었다.

김일성의 대리인

호놀룰루공항에 내린 민서는 일단 택시를 타고 호텔로 갔다. 짐을 방에 둔 민서는 가벼운 옷으로 갈아입자마자 메모 속의 주소지로 향했다. 역시 하와이의 해변은 아름다웠다. 밝은 햇살과 푸른 바다와 야자수가 빚어내는 총천연색의 풍광은 막 벗어난 베이징이나 선양의 회색빛 거리와는 대조를 이루었다. 택시는 아름다운 정원의 저택이 늘어선 길을 따라 언덕 위로 계속 올라갔다.

"오오, 이런!"

민서는 주소지에 떡 버티고 선 대저택을 보자 놀란 입을 다물 수가 없었다. 샌프란시스코를 비롯한 미국의 여러 도시에서 각종 저택들을 수없이 보아온 그였지만 이런 저택은 난생처음이었다. 거대한 저택은 절벽 위에 떡 버티고 선 채 멀리 태평양을 응시하고 있었고, 입구에서부터 온갖 종류의 나무와 풀로 뒤덮여 현관까지 들어가는 길은 마치 원시의 옛날로 돌아가는 것 같은 기분이 들게 했다.

"누구십니까?"

벨을 누르자 저택 안에서 탁한 음성이 인터폰을 타고 흘러나왔다.

"장우 씨를 찾아왔습니다."

"누구시라고 전할까요?"

"김민서라고 합니다."

"뭐 하는 분이시죠?"

"버클리대학교의 교수요."

"이름이 뭐라고요?"

"김민서요."

잠시 후 다시 인터폰을 타고 예의 그 탁한 목소리가 흘러나왔다.

"약속한 일이 없으시답니다. 죄송하지만 만나실 수 없을 것 같군요."

저쪽에서는 일방적으로 인터폰을 끊어버렸다. 민서는 잠시 고개를 들어 저택의 규모를 가늠해보았다. 끝에서 끝까지 눈으로 훑는 데에도 제법 시간이 걸렸다. 게다가 절벽 밑으로는 개인용 해변이 길게 펼쳐져 있었다. 해변 한편에 요트와 모터보트 몇 대를 매어놓은 선착장도 보였다. 선착장은 유리로 만들어져 문까지 달려 있는 걸로 보아 그 안에서 시원한 음료수도 먹을 수 있게 되어 있는 모양이었다. 이 정도 부를 누리고 사는 사람이라면 약속 없이 찾아온 사람을 만나줄 리가 만무했다. 민서는 잠시 생각을 가다듬고 다시 벨을 눌렀다.

신의 죽음

"누구십니까?"

같은 목소리를 듣자 민서는 쓴웃음을 지었다. 사나이는 분명 폐쇄회로를 통해 바깥을 보고 있을 터였다.

"장우 씨에게 선양에서 온 사람이라고 전해줘요."

"선양?"

"그래요."

"기다리세요."

수화기 건너편에서 잠시 사라졌던 사나이의 목소리가 이내 다시 전선을 타고 흘러나왔다.

"무슨 일로 왔는지 물으십니다."

"저우허양 선생과 관련해 나눌 얘기가 있다고 전해요."

인터폰 건너편에서 잠시 사라졌던 사나이는 이번엔 의외로 싹싹한 목소리가 되어 되물었다.

"저우허양 선생이라고 하셨나요?"

"그래요."

민서의 분명한 목소리에 뒤이어 철컹 하는 소리와 함께 문이 열렸다.

"들어오세요."

민서가 현관으로 들어서자 몸집이 좋고 완고한 표정을 얼굴에 잔뜩 깔고 있는 삼십대의 사내 하나가 기다리고 있다가 민서의 모습을 아래위로 훑으며 응접실로 안내를 했다.

"장우 씨는 이제 곧 나오실 겁니다."

"그분이 이 집의 주인인가요?"

"물론입니다."

민서는 사내가 안내하는 대로 소파에 앉았다. 소파는 마치 바닥이 없는 듯 밑으로 한없이 가라앉았다.

"음!"

자신의 의지와는 상관없이 푹신한 소파에 몸을 묻게 된 민서의 눈에 흰 구름과 더불어 먼 바다에서 밀려오는 하얀 파도가 시원하게 들어왔다. 일어나고 또 일어나는 수십 결의 파도는 서로 앞서거니 뒤서거니 하며 달려와 저택의 절벽에 세차게 몸을 부딪치며 잘게 쪼개지곤 했다.

"인생의 의미를 생각하게 만드는 풍경이죠?"

민서가 소리 나는 쪽으로 고개를 돌리자 사십대 후반으로 보이는 한 중국인이 얼굴에 미소를 머금은 채 서 있었다. 민서는 소파에서 몸을 일으켰다.

"한없이 밀려오고 또 밀려오는 파도를 보면 우리는 어디를 향해 치닫고 있는지 생각하게 되지요. 저 파도처럼 모든 걸 다 털어버리고 제자리로 돌아가면 되는 것이 인생일 텐데 말이죠."

민서는 초면에 마치 철학자처럼 뜻밖의 말을 하는 주인을 보자 다소 이상한 느낌이 들었다. 세기적 보물들과 인연을 가진데다 이런 대저택에 사는 사람의 입에서 나올 말이 아니었다.

"하하, 초면에 내가 너무 말이 많았나요?"

"아니, 깊이가 있는 말씀이었습니다."

신의 죽음

"고맙소. 그런데 선양에서 오셨다고요?"

"그렇습니다. 선양 사람 저우허양과 관련해 찾아왔습니다."

"그분을 어떻게 아시죠?"

"어떤 물건과 관련해서 알게 됐습니다."

장우는 잠시 눈을 감고 회상에 잠기는 듯했다. 그는 천천히 눈을 뜨면서 안타깝다는 듯 낮은 목소리를 밀어냈다.

"그분은 매우 진실한 사람이었소. 조부의 지시에 따라 우리 집안의 많은 보물을 처분해주었지. 참 양심적이었소. 안타깝게 가족도 자식도 없이 살다 돌아가셨지만."

"조부가 장쉐량 장군이셨습니까?"

"그렇소."

민서는 장우가 저우허양에 대한 연민의 정을 적지 않게 가진 걸 보자 단도직입적으로 말을 꺼냈다.

"예전에 선양에 가신 적이 있습니까?"

"선양? 내가 그런 질문에 대답해야 할 이유가 있소?"

"그는 살해당했습니다. 저는 누가 무슨 이유로 그를 살해했는지 밝히고 싶습니다."

장우는 한동안 말없이 테라스 너머로 눈길을 돌려 태평양을 응시했다. 무언가를 곰곰 생각하던 그는 무거운 목소리로 탄식했다.

"허허 참, 인생이란! 맞소. 이십 년쯤 전 나는 선양에 간 적이 있소. 그분의 장례를 치르기 위해서였소."

민서는 하와이에 오기를 잘했다는 생각이 들었다. 오기 전에는 상대가 적대적으로 나올 것이라 생각했고 그럴 경우의 방법도 생각해두었지만 이 사람은 의외로 호의적이었다.

"누가 살해했는지 혹시 짐작이 가시던가요?"

그는 고개를 저었다.

"아니요. 나는 그때 봉분을 세우고 그분을 후히 장사지냈지만 그분을 누가 왜 죽였는지에 대해선 알 수 없었소. 다만 한 가지, 그분이 우리 집안의 보물을 처분했기 때문에 비운에 가신 건 내심으로 짐작할 수 있었소. 그때 나는 무덤 앞에 서서 반드시 흉수를 찾아내 복수를 해드릴 것을 맹세했지만 지키지 못하고 세월만 흘러갔소. 그런데 오늘 당신이 찾아온 거요. 한데 당신은 누가 그분을 살해했는지 알고 있소?"

"아직은 아닙니다. 하지만 당시의 일을 정확하게만 알려주신다면 가능할 걸로 봅니다."

"당시의 일? 하지만 사실 우린 아무것도 모르고 있소. 워낙 지혜가 깊으신 조부께서 정직한 그분을 찾아내 모든 보물의 처분을 다 맡기셨다는 것밖에는 몰라요."

"혹시 현무첩이라는 보물에 대해 들어본 적이 있습니까?"

장우는 고개를 저었다.

"그럼 화씨의 벽은요?"

"그건 알고 있소."

"화씨의 벽이 누구에게 팔렸는지 알고 있습니까?"

"화씨의 벽은 팔린 게 아니오. 몇 개의 구슬과 함께 공산당 최고위 간부들에게 들어갔소. 덩샤오핑과 당시 권력의 핵심으로 진입하던 장쩌민 같은 사람들."

"왜 그런 보물을 진상했나요?"

"생각해보시오. 그러지 않고 어떻게 나머지 보물들을 중국에서 처분할 수 있었겠소? 여기 미국이나 다른 나라에서 처분할 수도 있었겠지만 조부께서는 기왕이면 중국의 보물은 중국에서 처분해야 한다고 생각하셨던 것이죠. 그런데 중국은 아직 공산당 독재 체제잖소?"

민서는 고개를 끄덕였다.

"김일성에게 팔린 물건에 대해선 들은 바 없습니까?"

"나는 몰라요. 나란 사람은 조부님이 남긴 재산을 쓸 줄만 알았지 평생 뭘 번다거나 재산을 관리한다거나 하는 일과는 거리가 멀었으니까."

민서는 장우의 사람됨으로 보아 충분히 그럴 거라는 생각을 했다.

"부친은 생존해 계신가요?"

"돌아가셨소. 오히려 조부님보다 먼저 세상을 뜨셨어요."

"그럼 당시 상황을 아는 사람이 한 분도 없다는 얘기군요?"

"유감스럽게도 그렇소. 오직 조부님과 저우허양 선생만이 내막을 알고 계셨소."

민서는 장우의 호의적인 태도를 보다 확실하게 해둘 필요가 있겠다고 생각했다. 그래서 잠시 그의 조부인 장쉐량이 얼마나 훌륭한 철학을 가진 군인이자 영웅이었던가에 대해 한껏 칭찬을 늘어놓았다. 그런 뒤에는 저우허양의 죽음에 대해서도 매우 안타깝다는 뜻을 전했다. 그런 민서에게 장우는 친밀감을 느끼게 된 모양인지 나중에는 대화를 더 적극적으로 끌어 나갔다.

"아까 저우 선생의 살인범을 찾아낼 수도 있겠다는 얘기를 하셨는데, 우리 조부님이 남기신 기록들 가운데 저우 선생과 관련된 게 있을지도 몰라요. 같이 한번 조부님의 서재에 가봅시다."

민서는 고개를 끄덕였다. 아무리 장쉐량이 모든 걸 저우허양에게 맡겼다 해도 반드시 어떤 흔적인가는 남아 있을 것이었다.

과연 시대의 영웅 장쉐량의 서재는 어마어마했다. 저택 3층의 거의 대부분을 차지하는 장쉐량의 서재는 그대로 중국사 박물관 같은 곳이었다.

"이건 그대로 중국 정부에 기증해도 되겠군요."

"조부님은 그 시대 최고의 영웅이었지만 중국이나 대만 어느 쪽으로부터도 환영을 받지 못했어요. 장제스를 시안에 가두고 공산당과 담판을 짓도록 한 건 순전히 중국 인민을 위한 위대한 행위였죠. 하지만 권력 싸움에 눈이 먼 장제스와 마오쩌둥은 조부님을 영원한 원수로 여겼소. 특히 장제스는 조부님을 옴짝달싹 못하게 평생을 가두어두었소. 그래서 내가 하와이에 사는 거요. 조국을 저 태평양 건너편에 두고 말이오."

민서는 장우의 얼굴에 흐르는 쓸쓸함을 놓치지 않았다.

"자, 이것들이 집안의 재산 이동에 관한 기록이오. 집사가 살아 있을 때 모든 서류를 분류해두었소."

민서는 다시 한 번 놀랄 수밖에 없었다. 재산 관련 서류만 해도 열 개 이상의 캐비닛에 꽉 들어차 있었다.

"이 서류들을 보다 보면 재미있는 사실도 많아요. 조선의 물건들도 제법 있었던 모양이오. 과거 위안스카이가 조선에서 대원군을 잡아왔을 때 조선 사람들이 그분을 풀어달라고 많은 보물을 위안스카이에게 바쳤던 모양이오. 재미있는 건 위안스카이는 또 우리 장씨 가문에게 살려달라고 그 보물들을 바쳤고. 역사란 돌고 돈다는 말이 실감나잖소?"

민서는 이 저택의 서류만 뒤져도 알려지지 않은 여러 의미 있는 역사적 사건들을 알 수 있겠다는 생각이 들었다.

"선양에 있던 수장고를 열었을 때의 기록은 아마 옆방에 있을 거요."

두 사람은 작정을 하고 몇 시간이나 서류들을 뒤적였다. 그러나 아무리 서류들을 뒤지고 또 뒤져도 현무첩이라든지 김일성이라든지 하는 기록은 나오지 않았다.

"아아, 만만치 않을 거라고는 생각했지만 이건 정말 너무 힘이 드는군!"

장우는 이마에 맺히는 땀방울을 연신 손등으로 훔쳐내다 결국은 기진맥진하여 포기하고 말았다.

"괜찮다면 저 혼자서라도 좀 더 찾아보겠습니다."

"그렇게 하도록 해요."

혼자 남은 민서는 밤새 서류를 뒤지고 또 뒤졌으나 역시 얻어지는 건 없었다. 다음날 아침 장우는 서재에 와서 밤새 작업을 하느라 지친 민서의 모습을 보고는 혀를 찼다.

"사람들을 시켜 찾아보도록 할 테니 이만 눈을 좀 붙이시오."

그러나 민서는 고개를 저었다. 사람들에게 맡길 일이 아니었다. 민서는 소파에 앉아 잠시 휴식을 취하고는 다시 서류 더미 속으로 자신을 밀어 넣었다.

"어떻소? 성과가 좀 있소?"

저녁이 되어 다시 올라온 장우는 땀과 먼지에 절어 시커먼 모습이 된 민서가 입가에 희미한 미소를 띠고 있는 것을 보더니 반색을 했다.

"찾아냈소?"

"영수증을 하나 발견했는데 확실치는 않아요."

"무슨 얘기요?"

"단서만 찾았다는 얘기지요. 어차피 김일성이라는 이름이 나올 가능성은 희박하니까 달리 찾는 수밖에 없어요."

"좀 쉽게 말해봐요."

"거래 금액이나 기타 다른 것들을 보고 알아차려야 한다는 얘기지요. 그런데 거래 금액도 크고 한국에서 쓰는 '양(梁)'씨 성을 가진 사람이 두 사람 있어요."

민서는 두 장의 종이를 장우에게 내밀었다. 장우는 두 장의 종이를 찬찬히 훑었다.

"이건 영수증 사본 아니오?"

"네. 저우허양은 이 두 사람에게 각각 어떤 보물인가를 팔고 돈을 받았어요. 그리고 영수증을 써주었는데 큰 거래다 보니 영수증 사본까지 만들어둔 모양입니다. 그런데 이 이름을 봐요. 하나는 양가경, 또 하나는 양수열이에요. '양'은 중국에서도 쓰고 한국에서도 쓰는 성이죠. 둘 다 거래 금액이 굉장히 커요. 그런데 제 감각으로는 가경은 확실히 중국 이름인데 수열이라는 이름은 중국에서는 잘 안 쓰는 것 같아요."

장우는 천천히 고개를 끄덕였다.

"맞소. 수열이라는 이름은 중국인의 이름으로는 이상해요."

민서는 비로소 손등으로 이마의 땀을 씻었다.

"반면 북한에서는 그런 이름을 흔히 쓰지요. 이 사람은 북한 사람일 가능성이 있어요."

"그렇다면 이 양수열이라는 사람이 김일성의 대리인이었을 가능성이 있다는 얘기로군요?"

"그럴 수 있어요."

"허허. 그렇다 하더라도 이 양수열이라는 사람이 지금 어디서 뭘 하는지 어떻게 알 수 있겠소?"

"그보다는 그 사람이 진짜 북한 사람인지, 혹은 김일성을 대리해서 뭔가를 했는지를 알아보는 게 더 급한 일입니다."

"글쎄 그걸 어떻게 알아보느냐 말이오? 교수님의 추리가 틀림 없다고 해도, 그렇다면 그 사람은 무슨 공식적인 관리라기보다 는 김일성의 사적 인물일 텐데 말이오. 가령 집사라든가. 게다가 김일성은 죽은 지 오래됐잖소?"

장우는 영수증을 유심히 살피며 비관적 전망을 쏟아냈다.

"게다가 돈은 중국 수표로 계산되었군. 이 사람은 한국인이 아 닐 가능성도 크단 말이오."

"아마 김일성이 샀다 하더라도 결제는 중국 수표로 이루어졌 을 겁니다. 여기 영수증에도 홍콩상하이은행 상하이 지점이 발 행한 수표를 받았다고 적혀 있군요. 수표 번호까지 있어요."

그제야 고개를 끄덕이는 장우를 보며 민서는 방 한쪽에 덩그 러니 놓여 있는 소파에 지친 몸을 깊이 묻었다. 피로가 몰려오는 중에도 양수열이라는 사람이 한국인일 거라는 기대감으로 민서 의 얼굴은 환하게 밝았다. 장우 역시 민서의 표정을 보며 고개를 끄덕이긴 했지만 조금 후 그는 다시 고개를 갸우뚱했다.

"그렇다 하더라도 그를 찾을 수는 없지 않겠소? 집사인지 심 복인지 모르겠지만 그가 아직도 어디선가 활동하고 있다고 생각 할 수는 없지 않겠소? 어쩌면 김일성이 그마저 죽였을지 모르는 일이고."

그건 그랬다. 그가 어떤 사람인지 알아내는 건 그다지 큰 의미 가 없어 보였다. 하지만 민서는 양수열이라는 이름을 얻어낸 것 만으로도 큰 소득을 올렸다고 생각하는 모양인지 얼굴빛이 밝

신의 죽음

왔다.

"여하튼 고맙습니다."

"무슨 소리요! 나도 저우허양의 원수를 갚겠다고 맹세한 사람인데. 무슨 소식이라도 얻으면 꼭 연락 주시오. 이 영수증은 복사를 해줄 테니 가지고 가요."

민서는 다음날 아침 밝은 표정으로 공항으로 나가 샌프란시스코행 비행기에 몸을 실었다.

미아 사스케체완

휴스턴 경찰국의 윌리엄 경사는 머리가 온통 헝클어지고 온몸에 멍이 든 한 동양계 여자가 경관의 부축을 받으며 형사과 사무실로 들어서는 것을 보고는 눈이 휘둥그레졌다.

"신고를 받고 가보니 길에 쓰러져 있었습니다."

순찰반의 경관은 발견 당시의 경위를 간단히 적은 보고서와 함께 여자를 윌리엄에게 인도했다. 무척 심하게 구타를 당한 흔적이 온몸 곳곳에 남아 있는 여자는 거의 넋이 나간 상태였다.

윌리엄은 조심스러운 목소리로 물었다.

"아가씨, 말을 할 수 있나요?"

"네."

"폭행을 당했나요?"

여자는 고개를 끄덕였다.

"남자로부터요?"

"네."

"상대가 누군지 알 수 있어요?"

"네."

"다행이군요. 아가씨 이름을 말해줘요."

"미아 사스케체완."

윌리엄은 컴퓨터에 미아 사스케체완이라는 이름을 치다가 빨간 블록이 이름을 덮는 것을 보았다. 수배자라는 표시였다. 윌리엄은 천천히 전화기를 들어 수배를 내린 샌프란시스코 경찰국 제럴드 경위의 번호를 눌렀다.

휴스턴 경찰병원의 현관에 들어서는 제럴드 경위의 발걸음은 날아갈 것 같았다. 실종되었던 미아 사스케체완이 살아 있는 상태로 발견되었다는 사실이 놀랍기만 했다.

"제럴드 경위님?"

"그렇소."

"전화 드렸던 윌리엄입니다. 미아는 다행히 의식도 곧바로 회복되었고 치명적 징후도 없습니다. 그런데 이 여자가 범죄자입니까? 살인과 관련해 수배 중이던데……."

제럴드는 잠시 멈칫했다. 여자가 심한 폭행을 당한 채 발견되었다면 살인 용의자라기보다는 피해자로 생각되었다.

"아니, 살해당할 위기에 있었소."

"그렇군요. 제가 병실로 안내하겠습니다."

윌리엄은 제럴드의 앞장을 서서 병실로 향했다. 제럴드는 병실에서 미아의 얼굴을 보는 순간 신음을 내뱉고 말았다.

"오! 저런!"

병실에는 이미 뉴욕의 크리스티 경매장에서 보았던 미아의 상사 한 사람과 여자 동료 한 사람이 앉아 미아를 위로하고 있었다.

"제럴드 반장님!"

"세상에! 어떤 놈이 여자를 이렇게나 구타했단 말이오? 쓰시안 그놈이오?"

제럴드는 쓰시안을 잡으면 씹어 먹어도 시원치 않겠다는 얼굴로 화를 냈다.

"어쨌거나 살아 돌아온 것만 해도 천운이오. 놈들이 감정사는 죽였거든. 미아, 대화를 좀 나눌 수 있겠소?"

미아는 고개를 끄덕였다.

"여러분, 미안하지만 좀 나가주시겠소?"

제럴드는 함께 온 형사에게 병실 문을 지키게 하고는 녹음기를 꺼내 옆에 놓았다.

"미아, 이제껏 쓰시안에게 잡혀 있었던 거요?"

"네."

"놈이 토니 왕을 죽인 건 맞소?"

"네."

눈에 눈물이 맺히더니 이내 미아는 걷잡을 수 없는 공황상태에 빠져들었다.

"미아, 이제 울음을 그치고 대답을 해줘요. 미아의 진술 여부에 따라 어쩌면 놈을 더 빨리 잡을 수 있을지도 모르니."

신의 죽음

잠시 후 미아는 안정을 되찾고 고개를 끄덕였다.

"놈은 지금 어디에 있소?"

"몰라요. 그날 잡혀서부터 지금까지 늘 어떤 집에 갇혀 있기만 했어요. 몇 번 탈출하려다 어제는 거의 성공할 뻔했는데 마지막 순간에 놈에게 붙들렸어요. 놈은 나를 흠씬 두들겨 패고는 자동차 트렁크에 집어넣은 뒤 차째로 어딘가에 버렸어요. 정신이 들어 트렁크를 빠져나와 헤매다가 공중전화를 발견해서 겨우 신고한 거예요."

"그랬군. 이제껏 어느 주 어느 도시에 있었는지는 알 수 없소?"

"모르겠어요. 계속 방 안에만 있었기 때문에. 하지만 한적한 농가인 것만은 확실해요. 외딴집이라 찾아오는 사람도 지나가는 차도 없었어요."

"트렁크 안에서 몇 시간이나 있었는지 알 수 있소?"

"꼬박 하루는 있었던 것 같아요."

"그전에는 누구와 있었소? 쓰시안 외에 다른 사람은 없었소?"

"그놈만 있었어요."

제럴드는 몽타주를 꺼냈다.

"이놈이 그놈이오?"

미아는 몽타주를 보고는 수치와 분노에 찬 표정으로 고개를 끄덕였다. 다시 그녀의 눈에 눈물이 맺혔다.

"자, 미아. 몸이 좀 회복되면 샌프란시스코로 갑시다. 거기서 자세하게 조사해야겠소."

미아는 매우 협조적이었다. 다음날 제럴드는 미아와 같이 샌프란시스코로 가 일단 그녀를 병원에 입원시켰다. 미아는 다행히 회복이 빨라서 며칠이 지나자 거진 회복한 몸으로 퇴원할 수 있었다. 제럴드는 미아를 클라크의 사무실로 데려갔다.

"미아, 쓰시안과는 어떻게 만나게 되었소?"

"그가 전화를 걸어왔어요. 회사로요."

"그래서요?"

"보물이 있는데 살 사람을 찾아봐달라더군요. 어떤 보물이냐고 물으니까 말로는 설명하기 곤란하다며 직접 보는 게 좋겠다고 했어요. 그래서 만나게 되었죠."

"뉴욕에서 말이오?"

"네, 그가 투숙하는 호텔로 갔었어요."

"어떤 호텔이었소?"

"월도프 아스토리아."

"음, 최고급 호텔을 이용한 건 경계를 늦추려는 심리였겠지. 그래서요?"

"커피숍에서 그와 만나 얘기를 나눈 후 그의 방으로 갔어요. 정말 근사한 보물이 있더군요."

"화씨의 벽 말이오?"

"네, 화씨의 벽과 현무첩이라는 게 있었어요."

"음."

제럴드는 현무첩이라는 말이 미아의 입에서 나오자 기대감이

신의 죽음

솟아났다. 그는 호흡을 고르고 물었다.

"현무첩을 보았소?"

"네."

제럴드는 가슴이 꽉 차오르는 기쁨을 애써 눌렀다. 대형 모니터를 통해 신문 장면을 보고 있던 클라크의 흥분도 제럴드보다 더하면 더했지 못할 리가 없었다.

"도대체 어떤 보물이오, 그건?"

"보물이라는 관점에서만 보자면 화씨의 벽에 비해서는 여러 모로 떨어지는 물건이었어요. 아예 비교가 되지 않는 거였죠."

"그런데 라이싱 회장은 증언하기를, 쓰시안이 그 현무첩을 화씨의 벽보다 비싼 걸로 생각하고 있었다고 했소."

"네, 맞아요. 쓰시안은 현무첩을 아주 귀하게 여겼어요."

"왜 그랬소?"

"전 그 이유를 정확히는 모르지만 아마 그림 때문이 아닌가 싶어요. 전적으로 저의 짐작이지만요."

"현무첩은 어떻게 생긴 물건이오?"

"여덟 면으로 된 금첩이에요."

"금첩이란 뭐요?"

"금판에 글과 그림이 새겨져 있는데 접을 수 있게 되어 있어요."

"무슨 그림이오?"

"현무가 그려져 있어요."

"그래서 그걸 현무첩이라 부르는군. 그런데 그 현무라는 건 뭐요?"

"전설상의 신령스런 동물이에요."

"그런데 그림이 아주 탁월하게 그려져 있다? 그래서 보물로서의 가치가 큰 모양이지?"

미아는 잠시 망설이다 고개를 끄덕였다. 하지만 자신감이 있는 태도는 아니었다. 현무첩이 무엇인지 짐작이 되자 제럴드는 본격적으로 토니 왕의 살해 사건으로 질문을 옮겨갔다.

"이제 토니 왕의 살해 순간으로 가봅시다. 당신들은 라이싱 회장의 집에서 화씨의 벽을 감정했고, 라이싱 회장은 쓰시안에게서 그걸 샀어요. 내 말이 맞죠?"

"네, 맞아요. 하지만 물건을 감정한 건 제가 아니라 토니 왕이었어요."

"당신은 단순한 중개인이라는 얘기?"

"네, 그래요."

"그런데 당신과 토니 왕은 어떤 사이였죠? 라이싱 회장은 자신이 당신네 둘을 서로에게 소개했다고 하던데."

"맞아요. 저는 이번에 만나기 전까지는 토니 왕과 같이 일을 해본 적이 없었어요."

"토니 왕도 당연히 당신을 몰랐겠군요?"

죽은 토니 왕의 시신에서 미아의 이름이 적힌 메모가 발견된 이유를 짐작하겠다는 표정으로 제럴드가 재차 물었다.

"그랬죠. 하지만 라이싱 회장의 집에서 만나기 전에 통화는 두어 번 했어요."

"어떤 통화를 했던 거죠?"

"제가 뉴욕에서 쓰시안의 보물들을 본 뒤에 저는 라이싱 회장과 다른 몇몇 사람들에게 연락을 했어요. 연락한 사람들 가운데 라이싱 회장이 가장 적극적이었고, 저는 우선 쓰시안과 라이싱 회장의 만남을 주선했죠. 그러면서 감정을 누구에게 맡길 것인가에 대한 얘기가 나왔는데 라이싱 회장은 무조건 토니 왕이라는 사람에게 맡겨야 한다는 조건을 내걸었어요. 그러면서 제게 토니 왕의 전화번호를 주더군요. 저는 저 나름대로 토니 왕이 정말로 자격을 갖춘 전문가인지 알아볼 필요가 있었고, 그래서 샌프란시스코에 오기 전에 통화를 했던 거죠."

"좋아요. 앞뒤가 다 맞는 얘기네요. 하지만 이상한 게 하나 있어요. 왜 회사에는 샌프란시스코 출장의 내용이나 만날 사람들에 대해 정확한 정보를 남기지 않았던 거죠?"

"그건……."

이 대목에서 미아는 쉽게 입을 열지 못했다. 제럴드는 끈기 있게 그녀의 입이 열리기를 기다렸다. 한참 만에야 미아는 입을 열었다.

"쓰시안과 만나 화씨의 벽을 본 뒤에 저는 어떤 전율 같은 걸 느꼈어요. 저는 감정 전문가는 아니지만 그게 얼마나 비싼 물건일지 감이 왔죠. 게다가 쓰시안은 현무첩이야말로 진짜 보물이라고 주장했어요. 제 눈엔 화씨의 벽이 훨씬 비싼 보물로 보였지만 그의 말도 무시할 수는 없었죠. 그래서 이 두 물건만 제대로 거래를 성사시키면 제 평생 먹고살 만큼의 돈이 떨어질 거란 계산을 했어요. 그 바람에 이렇게 죽을 위험에 처했던 것이겠죠."

미아는 자신의 잘못을 후회하는 눈치였다. 하지만 토니 왕은 이미 죽었고 미아가 기대하던 거액의 소개료는 물거품이 된 뒤였다. 제럴드는 다시 본론으로 돌아가 질문을 이어나갔다.

"좋아요. 다시 살인 사건 얘기로 돌아가 봅시다. 당신들은 라이싱 회장의 집에 모였어요. 그렇죠?"

"네, 그래요. 저와 쓰시안, 그리고 그의 부하 이렇게 셋은 뉴욕에서 함께 샌프란시스코로 왔고, 렌터카를 빌린 다음에 라이싱 회장의 집으로 갔어요. 토니 왕은 우리보다 먼저 와서 기다리고 있었죠. 거기서 토니 왕을 처음 만났어요."

"그랬군요. 그런데 왜 현무첩은 꺼내지도 않고 화씨의 벽만 감정을 하고 거래를 했던 거죠?"

"그전에 통화를 하면서 토니 왕은 제게 현무첩에 대해 물었어요. 어떻게 생긴 물건인지 알고 싶어 했죠. 화씨의 벽에 대해서는 이미 잘 알고 있었기 때문인지 별로 질문을 하지 않았고요. 그런데 제가 현무첩에 대해 나름대로 본 것을 설명하자 토니 왕은 상당히 실망하는 목소리였고, 그게 무엇이든 화씨의 벽에 비할 바는 아닐 거라고 단정하듯이 말했어요. 그 얘기를 저는 당연히 쓰시안에게 전했죠."

신의 죽음

"그래서 쓰시안은 현무첩의 경우 라이싱 회장에게 판매하기 어렵겠다고 미리 짐작을 해서 물건을 보여주지도 않았던 거군요?"

"네, 대강은 그래요."

"……."

"우리는 우선 화씨의 벽에 대한 감정과 거래를 진행했어요. 토니 왕이 물건을 보더니 진짜라는 감정 결과를 내놓았고, 라이싱 회장과 토니 왕은 별실에서 한동안 회의를 하더니 육백만 달러를 제시했어요. 쓰시안과 저는 너무 적은 금액이라 깜짝 놀랐죠. 하지만 토니 왕과 라이싱 회장은 금액을 협상할 생각은 전혀 없다는 완강한 태도였어요. 저와 쓰시안은 어쩔 수 없다고 판단했어요. 다른 매수자를 찾아간다고 해도 토니 왕이라는 최고의 감정사가 이미 육백만 달러를 불렀다는 소문이 퍼져 그 이상을 받기는 어려울 것으로 생각했죠."

"그래서 화씨의 벽은 무난히 거래가 성사되었군요? 당신이나 쓰시안은 기대했던 가격을 받지는 못했지만 말이에요."

"맞아요. 그렇게 헐값에 화씨의 벽을 넘기게 된 쓰시안은 기왕에 거래를 한 건 했으니 나머지 물건, 다시 말해 현무첩도 한 번 보는 게 어떠냐는 제안을 했어요. 라이싱 회장은 쓰시안이 현무첩의 가치가 화씨의 벽보다도 뛰어나다고 하자 큰 관심을 보였어요. 당장이라도 사들일 태세였죠. 하지만 토니 왕의 견해는 달랐어요. 보지 않고는 그 가치를 판단할 수 없지만 어떤 보물도 화씨의 벽보다 가치가 높을 수는 없다고 주장했죠."

"그래서 쓰시안과 토니 왕은 직접 현무첩을 감정해보기로 했고, 당신도 그들과 함께 라이싱의 집에서 나온 거로군요?"

"그래요. 현무첩은 우리가 빌린 렌터카에 있었으니까요."

"그래서 세 사람이 라이싱 회장의 거실을 나섰다?"

"세 사람이 아니라 네 사람이었어요. 쓰시안의 부하 한 사람이 더 있었죠."

"아, 그랬죠. 네 사람. 좋아요. 그래서 같이 차로 갔군요?"

"네. 그런데 차의 문을 열자마자 쓰시안과 그의 부하가 저와 토니 왕을 강제로 차 안에 밀어 넣었어요. 쓰시안의 부하는 권총을 들고 있었죠. 그러더니 쓰시안은 차를 몰고 이내 라이싱 회장의 집을 빠져나갔어요."

"당신까지 강제로 태우고 말입니까?"

"나중에 안 사실이지만 쓰시안은 저 역시 라이싱 회장이나 토니 왕과 사전에 공모를 한 게 아닌가 의심하고 있었어요."

"그랬군요. 그래서 어떻게 됐죠?"

"얼마쯤 언덕을 달려 내려가던 쓰시안은 마침내 차를 멈추고는 트렁크에서 현무첩을 꺼내 토니 왕에게 보여주었어요. 그러면서 다짜고짜 욕설을 퍼부었죠."

"뭐라고 말입니까?"

"중국 출신이라면서 이 보물의 가치를 몰라보다니 한심하다는 둥, 현무첩에 적힌 글자들의 비밀도 모르면서 무슨 전문 감정사

신의 죽음

노릇을 하느냐는 둥, 토니 왕의 자존심을 깔아뭉개는 말들이었죠."

"토니 왕 역시 흥분했나요?"

"아니요. 우리는 쓰시안의 부하가 겨눈 권총 앞에 있었어요. 같이 화를 내거나 흥분할 처지가 아니었죠."

"그래서요?"

"토니 왕은 이런 험악한 분위기에서는 감정을 제대로 할 수 없다고 했어요. 하지만 대강 보기에는 화씨의 벽보다 더 가치가 있어 보이지는 않고, 라이싱 회장의 집으로 다시 돌아가서 자세히 봐야 정말로 당신이 주장하는 가치를 파악할 수 있을 것 같다고 애원하는 목소리로 말했어요. 쓰시안과 그의 부하는 잠시 무언가를 귓속말로 속삭이더니 차를 돌리기 시작했어요. 권총도 주머니에 다시 넣고요. 저는 한숨을 돌렸다고 생각했죠. 그런데 그때 갑자기 토니 왕이 차 문을 열고 밖으로 튀어 나가더니 이내 큰길을 향해 달리기 시작했어요. 쓰시안은 즉시 차를 되돌려 그를 쫓아가기 시작했고 그의 부하는 주머니에서 권총을 다시 꺼냈어요. 그러고는…… 그러고는 실제로 토니 왕을 향해 총을 난사했어요. 토니 왕은 길가에 쓰러졌고 저를 태운 채 자동차는 어딘가로 계속 달렸죠. 그리고 저는 이내 머리를 얻어맞고 기절했어요."

"음, 그리고 정신이 깨어나 보니 낯설고 외딴 집이었군요?"

"네, 그래요. 그리고 그때부터는 어디로 갔는지 쓰시안의 부하는 보이지 않았어요."

"당신은 한 달 넘게 거기 갇혀 있다가 며칠 전 자동차 트렁크에 갇힌 채 버려졌고, 구사일생으로 돌아온 거군요?"

"네, 그래요."

"근데 쓰시안은 왜 자신의 살인 장면을 목격한 당신을 그대로 살려뒀을까요?"

제럴드의 질문에 미아는 잠깐 당황하는 표정이었다. 하지만 이내 짐짓 밝은 목소리로 대답했다.

"글쎄요. 그 정도면 아마 죽을 거라고 생각했던 거 아닐까요?"

"좋아요, 그건 그렇다 치죠. 쓰시안에 대해 더 설명해줄 만한 내용은 없나요? 그가 자신에 대해 얘기한 적이 있었소?"

"그는 한 번도 자신이 누구인지 얘기하지 않았어요."

제럴드는 답답한지 손으로 연신 책상을 두드렸다.

제럴드는 미아의 신문이 끝나자 민서를 찾아갔다.

"교수님이 그렇게나 궁금해하는 그 현무첩은 글자와 그림이 정교하게 새겨져 있는 금첩이랍니다."

"그건 지난번에 들어서 알고 있습니다."

"토니 왕은 그 현무첩이 화씨의 벽을 능가할 정도로 대단한 보물은 아니라고 임시 감정을 했답니다."

"그래서 쓰시안은 화가 머리끝까지 치밀어 올랐고 결국 토니 왕을 죽였다는 건가요?"

"경과는 뭐 약간 다르지만 대강 그런 스토리죠."

민서의 표정이 심각해졌다. 막상 현무첩이 보물로서의 가치가 떨어진다는 말을 듣자 의문이 더욱 강렬하게 꿈틀거리기 시작했다.

"미아는 그림 쪽에 관심을 보이면서 신령스런 동물이 그려진 걸작이라고 했소. 그래서 그게 그렇게나 귀중한 모양이오."

"걸작?"

민서는 고개를 갸웃했다.

"그렇소. 현무의 그림이 뛰어나다고. 나는 그게 어떤 동물인지 듣고도 짐작조차 할 수 없었지만 말이오."

"음."

현무첩이란 이름으로 불리는 걸 보아서는 첩에 그려진 현무 그림이 상상을 초월할 정도로 뛰어난 것임에는 틀림없을 것으로 짐작이 되었다. 그러나 차츰 민서는 자신도 모르게 얼굴을 찌푸렸다. 제럴드의 말을 수긍하기 어렵다는 듯한 표정이었다. 제럴드는 민서의 이런 태도를 이해할 수 없었다.

"뭐 이상한 게 있소?"

"미아와 통화를 하게 해줘요."

"기다리시오."

제럴드는 미아에게 전화를 걸어주었다. 신호가 가는 동안 잠시 생각하던 민서는 미아가 나오자 자신을 형사라고 소개한 후 단도직입적으로 물었다.

"미아, 쓰시안이 뭘 잘못 알고 있었던 건 아니오? 다른 보물과 혼동하고 있었다든지."

"토니 왕도 비슷한 말을 했어요. 그는 현무첩이 화씨의 벽보다 가치가 있다는 말은 미치광이도 하지 않을 거라고 하면서 현무첩을 평가절하했어요."

"쓰시안은 어떤 반응을 보였나요?"

"그는 토니 왕을 돌팔이라고 몰아붙였어요."

"미아는 누가 옳다고 생각했소?"

"토니 왕이 옳다고 생각했지만 쓰시안이 악을 쓰는 데에도 이유가 있지 않을까 하는 의문이 들긴 했어요."

"그렇게 생각한 이유는?"

"금첩에 새겨진 그림이 정말이지 정교했어요."

"그렇게나 훌륭하던가요?"

"네, 정교함의 극치였어요."

"이상하군요. 아무리 정교하다 해도 그림이란 작가가 있고 독창성이 있어야 높은 평가를 받는 법인데, 금판에 현무를 그린 첩이 화씨의 벽보다 값이 더 나간다는 건 말이 안 돼요. 혹시 거기 새겨진 글의 내용을 기억하고 있나요? 시 같은 것이었나요? 아니면 편지?"

미아는 의외의 질문을 받았다고 생각했는지 긴장된 목소리로 되물었다.

"형사님이 그런 걸 어떻게 아세요?"

신의 죽음

"제럴드 반장님 밑에서 종일 강아지처럼 뛰어다니며 가끔 문화재 도둑과도 씨름을 하다 보니 보물들을 좀 볼 줄 알아요."

민서가 형사들이 쓰는 말투로 대답하자 미아는 짐작하겠다는 듯 편한 목소리로 대답하기 시작했다.

"네, 그러시군요. 그런데 글은 신경을 써서 보지 않았어요. 사실 저는 그 그림에만 신경이 팔려 있었어요."

"제길! 어떤 그림인지 한번 봤으면 한이 없겠군."

"그러게요. 하지만 그림을 보려면 쓰시안을 잡아야죠."

"그걸 말이라고 해요?"

민서는 통명스럽게 전화를 끊었다. 민서가 하는 양을 지켜보던 제럴드는 의미를 알 수 없다는 눈초리를 보내왔지만 민서는 아무런 말도 없이 생각에 잠겨들었다.

현무첩의 비밀

"레이치우 박사님이신가요?"

"누구요?"

"미아 사스케체완이라고 합니다."

수화기를 타고 레이치우의 목소리가 무겁게 흘러나왔다.

"미아, 당신은 참으로 대담한 여자군."

"우리 서로 만나야 하지 않겠어요?"

"만난다? 그래야지. 쓰시안도 같이 나올 건가?"

"아니, 저만 나가겠어요."

"그렇겠지. 그 더러운 놈은 너를 앞잡이로 세우고 뒤에서 눈을 번득거리고 있겠지."

"호호, 쓰시안 그 사람 말로는 특수공작국장 캉바오는 무서운 사람이지만 박사님은 온건한 분이라 박사님하고 협상을 하라 그랬는데, 지금 보니까 아주 무서운 분이네요. 어조도 사납고요."

"잔소리 그만하고 어디서 만날지만 정해."

"호호, 뉴욕으로 오시겠어요?"

"아니, 당신이 샌프란시스코로 와."

"이젠 현무첩을 포기하실 생각인가 보네요."

미아의 간단한 협박에도 레이치우는 이내 수그러들었다.

"알았어. 내가 뉴욕으로 가지. 시간과 장소를 말해."

"쓰시안과 의논해서 다시 전화하겠어요."

레이치우가 바로 끌려오는 것을 확인한 미아는 전화를 끊으며 희열을 느꼈다. 상대는 부르는 대로 지불할 수밖에 없을 거라는 예감과 함께 자신의 교묘한 수법이 스스로도 대견스럽기 짝이 없었다.

몇 시간 후 미아는 다시 레이치우에게 전화를 걸어 협상을 계속했다.

"내일 정오까지 월도프 아스토리아 호텔의 로비 라운지로 오세요."

"자신이 더러운 짓을 하고 있다는 건 알고 있나 보군. 그렇게 사람들이 붐비는 곳으로 오라는 걸 보면."

"호호. 죄송해요. 사실 쓰시안과 저는 되게 무섭거든요."

"제 발이 저리겠지."

"하여튼 그리로 나오시고요. 협상은 단 한 번으로 해요. 그러니까 내일 얘기가 안 되면 현무첩은 끝이에요. 다시 중국으로 돌아갈 일은 없을 거예요."

"알았어."

"돈도 미리 준비하세요. 내일 모든 걸 끝내버릴 수 있게 말이에요."

"음!"

"물론 혼자 오셔야만 하고요. 캉바오가 오면 모든 게 끝이에요."

"죽일 연놈들!"

레이치우는 무거운 목소리를 내뱉으며 전화를 끊었다.

다음날, 사무실 벽에 걸린 시계를 보는 미아의 눈은 기대와 희망으로 가득 차 있었다. 잠시 후 가벼운 발걸음으로 사무실을 나와 주차장으로 내려가던 미아는 누군가가 부르는 소리에 뒤를 돌아봤다.

"미아, 이건 순전히 내 개인적인 추측인데, 당신은 아무래도 쓰시안을 죽인 것 같소."

미아는 뜻밖의 소리에 깜짝 놀라 자신도 모르게 들고 있던 핸드백을 떨어뜨렸다. 목소리의 주인공은 허리를 굽혀 핸드백을 집어 미아에게 건네주었다. 민서였다.

"무슨 말을 하는 거예요?"

미아는 앙칼지게 내쏘았으나 민서는 잔잔하게 웃으며 입을 열었다.

"머리를 제법 쓰긴 했지만 세상이란 그렇게 만만한 곳이 아니라오. 그들은 경찰의 보호와 감시 속에 있는 당신을 죽일 엄두를 내지 못하겠지. 당신은 자신의 거래를 위해 경찰을 이용하는 거고."

"미친놈! 무슨 소리를 하는 거야!"

앙칼졌지만 미아의 목소리는 불안으로 떨려 나왔다.

"조용히 들어요. 나는 레이치우에게 당신이 혼자뿐이라고 얘기할 수도 있고, 제럴드에게 당신이 쓰시안을 죽이고 현무첩을 빼앗아서 레이치우에게 팔아넘기려 한다는 사실을 알려줄 수도 있어요. 하지만 둘 다 하지 않을 거요."

"무슨 소리를 하는 거예요? 무슨 증거가 있다는 거죠?"

미아는 여전히 소리를 질렀지만 어딘지 모르게 기가 꺾인 분위기였다.

"증거? 제럴드에게 증거 따윈 필요 없을 것 같은데……. 그는 내 말이라면 무조건 믿고 보니까. 내가 당신을 연행해 조사하라고 하면 그는 떨 듯이 좋아할 거요."

"나를 유도하려 들지 말아요. 당신은 제럴드가 시켜서 온 사람이에요. 나에게 누명을 씌우려고. 그 사람은 범인을 잡지 못해 초조하니까 나를 희생양으로 삼으려 한다고요!"

"아니, 나는 제럴드가 보내서 온 사람이 아니오. 고지식한 제럴드는 아직 당신의 정체조차 눈치채지 못하고 있소."

"내 정체요?"

"이미 그 전화가 걸려왔을 때 나는 당신이 진범인 줄 알았어요."

"그 전화라니? 무슨 전화 말이에요?"

"미아 크리스티에게 걸려온 전화."

"호호호! 나는 아무에게도 전화를 한 적이 없어요."

"그랬겠지. 전화야 아무한테나 시켜서 했다가 끊으면 그만이니까 당신이 직접 할 필요가 없었겠지. 하지만 미아 크리스티에게 누명을 씌우는 전화란 다른 사람에게는 아무 필요가 없어. 오직 같은 이름을 가진 미아 사스케체완에게만 효용성이 있는 전화지."

"무슨 소리를 하는지 모르겠네요."

"게다가 당신은 제럴드에게 현무첩의 그림을 강조했어요. 하지만 그건 당신이 거짓말을 하고 있다는 확실한 증거요. 그림이란 작가가 있고 독창성이 있어야 가치를 인정받는 법이니까."

미아는 그제야 얼마 전 이 사람과 통화한 적이 있다는 사실을 깨달았다.

"당신 누구죠? 정체가 뭐예요?"

"나는 형사가 아니오. 대학의 교수일 뿐이지. 어쨌든 나는 그런 일에는 관심이 없어요. 그러니 당신을 살려줄 수 있어요. 당신은 레이치우에게 물건을 팔고 멀리 가서 잘살 수도 있어요. 아주 간단한 일 하나만 한다면."

"무슨 일을 하라는 거죠?"

"현무첩에 새겨진 글자를 내게 알려주면 돼요."

"안 속아요. 그런 식으로 날 옭아 넣으려는 거죠?"

미아의 앙칼진 반응에도 민서는 차분하기만 했다.

"그건 아니오. 나는 경찰에게 당신이 진범이라는 사실을 증명

신의 죽음

할 수 있어요. 지금 당장 당신을 끌고 갈 수도 있고. 하지만 당신
의 아이디어를 존중하기로 했어요."

"무슨 말이죠?"

"쓰시안이 당신의 뒤에 있다는 사실, 확률 오 퍼센트도 안 되
는 그 사실을 믿어주기로 했단 말이오."

"이해할 수 없는 말만 하고 있네요."

"이건 게임이오. 서로가 서로를 인정하지 않으면 모두가 아무
것도 얻을 수 없는 게임 말이오."

"내게는 추상적인 얘기를 이해할 수 있는 머리가 없어요."

"여하간 당신은 지금 그냥은 이 자리를 떠날 수 없어요. 자, 대
답을 해요. 어떻게 할 거요?"

"당신은 증거를 잡으려고 혈안이 되어 있어요."

"나는 당신을 경찰에 넘길 아무런 의무도 없고 그러고 싶지도
않아요."

민서의 이 말에 미아의 눈에 의혹이 스쳤다. 그녀는 조심스러
운 목소리를 밖으로 밀어냈다.

"나는 아는 것도 없지만 설사 있다 하더라도 아무 말도 할 수
없어요. 증거가 남으니까 말이에요."

민서는 부드럽게 고개를 저었다.

"아니, 당신은 아무런 증거를 남길 필요가 없어요."

미아의 표정에 한 줄기 빛이 스며드는 듯했다. 민서는 미아의
이 변화를 느끼자 여유 있는 목소리로 말했다.

"방법이 있어요. 당신도 즉각 찬성할 수 있는."

"무슨 말이에요?"

미아는 끝까지 자신을 드러내지 않으려 했다. 하지만 표정은 민서의 제안을 덥석 물고 있었다.

"손가락으로 손바닥에 써요. 아무런 증거도 안 남으니까."

"그렇게나 자신만만해요?"

"무슨 얘기요?"

"손바닥에 쓴 걸 다 외울 수 있느냐고요?"

"당신만 문제없다면 걱정할 건 없어요."

"그런데 당신은 어째서 내가 그 글자들을 외우고 있을 거라고 생각하죠?"

"호기심만큼 강한 건 이 세상에 없어요. 당신은 쓰시안과 토니 왕의 다툼을 보면서 매우 궁금했을 거요. 그러니 그 글귀에도 주목했을 터. 더 말하지 말아요."

"설사 내가 말한다 하더라도 그게 진짜 현무첩에 있는 글인지 당신은 어떻게 알지요?"

"들으면 알아요."

미아의 입가에 묘한 미소가 번졌다.

"정말 괴상한 분이군요. 무모할 정도의 자신감도 있고. 대학의 교수라 그러셨나요?"

"그래요. 뉴욕대학교의 교수요."

민서는 학교를 속여서 대답했다.

미아는 잠시 생각하다 말했다.

"좋아요. 이제 생각이 나네요."

민서는 빙긋이 웃었다.

미아는 잠시 생각을 가다듬더니 이윽고 손바닥에 한 자 한 자 글씨를 써나갔다.

臣 鎭 使 殘 商 三 拾 教 邦 言

민서는 미아가 손가락에 써대는 글자를 종이에 받아 적었다.

"이게 다예요."

"당신은 과연 머리가 좋은 여자군."

"그런데 어떻게 내가 되는 대로 쓴 게 아니란 걸 알았죠? 거짓 말을 했을 가능성도 충분히 있잖아요?"

"그런 걸 염려할 필요는 없어요."

민서의 목소리는 자신에 차 있었다.

"설명을 해주세요."

미아 역시 감정에 이력이 있는 여자라 민서의 감식안이 궁금한 모양이었다.

"이 글자들이 무슨 뜻인지는 알아요?"

"몰라요."

민서는 '殘(잔)' 자를 가리켰다.

"이 문맥 속에서 이 글자는 한자에 조예가 있다고 해서 만들어낼 수 있는 글자가 아니오. 약 천오백 년에서 이천 년 전쯤 고구려에서만 특별한 의미로 쓰였던 글자요."

미아는 놀라는 얼굴이었다. 이 사람은 확실히 보통 감정사들과는 달랐다.

"그랬군요. 그래서 아무도 그 뜻을 알지 못했군요."

"쓰시안도 이 글자의 뜻을 몰랐나요?"

미아는 그렇다는 의미로 고개를 저었다.

"토니 왕은요?"

"그 사람은 쓰시안이 현무첩을 화씨의 벽보다 귀중하게 여기는 걸 보더니 그 이유가 글자에 있을지 모른다고 생각하는 것 같았어요. 하지만 이게 무슨 뜻인지는 그도 몰랐어요. 그래서 저도 이 문장의 뜻이 너무 궁금해졌고요. 그래서 외워두었어요. 그런데 현무첩의 비밀은 이 글자에 있는 건가요?"

"당신이 더 잘 알지 않나요? 당신은 경찰에서 현무첩은 그림이 뛰어나 화씨의 벽보다 비싸다고 했으니까."

"그건 그냥 한 말이에요. 결론은 쓰시안이 착각을 일으켰을 가능성이 크다는 거예요."

"그럼 중국에서 온 학자들이 왜 아직까지 여기 남아 있겠소? 화씨의 벽은 이미 회수했는데."

"대단하네요. 어쩌면 당신 말이 맞을지도 모른다는 생각이 드네요. 보물로서의 가치가 없다면 그림이나 글인데, 그림이 비록 좋기는 하지만 화씨의 벽을 능가할 리는 없고 남은 건 글이니까

신의 죽음

거기에 가능성이 있을지 몰라요. 아, 어쩌면 글과 그림이 합쳐져야 의미가 있지 않을까요? 일종의 보물 지도처럼 말이에요."

"그건 보물 지도가 아니오."

"어떻게 확신하죠?"

"지옌 장군은 보물이나 찾아다닐 사람이 아니니까."

"현무첩은 정말 이해할 수 없는 보물이군요. 당신도 이상하고, 나를 경찰에 넘기지 않고 글자만 알려달라고 하니……."

미아는 정말이지 이 사람을 이해할 수 없었다. 점잖고 깨끗한 인상에 자신의 위장 행위를 정확히 꿰뚫었지만 그가 하는 행동은 이해가 되지 않았다.

좀 더 대화를 나누고 싶은 기분이 들었지만 미아는 고개를 숙이고는 걸음을 재촉했다. 민서는 미아의 뒷모습을 물끄러미 바라보다 종이에 적힌 열 글자를 찬찬히 뜯어보았다.

臣 鎭 使 殘 商 三 拾 教 邦 言

(신 진은 백제 상인 30명을 시켜 우리 말을 가르치게 했나이다.)

민서는 이 글은 고구려의 관리가 쓴 글이라는 걸 금방 알아챌 수 있었다. '잔상'이란 말은 백제의 상인이란 뜻이었다. 유일하게 고구려만 백제를 백잔, 혹은 잔국이라고 낮춰 불렀고 이것은 광개토대왕비에 기록이 되어 있어 전문가들은 곧 알아볼 수 있는 글자였다.

민서는 이 열 글자를 보자 왠지 현무첩이 친숙하게 다가오는 것만 같았다. 이 세상에 고구려만이 썼던 글자, 그 고구려의 옛 모습과 더불어 잃어버렸을 것만 같은 역사가 되살아나는 것 같았다.

보물의 가치

"당신이 미아 사스케체완이오?"

레이치우는 첫눈에 미아를 알아봤다.

"박사님이시군요."

"이런 일을 하기에는 부적절한 외모를 가진 여성이군."

"앉으시죠."

레이치우는 주변을 둘러보았다. 형사로 보이는 두 사나이가 계속 이쪽을 지켜보고 있었다.

"신변 보호 요청을 해두었어요. 혹시 무슨 일이 있을지 몰라서요."

"매우 얄밉게 행동하는군. 하지만 경찰에 기댈 필요는 없어. 나는 돈을 주고 물건을 되찾으면 그만이니까."

"죄송해요. 쓰시안이 시키는 대로 할 뿐 제겐 결정권이 없어요."

레이치우는 끓어오르는 분노를 간신히 참아내고 있는 듯했다.

"얼마를 주실 거예요?"

"말해!"

"천오백만 달러요."

레이치우는 잠시 생각하더니 무거운 목소리로 응수했다.

"천만 달러로 해!"

"아니, 천이백만은 주셔야겠어요."

레이치우는 고개를 끄덕였다. 어차피 돈의 액수를 다툴 문제는 아니었다. 더욱 중요한 문제는 물건을 확실히 확보하는 것이었다.

"어떤 방법으로 돈과 물건을 교환할지 얘기해봐."

"우리 모두가 만족할 수 있는 완벽한 방법을 생각해두었어요."

미아는 자신만만한 모습이었다.

"먼저 우리 두 사람이 만나서 저의 차로 현무첩이 있는 곳까지 가요. 거기서 박사님은 현무첩을 건네받아 진품 여부를 확인하는 거죠."

"그 다음은?"

"제삼자를 통해 돈을 이 구좌로 보내도록 하세요. 돈이 들어올 때까지 박사님은 현무첩이랑 저와 같이 있는 거예요."

"음."

"우리 양측에 모두 안전해요. 제가 죽이고 싶도록 밉겠지만 박사님은 절대로 절 해칠 수 없어요."

"왜 그렇게 생각하지?"

"사람도 죽여본 사람이 죽이는 법이에요. 박사님은 그럴 수 있는 분이 아니에요. 거기에 제 목숨을 걸었어요."

신의 죽음

"못된 년 같으니!"

"박사님은 절 죽이는 순간 살인자가 돼요. 쓰시안이 어디선가 지켜보고 있다가 현무첩은 회수하고 박사님을 즉각 경찰에 신고할 거예요. 이유야 어쨌든 박사님은 살인자가 되는 거예요. 미국 밖으로 나갈 수 없어요."

"너희들이 나를 죽이고 물건을 다시 회수할 수도 있는 거 아닌가?"

"절대 그러지 않아요. 우린 이유는 모르지만 저 물건은 박사님한테만 중요하다는 걸 알게 됐어요. 어떤 감정사도 저 물건을 인정하지 않으니 우리에겐 필요치 않아요."

"교활한 연놈들 같으니."

"박사님은 아직도 우리를 미국 경찰에 신고하지 않았어요. 제가 박사님을 협박하는 지금 이 순간에도 말이에요. 그건 그 물건에 뭔가 모를 사연이나 비밀이 있다는 얘기죠. 그런 박사님이 물건을 찾고 나서 우리를 신고할 거라고는 보지 않아요. 아니, 그때는 이미 돈도 비밀 구좌로 빠져나간 후일 테니 괜히 성가신 문제만 발생할 뿐이에요. 그 물건은 미국 수사기관에 압수되어 온갖 조사를 받겠지요. 아마 박사님은 돈보다도 그런 걸 더 꺼려할 거 같은데요."

레이치우는 먼저 자리에서 일어났다. 다시 한 번 마음속으로 이건 돈의 문제가 아니라고 다짐했다.

"지금 가자!"

"좋아요. 돈은 준비되어 있겠죠?"

레이치우는 고개를 끄덕였다. 미아 역시 자신을 지켜보고 있던 사내들에게 고개를 끄덕이자 그들도 조용히 자리를 떴다.

두 사람은 현관에서 미아의 차를 같이 탔다. 미아는 몇 번 갑자기 길을 바꿔 미행을 예방한 다음 미리 주차시킨 다른 차로 바꾸어 탔다.

"휴대폰을 꺼내 이 차에 두세요. 물론 권총은 갖고 있지 않으시겠지만 만일의 경우를 대비해 제가 몸수색을 하겠어요. 혹시 위치 발신기라도 가지셨을지 모르죠. 쓰시안은 아주 용의주도한 사람이랍니다."

레이치우는 어서 현무첩을 찾고 싶은 마음뿐이라 미아가 요구하는 대로 몸을 맡겼다.

차는 고속도로를 한참 달린 후 이내 좁은 지방도로로 들어섰다. 이윽고 어느 외딴 농가에 다다르자 미아는 차를 멈췄다.

"저기 숲속에서 쓰시안이 우리를 보고 있어요. 그러니 아까 설명 드린 대로 제발 쓸데없는 짓은 하지 마세요."

레이치우는 고개를 끄덕였다. 레이치우의 순순한 태도에 미아는 생긋 웃더니 숲을 향해 손을 흔들었다.

"박사님 뒤에는 엄청난 중국인들이 있어요. 그들은 박사님 말한 마디면 수천 명을 몰고 나타날 거예요. 지옌 장군이 신신당부하고 갔으니까요. 하지만 박사님은 절대 그들에게 볼썽사나운 명령을 내리지는 않으실 거예요. 미국 경찰에게도 말이에요. 오히려 우리가 약속을 지키지 않을까 봐 염려하시죠?"

미아는 즐거운지 쉴 새 없이 떠들었다.

"그래서 저는 도대체 이게 뭔지, 왜 감정사들이 폄하하는 골동품을 박사님은 그리도 중요시하는지 매우 궁금해졌어요."

"그래서?"

"도대체 알 수가 없었어요. 저는 그동안 생각에 생각을 거듭했어요. 그 결과 결론을 내렸어요. 토니 왕도 알 수 없었던 이 현무첩의 비밀을 저는 알아내고 말았어요."

레이치우는 가소롭다는 표정을 지었지만 그런 중에도 야릇한 눈빛을 미아의 입가에 보내고 있었다.

"이건 보물 지도예요. 틀림없어요. 박사님, 해독을 할 수 있으면 같이 보물을 찾아 나누는 건 어떨까요?"

레이치우는 웃었다.

"쓸데없는 소리 하지 말고 물건이나 가지고 와."

미아는 헛간에서 단단히 싸인 물건을 가지고 나왔다.

"직접 풀어보세요."

레이치우는 조심스러운 손길로 몇 겹이나 싸인 포장을 풀었다. 손길이 약간 떨렸지만 그는 재빠른 손동작으로 포장을 풀어냈다.

"오!"

포장이 다 풀어지고 현무첩이 모습을 나타내는 순간 그의 입에서는 자신도 모르게 탄성이 흘러나왔다. 그는 황급히 금첩을 들고 샅샅이 살폈다. 역시 하나도 달라지지 않은 진품이었다.

"이제 돈을 보내주셔야죠?"

미아는 언제 꺼냈는지 총을 겨눈 채 준비한 전화기와 계좌번호를 내밀었다.

"총은 저리 치워!"

"쓰시안의 지시예요."

"너는 쓰시안의 노예냐?"

"아마 그런 것 같아요."

미아는 천연덕스럽게 대답했다. 레이치우는 전화기 버튼을 눌러 상대방이 나오자 송금할 것을 지시했다. 미아는 시간이 좀 지나서 구좌를 확인하고는 바로 다른 구좌로 돈을 보냈다. 잠시 후 전화를 걸어 계좌이체를 확인한 그녀는 만족감이 실린 웃음을 흘리며 자동차에 올랐다.

"날 여기에 두고 갈 셈이냐?"

"네. 약간 고생은 되시겠지만 저기 보이는 대로까지 걸어가서 태워달라고 부탁하세요."

"나는 어떤 다른 속셈도 없어. 그러니 네가 태워줘."

"쓰시안이 이렇게 하라고 했어요. 저기 보세요. 쓰시안이 절더러 어서 오라고 손짓하고 있잖아요."

레이치우는 물건이 일단 손에 들어온 게 기뻤다. 어쩌면 이들과 어서 헤어지는 게 좋을 것도 같아 더 이상 말하지 않고 고개를 끄덕였다. 미아는 차에 탄 채 레이치우를 보며 작별의 인사를 건넸다.

"하여튼 박사님은 제가 만나본 사람들 중 가장 이상한 사람이에요. 왜 그런 말도 안 되는 골동품에 그런 돈을 쏟아붓는지 모르겠어요. 하긴 오면서 또 다른 이상한 인간도 만났지만요."

미아가 어서 사라져주기만을 바라던 레이치우의 눈빛이 확 달라졌다.

"그 썩은 골동품 안에 새겨진 글자를 알려주면 경찰에 얘기하지 않겠다는 인간도 있었거든요."

"누구야, 그게?"

미아는 레이치우의 입에서 갑자기 벽력같은 호통이 터져 나오자 적이 놀란 표정이 되었다.

"걱정 마세요. 아무 말도 하지 않았으니까요. 저는 거기 새겨진 내용이 뭔지도 모르고 무슨 뜻인지 조사해볼 정도로 한가하지도 않고요."

"정말이겠지?"

"물론."

그러나 미아는 차를 출발시키면서 차창 밖으로 경쾌한 목소리를 밀어냈다.

"단, 열 자는 외우고 있었어요. 그 정도 머리는 되거든요."

"무슨 개소리야? 현무첩의 글자는 모두 열 자인데. 그걸 그자에게 알려줬다는 얘기야?"

"그렇다니까요."

"뭐야? 누구였어? 도대체 누구였어, 그자가?"

미아는 레이치우의 절규에도 아랑곳하지 않고 액셀을 밟았다. 자동차는 경쾌한 파열음을 내며 앞으로 달려 나갔다. 레이치우는 전력을 다해 자동차 옆에서 뛰었다. 그의 얼굴은 고통으로 일그러졌지만 그는 결코 포기하지 않았다. 미아에게 이끌려 하자는 대로 해주던 그런 유약한 모습이 아니었다.

"이봐, 얘기해줘! 제발, 그자에 대해 얘기해줘. 제발!"

미아는 더욱 힘껏 액셀을 밟았다. 그녀는 레이치우의 얼굴을 보자 갑자기 측은한 생각이 들었다. 그녀는 깔깔 웃으며 차창 밖으로 소리쳤다.

"교수래요. 한국인 같았어요. 뉴욕대학교의 교수라 그랬어요!"

레이치우는 젖 먹던 힘을 다해 뛰면서 바람에 날리는 미아의 목소리를 귀에 담았다.

백제 상인

연구실로 돌아온 민서는 현무첩의 문구에 빠져들었다.

신 진은 백제 상인 30명을 시켜 우리 말을 가르치게 했나이다.

글귀는 아무리 다양하게 해석을 해봐도 고구려 관리 진이 백제 상인 30명을 시켜 고구려 말을 가르치게 했다는 내용임에 틀림이 없었다. 그런데 어째서 백제인들로 하여금 고구려 말을 가르치게 했다는 건지, 누구에게 가르쳤다는 건지, 나아가서는 왜 그랬는지에 대해 알 방법이 전혀 없었다.

"교수님, 광개토대왕 시절 백제와의 관계를 기록한 모든 문헌과 자료를 찾아보았지만 고구려의 관리가 백제 상인을 시켜 고구려 말을 가르쳤을 법한 정황은 발견할 수 없었습니다."

조교 크리스의 가라앉은 목소리를 귓전으로 흘려들으며 민서는 천천히 고개를 끄덕였다.

"다만 이런 추측은 가능한 것 같습니다."

크리스는 겸손하게 말했지만 얼굴에는 상당한 자신감이 흘렀다.

"말해봐."

"백제 상인 30명을 시켜 고구려 말을 가르쳤다는 그 대상 말인데요. 이건 일단 백제인일 가능성과 백제인이 아닐 가능성을 같이 생각해봐야 할 것 같습니다."

민서는 조용히 고개를 끄덕였다.

"대상이 백제인일 경우 고구려 관리는 이미 고구려 말에 익숙한 백제 상인들을 시켜 고구려가 정복한 백제의 영토에 있는 백제인, 혹은 이민을 시키거나 포로로 잡아온 백제인들에게 고구려 말을 가르쳤다는 얘기가 됩니다. 가장 자연스러운 해석입니다."

"그래, 퍽 자연스럽게 들리는군."

"또 하나의 가능성은 그 대상이 백제인이 아닐 경우입니다."

"계속해봐."

"이 경우는 문제가 좀 복잡해집니다. 신라나 가야 사람들을 대상으로 했다고 본다면 이 경우 반드시 백제 상인을 시켜 고구려 말을 가르치게 할 이유가 없을 것 같습니다."

"그렇군."

"말갈이나 돌궐, 숙신의 사람들이 그 대상일 경우에도 백제 상인들을 시켜 고구려 말을 가르치게 했다는 것은 어딘지 어색합니다. 고구려 지역이니 고구려인이 가르쳐야죠."

민서는 크리스가 제법 논리적으로 설명을 한다고 생각했다.

"따라서 그 대상은 백제인일 경우 가장 자연스럽게 들어맞습니다. 제 생각으로는 아마 이 진이라는 인물은 지방 관리, 그것도 백제와의 국경 지역을 관장하는 관리였을 가능성이 큽니다."

조교는 자신감 있는 목소리로 말했고 민서는 고개를 끄덕여 주었다.

하지만 평소 민서의 성품을 잘 아는 크리스는 민서가 쉽게 고개를 끄덕이자 어딘지 불안한 생각이 드는 모양이었다.

"저의 추측에 빠진 부분이라도 있을까요?"

"그래, 두 가지를 더 생각했어야지."

"두 가지요?"

"대상이 다른 어떤 사람들보다 백제인이었을 거라는 생각은 그럴듯하다는 생각이 들어. 하지만 그런 경우라 하더라도 왜 하필이면 상인을 시켜 말을 가르치게 했을까?"

"그건 상인들이 아무래도 고구려에 자주 다니다 보니 고구려 말에 더 익숙하기 때문 아니었을까요?"

"글쎄, 상인들이 한가하게 말이나 가르치고 앉아 있을 것 같지는 않단 말이야. 그것도 30명씩이나 모여서 말을 가르치겠어?"

"……."

"또 하나는 자네의 추론이 맞으려면 백제 말과 고구려 말이 서로 다르다는 가정을 해야 하는데, 그 부분은 조사해봤나?"

"아, 그렇군요. 하지만 그건 아직……."

"한번 조사해봐."

"네."

크리스는 처음의 자신 있던 표정을 접고 곧바로 도서관으로
향했다.

다음날 크리스는 민서가 연구실에 도착하자마자 선명하게 복
사된 자료들을 한 뭉치 내려놓았다.

"이번 기회에 고구려, 백제, 신라의 말을 모조리 조사했어요."

"그래?"

"고구려 말은 부여, 동예, 옥저 등과 같은 북방계의 말로 백제,
신라 등의 남방계 언어와는 다르다고 하는 중국 언어학자들의
의견과 일부 국내 학자들의 의견이 있긴 하지만, 『한서(漢書)』와
같은 중국의 역사서에는 고구려 말이 백제와 같다고 기록되어
있어요."

"아마 그럴 거야. 상식적으로도 그들이 같은 말을 썼다는 걸
알 수 있지."

크리스는 민서의 얼굴을 힐끗 쳐다보았다. 진작 알려주지 않
아 고생을 시켰다는 불만과 어떤 상식에 의해 그걸 알 수 있느냐
는 궁금증이 뒤섞인 표정이었다.

"백제란 본래 고구려의 왕자인 비류와 온조가 내려가 세운 나
라가 아닌가. 그러니 지배층은 고구려 말을 썼으리란 걸 쉽게 알
수 있지. 신라와 백제가 같은 말을 썼다는 것도 알 수 있어. 「서동
요」를 보면 백제의 서동이 선화 공주를 데려오기 위해 노래를 지
어 아이들에게 부르게 했다고 하지 않나?"

신의 죽음

"아, 그렇군요."

크리스는 손으로 머리를 쳤다.

"게다가 삼국이 한강 유역을 두고 수백 년간이나 싸워왔는데 말이 같아지지 않을 리가 있겠어?"

"알고 보면 간단한 것을 저는 괜히 어려운 언어학자들의 이론에 밤새 매달렸네요."

"전문적 지식은 매우 중요하지만 항상 상식과 어긋나지 않도록 주의해야 해. 어쨌든 고구려 말과 백제 말이 같다는 사실 위에서는 자네의 결론이 어떻게 바뀌는 거지?"

"그것 참! 그렇다면 그 대상이 어떤 사람들인지 알 수가 없군요."

"'백제 상인'이라는 말에 주의해봐. 아니, 그냥 '상인'에 말이야."

"왜 하필 상인일까요? 상인을 시켜 고구려 말을 가르치게 했다면 상인 외에는 달리 사람이 없었다는 뜻일까요?"

"바로 그래. 상인 외에는 달리 사람이 없는 곳. 그러면서 고구려와는 말이 아예 다른 곳은 어디일까? 백제도 신라도 가야도 아니고 북방의 말갈이나 숙신도 아닌 곳."

크리스는 잠시 생각하다 민서를 보며 독백처럼 말했다.

"그렇다면…… 그곳은 중……국?"

민서는 고개를 끄덕였다.

"하지만 이상하군요. 고구려 관리가 백제 상인을 시켜 중국인들에게 고구려 말을 가르치게 했다? 뭐가 이렇게 복잡하죠?"

민서는 아무런 대답이 없었다.

웬만한 일로는 미간을 찌푸린 채 생각에 잠기는 일이 없는 민서지만 지금 이 순간은 얼굴을 온통 찌푸린 채 어떤 생각인가에 깊이 몰두하고 있었다.

'도대체 이 글귀가 어째서 그렇게나 중요하단 말인가?'

캉바오는 레이치우와 현무첩을 앞에 두고 마주 앉았다.

"쓰시안 그 개 같은 놈한테 천이백만 달러를 빼앗기다니!"

성격을 가늠하기 힘든 외모를 가진 캉바오는 번득이는 눈빛으로 현무첩을 훑으면서 가래침을 타악 뱉었다. 그의 얼굴엔 쓰시안에 대한 분노와 어쨌든 물건을 찾았다는 안도감이 공존하고 있었다.

"문제는 그 뉴욕대학의 교수라는 자인데, 어떻게 그자를 찾지요?"

레이치우는 근심이 가득한 표정으로 캉바오를 바라봤다.

"추적하면 알 수 있겠죠."

"찾아서는요?"

"그걸 말이라고 묻습니까? 없애야지."

캉바오의 단호한 목소리에 레이치우는 고개를 갸웃거렸다.

"그렇게까지 할 필요가 있을까요? 그가 비록 현무첩의 열 글자를 들었다고 하더라도 그 비밀을 밝히기는 어려울 텐데. 아니, 거의 불가능할 겁니다."

신의 죽음

"하지만 김일성 그 늙은이는 종내 현무첩의 비밀을 알아내고 말았잖소."

"그는 자기 땅 안에 발굴 현장을 가지고 있었고 수백 명의 학자를 동원할 수도 있었고 뭐든 할 수 있는 사람이었지만, 여기 미국에 혼자 있는 사람이 과연 뭘 할 수 있겠어요?"

"그렇긴 하지만 뒤끝을 없애는 게 제일 안전해요. 뭐 꺼려지는 거라도 있소?"

"신중하자는 겁니다. 만약 교수를 죽인 후 그 계집애가 검거라도 되면 계집애는 즉각 우리를 살인범으로 지목할 테니까요."

"음……."

"다시 한 번 그 글귀를 보고 최종 판단을 하시지요. 그자가 뭔가를 알아낼 수 있다는 판단이 들면 지금 가차 없이 처리하고, 불가능하다는 판단이 들면 일단 우리는 미국을 빠져나갑시다. 남은 건 이곳의 보스들에게 시키면 되지 않겠어요?"

레이치우의 의견에 따라 두 사람은 다시 한 번 현무첩에 양각으로 새겨진 글자를 한 자 한 자 뜯어보았다.

臣 鎭 使 殘 商 三 拾 敎 邦 言

한참 글귀를 바라보던 레이치우가 캉바오를 쳐다보며 입을 뗐다.

"국장님은 미국에 앉아 이 글귀를 일 년 내내 바라보면 뭘 알

아닐 수 있을 것 같습니까?"

캉바오는 고개를 저었다.

"일 년 아니라 십 년을 봐도 알 수 없을 거요."

"그러면 그자는 여기 보스들에게 맡겨두고 우리는 이제 물건을 찾았으니 미국을 떠납시다. 괜히 일이 틀어질 경우 이 현무첩으로 문제가 번질 수 있으니까."

"안전하게 공항에서 뉴욕의 외팔이에게 전화를 걸겠어요. 그런데 혹시 쓰시안이나 그 미아란 계집이 이 글자들을 기록해두지는 않았을까요?"

"그건 더 염려할 필요가 없어요. 그 연놈은 백 년 아니라 천 년을 봐도 이게 뭔지 알아내지 못해요. 그 계집애는 이걸 무슨 보물 지도로 생각했으니까요."

"뭐? 보물 지도?"

"그렇다니까요."

"크하하하."

두 사람은 모처럼 시원하게 웃어젖혔다.

뜻밖의 수확

민서는 전화기를 들어 중국에 있는 신홍화의 번호를 눌렀다. 그녀는 이미 민서의 마음에 강한 인상을 남겨두고 있었다. 아무도 찾지 못했던 왕젠췬을 그녀는 어렵지 않게 찾아냈던 것이다. 믿을 만한 사람이었다.

"다시 대화를 나눌 수 있을 거라고는 생각하지 못했어요."

"어떤 사람이든 찾을 수 있다고 하던 말이 귀에 쟁쟁거려서 전화를 했어요."

"호호, 난 또 보고 싶어서 전화를 한 줄 알았어요."

신홍화는 웃으며 농담을 건네왔다.

"중국인일 수도 있고 북한 사람일 수도 있는데, 찾을 수 있겠어요?"

"호호, 북한인 찾는 게 가장 큰돈이 된다고 전에 제가 말했잖아요. 우리는 어려운 일일수록 돈을 더 받아요. 따라서 북한인 찾는 걸 제일 좋아하죠."

"후하게 지불하죠."

"얼마를 받을지는 일단 찾고 나서 정할게요."

"착수금 같은 걸 먼저 보내야 하는 거 아닌가요?"

"보통 사람들한테는 당연히 착수금을 받지요. 그것도 아주 바가지를 씌워서. 그런데 교수님한테는 돈으로는 안 되겠는데요."

"그러면 어떻게?"

"호호, 글쎄요. 하여튼 먼저 사람에 관한 정보부터 팩스로 넣어줘요."

"별 정보는 없어요. 다만 그 사람 이름이 들어간 영수증 한 장이 있을 뿐입니다."

민서는 팩스로 영수증 사본을 신홍화에게 보냈다. 신홍화는 팩스를 받고 나자 바로 전화를 걸어왔다.

"거액을 거래한 사람이네요. 이런 사람의 경우는 두 가지예요. 손쉽게 찾을 수 있거나 아니면 아예 찾을 수 없거나."

"그런가요?"

"다행인 것은 여기에 수표 사본이 있네요. 우선 이 수표부터 추적해보고 연락드릴게요."

신홍화는 민서와의 통화를 끝내자마자 바로 베이징 공안국으로 갔다. 그녀는 평소 안면이 있는 형사 주임을 찾았다.

"사람 하나 추적해주세요."

"뭐 그런 일로 여기까지 직접 왔어?"

"단서는 이 수표예요. 금액이 아주 큰."

신홍화가 내민 수표의 사본을 본 주임의 눈이 휘둥그레졌다.

"엄청난 금액이군. 누군데 이런 큰 거래를 수표 한 장으로 했을까? 그것도 옛날에. 범죄 냄새가 나는 자야?"

"아니, 아는 사람 부탁이에요."

"아예 같이 가보지. 은행으로."

"그게 낫겠네요."

형사 주임은 은행에 도착하자 바로 창구로 갔다. 그는 신분증을 내밀고는 직원에게 수표 사본을 내밀었다. 직원은 금액을 보더니 경악했다.

"이 수표를 사용한 사람에 대한 정보를 주시오."

직원은 안에 들어가 여러 사람과 상의를 하고 나서야 서류 한 장을 들고 나왔다.

"계좌는 폐쇄됐어요."

"무슨 말이지?"

"요즘은 안 쓰는 계좌란 말입니다."

"상관없소. 누구 계좌에서 나온 수표인지만 알려주면 되니까."

"동광무역이라는 북한 회사입니다."

주임과 신홍화의 시선이 마주쳤다. 역시 양수열은 북한 사람이라는 추측이 맞았다.

"이 회사는 평소 이런 큰 수표를 자주 끊었나요?"

"아니, 주로 소액 거래를 자주 했어요. 거래 규모도 보잘것없었고요. 이런 거액을 수표로 끊어간 경우는 이때 한 번밖에는 없었어요. 돈은 그 전날 들어왔어요."

"어디서 들어왔소?"

"평양 소재의 대동상사라고 되어 있어요."

"수표는 누가 추심했소?"

신홍화는 주임의 소매를 슬며시 끌어당겼다. 문제는 추심한 측이 아니라 수표로 결제한 양수열이라는 사람이었다. 신홍화가 직접 물었다.

"동광무역은 어디 있어요? 전화번호라든지 그런 게 있나요?"

직원의 손가락은 서류상의 폐업이란 글자를 가리키고 있었다.

"그러면 거래한 기록이라도 복사해주세요."

직원은 매우 불만스러운 표정이었지만 곁눈으로 주임의 얼굴을 보며 말없이 안으로 들어가 사람들과 의논한 후 거래원장을 복사해주었다.

은행에서 나오면서 주임은 신홍화의 기색을 살폈다. 별반 소득이 없어 미안한 모양이었다.

"별로 나온 게 없네."

"네."

신홍화는 잠시 생각하다 주임의 소매를 끌어 외무성 여권과로 향했다. 주임은 신분을 이용해 신홍화를 컴퓨터 앞에 앉혔다. 신홍화는 출입국 기록과 거래원장을 한참 비교하더니 결론을 내렸다.

"이 사람은 중국과 캄보디아에 자주 드나들었군요. 동광무역은 주로 캄보디아의 시아누크에게 돈을 보내는 일을 했어요."

"시아누크는 과거 캄보디아의 왕이잖아."

"김일성과 의형제라 할 정도로 아주 가까운 인물이기도 했죠. 그런데 양수열이라는 이 사람 1994년 7월에 중국을 거쳐 캄보디아로 간 후 한 번도 중국에 다시 오지 않았어요."

"음, 정말 그렇군. 무슨 이유지?"

"무슨 일이 있는 건 틀림없어요. 그런 큰 수표를 써서 무언가를 구입한 거나, 그렇게나 중국을 제 집 드나들듯 하다 갑자기 출입을 딱 끊은 거나……. 죽었을까요?"

신홍화는 기록을 복사해 밖으로 나왔다.

"고마웠어요."

"한 것도 없는데 인사 받기가 미안하군. 내가 북한 당국에 알아봐줄까?"

"아니, 괜찮아요. 거기에도 죽자고 뛰는 사람들이 널렸어요. 돈만 주면."

신홍화는 공안의 형식적 조회보다는 자신의 방식에 대한 신뢰가 훨씬 강했다. 그녀는 이미 이름 하나로 사람을 찾아내는 데 귀신이 되어 있었다. 사무실로 돌아온 신홍화는 바로 북한의 조력자에게 지시를 내려 돈을 후하게 쓰더라도 양수열에 대한 모든 정보를 찾아내라고 지시했다.

신홍화는 능숙하고 신속하게 일을 처리해냈다. 몸에 밴 일이기도 했지만 민서에게 자신의 능력을 보여주고 싶은 마음이 더 간절한 때문이었다.

앙코르와트

민서는 신홍화의 전화를 받고 혀를 내둘렀다. 불과 나흘 만에 전화를 걸어온 그녀는 그 사이 내밀한 정보까지 확보하고 있었다.

"그 사람 별로 특징이 없는 사람 같아요. 김일성이 캄보디아의 시아누크에게 돈을 보낼 때 이용하던 무역회사 직원이었어요."

"그 사람, 혹시 살아 있어요?"

민서는 조심스럽게 물었다. 하지만 신홍화의 대답은 분명했다.

"살아 있어요. 94년 7월에 캄보디아로 들어갔는데, 아직도 거기 머물고 있어요."

"캄보디아? 거기는 왜요?"

"그건 모르겠어요. 하지만 그가 캄보디아를 떠났다거나 사망했다는 정보는 없어요."

"94년 7월은 무슨 의미가 있는 걸까요?"

"그 시기에 북한에서 무슨 일이 있었던 게 아닐까요?"

"잠깐. 혹시 김일성의 사망?"

민서는 전화기를 턱으로 받친 채 인터넷으로 김일성의 사망일

자를 확인했다.

"음, 김일성의 사망일과 그 사람의 잠적은 시기적으로 일치하는군요. 김일성이 죽자 그 사람은 바로 캄보디아로 갔다는 얘긴데. 도대체 그게 무슨 의미일까요?"

"호호호. 간단하네요."

신홍화는 재미있다는 듯 신나게 웃었다.

"가보면 되잖아요. 가서 그 사람을 만나는 것 이상 확실한 대답이 있겠어요?"

맞는 말이었다.

"확실히 멋진 충고로군요."

전화를 끊은 민서는 고민에 빠졌다. 뭔가 거물일 것 같았던 기대가 일개 무역회사 직원에 불과하다는 말을 듣자 우선 실망스러웠다. 굳이 캄보디아까지 가서 만나봐야 할지도 확신이 서지않았다. 그러나 시간이 지남에 따라 어쨌거나 그는 물건 값을 지불하는 임무를 맡지 않았던가 하는 생각에 마음을 바꾸어 먹었다.

양수열을 만나보기로 마음을 먹은 민서는 재빠르게 움직였다. 우선 한국의 외무부에 있는 친구 장빈에게 전화를 걸어 도움을 요청했다.

"마침 프놈펜 대사관에 동기가 있어. 오 분 후에 전화해서 물어봐. 내가 지금 연락해둘게."

잠시 후 민서는 캄보디아의 한국 대사관에 전화를 걸어 장빈의 동기와 통화했다.

"최인철입니다. 박 사무관으로부터 전화 받았습니다."

"캄보디아에 거주하고 있는 한 북한인을 찾고 있는데, 혹시 양수열이라는 이름을 들어본 적이 있습니까?"

"양수열이라고요? 처음 듣는 이름이군요. 하지만 걱정하지 마세요. 캄보디아에서는 남한이든 북한이든 한국 사람 찾기는 식은 죽 먹기니까요."

"그런가요? 어째서 그렇죠?"

"평양랭면이 있으니까요."

"평양냉면?"

"냉면이 아니라 랭면이죠."

"어쨌거나 그게 무슨 연유가 될까요?"

"북한 음식점이죠. 대단한 곳인데, 그 사람이 뭐 하는 사람인지는 모르지만 북한 사람이라면, 아니 한국 사람이라면 그 음식점에 안 가고는 못 배깁니다. 거기 가서 랭면이나 한 그릇 먹으면서 물어보면 금방 찾을 수 있을 겁니다."

"아하, 그렇군요. 잘 알겠습니다."

너무나 쉽고 평범한 방법에 웃음을 지은 민서는 다음날 아침 바로 비행기에 올랐다. 샌프란시스코에서는 직항로가 없어 호치민을 경유하는 비행기를 타야만 했다. 오랜 여정을 거쳐 비행기가 캄보디아의 수도 프놈펜에 도착한 것은 저녁 어스름이 깔릴 무렵이었다. 민서는 택시를 타고 예약해둔 호텔로 향했다.

다음날 민서는 대사관 직원이 일러준 북한 음식점으로 찾아 갔다. 손님을 맞는 종업원들은 한결같이 젊고 예쁜 여성들이었 다. 단순히 냉면만 파는 것이 아니라 각종 한국 음식을 아주 맛 나게 요리해 내는 바람에 민서는 조금 놀랐다. 한 여성에게 음식 맛에 대해 칭찬하자 즐거워하며 말했다.

"평양 모란각에서 요리사가 와 있습네다."

"아가씨들은요?"

"우리는 대외학원 출신들이야요. 선생은 뭐 하는 분이십네 까?"

"공부하는 사람입니다."

"무슨 공부를 하시디요? 늦게 대학을 다니시나요?"

민서는 고개를 끄덕였다. 젊은 종업원은 친근하게 계속 말을 붙여왔다.

"여기는 주로 어떤 손님들이 옵니까?"

"한국 관광객이나 기업의 지사원들, 중국 관광객들, 캄보디아 현지 사람들이 많이 옵네다."

"북한 사람들은요?"

"역시 자주들 오시디요. 하지만 우리 북조선 사람들은 그리 많지가 않습네다."

"그럼 아가씨는 여기 오는 손님들을 거의 다 알겠군요?"

"그럼요. 대부분 단골들이시니까."

민서는 고개를 끄덕이며 물었다.

"혹시 양수열 씨도 오시나요?"

"글쎄요. 처음 들어보는 분인데요."

"좀 물어봐줄래요? 다른 사람들에게."

"제가 모르면 다른 사람들도 모를 겁니다."

그러면서도 젊은 종업원은 안에 들어가 모두에게 물어보곤 돌아와 같은 대답을 했다.

"이상하군요. 북한 출신인데다 여기서 십 년 넘게 산 사람인데, 여길 한 번도 안 와봤다는 이야기인가……?"

그러고 보니 양수열이 본명을 숨기고 있을지도 모른다는 생각이 들었다. 그런 경우라면 그를 찾기는 생각보다 쉽지 않을 것이었다. 식당을 나온 민서가 대사관으로 전화를 걸자 최인철이 반가워하며 말했다.

"곤란하게 되었군요. 아무튼 이따 저녁 식사나 하면서 얘기하시죠. 참, 여기 오래 계신 교민도 한 분 모시고 나가겠습니다."

변변한 식당이 없는 프놈펜에서 한국인들은 늘 평양랭면을 이용하곤 하는 모양인지 대사관 직원은 약속장소를 역시 그곳으로 잡았다.

"본인이 신분 노출을 꺼린다면 우리로선 알 방법이 없습니다."

인사를 마치고 나자 최인철은 단정적으로 말했다.

"북한 대사관에서는 알지 않을까요? 우리 외교관들은 북한 대사관 직원들과는 교류가 없습니까?"

"형식적이고 의례적이죠. 여기 평양랭면 같은 데서 만나면 인사나 하는 정도예요. 설사 안다고 하더라도 알려줄 리가 있겠어요?"

민서는 갑자기 난감한 생각이 들었다.

"캄보디아의 관리 중에는 알 만한 사람이 없을까요? 여기 분위기를 보니까 외국인에 대한 관심이 대단하던데요."

"그 사람은 뭘 하던 사람입니까?"

최인철과 같이 나온 오십대의 교민이 물었다.

"확실하지는 않지만 김일성의 비자금을 다루던 사람 같습니다."

"호, 그것 참 재미있는 사람이군요. 하긴 여기가 안전하지요."

"무슨 말씀이시죠?"

"한밑천 장만해 도망 오기에는 여기가 좋다는 얘깁니다. 돈만 있으면 관리들도 하인처럼 부릴 수 있는 나라니까요. 경찰이나 헌병에서부터 장관까지, 더 나아가 총리와도 친구처럼 지낼 수 있죠."

"그럼, 혹시 그런 한국인이나 북한 사람이 있습니까?"

"아니, 없어요. 하하, 말이 그렇다는 얘기예요."

민서는 쓴웃음을 지었다. 최인철이 옆에서 안됐는지 한 마디 거들었다.

"신원이 불확실한 사람 없어요? 북한에서 온 사람 중에?"

"아, 북한 사람들이야 다 신원이 불확실하지, 누가 확실하겠어요?"

이 말을 듣던 민서는 퍼뜩 머리를 스치는 게 있어 최인철에게 물었다.

"혹시 한국 사람 중에는요?"

"한국 사람 중에는 제법 있어요. 전과자들이 많이 건너왔으니까."

"그중에 좀 이상한 사람 없을까요? 전과자는 아니고 여기 오래 살지만 남들하고 잘 안 어울리고 말씨도 이상하고, 그런 사람 말이에요."

"그러니까 그 양수열이라는 사람이 남한에서 온 걸로 위장하고 살지 않겠느냐 하는 말이군요?"

"그럴 가능성이 있을 것 같은데요."

무심코 대답하던 교민이 갑자기 손으로 테이블을 탁 쳤다.

"아무하고도 안 어울리는 사람이 하나 있다는 얘기는 들은 적이 있어요. 여기가 아니고 시엠립이에요. 아, 최 영사, 얘기 못 들었어요? 그 유엔 위원회에 보상비 받으러 갔을 때 박 사장이 한번 부딪쳤다고 그러지 않습디까? 한국인이 뻔한데 아는 체도 안 해서 열 받았다고."

"그 얘긴 나도 들었지만 그 사람 사교성 없는 남한 사람일 겁니다. 북한 사람이 유엔 위원회에 있다는 게 가능해요?"

유엔 위원회라니 뜻밖이었다.

"무슨 위원회를 말하는 겁니까?"

"유네스코요. 앙코르와트보존위원회인데 시엠립에 있어요."

"그 박 사장이란 분하고 통화해서 정확한 상황을 좀 물어봐주실래요?"

교민은 휴대폰으로 통화를 하더니 고개를 크게 끄덕였다.

"틀림없대요."

"음."

교민은 민서의 어깨를 치며 단언하듯 말했다.

"가봐요. 여기서는 자기 눈으로 보는 것만 진짜예요. 거기도 평양랭면이 있으니까 일단 거기 가서 물어봐요. 저도 인간이라면 평양랭면에 한 번은 들렀을 테니까."

다음날 아침 일찍 민서는 교민이 알려준 대로 시엠립으로 가는 비행기에 몸을 실었다.

시엠립공항에서 택시를 잡아 탄 민서는 평양랭면에 들렀다가 바로 앙코르와트보존위원회로 향했다. 시엠립은 관광지라 평양랭면은 오히려 프놈펜보다 훨씬 규모가 컸다. 그러나 거기서도 양수열이란 이름을 아는 사람은 없었다. 앙코르와트보존위원회에 도착한 민서는 캄보디아인 관리 책임자를 찾아갔다.

"양수열 씨요? 그런 사람은 없는데요."

"아니, 분명히 한국인이 있다고 들었어요. 보상 관계 일을 하는 분으로 알고 있는데요."

"아, 그럼 박동석 씨를 말하는군요."

"그분이 한국인입니까?"

"네. 경리 일을 보셨어요. 아주 점잖고 좋은 분이죠."

"어디 계십니까?"

"그저께 프놈펜으로 가셨어요. 십 년 임기가 다 끝났거든요. 참 유감이에요. 본인도 무척이나 여기서 일을 더 하고 싶어 하셨는데. 눈물도 많이 흘리셨어요."

"그럼 프놈펜에서 일하시나요?"

"아니요. 내일 평양으로 출발하신대요."

민서의 귀가 번쩍 뜨였다.

"평양? 서울이 아니고 평양이요?"

관리 책임자는 북한인의 존재를 분명히 확인해주었다. 이제 박동석이 양수열인지만 확인하면 되는 것이었다. 민서는 신홍화가 팩스로 보내온 양수열의 중국 출국 기록과 위원회에 남아 있는 박동석의 캄보디아 입국 기록을 대조하면서 고개를 끄덕였다.

"그분은 고향 얘기를 가끔 하셨어요. 아주 오랫동안 가지 못했다고 하셨죠."

"그분이 나이가 많으신가요? 왜 유엔 임기가 연장이 안 됐죠?"

"나이야 한창때죠. 왜 연장이 안 됐는지는 몰라요. 우리야 월급만 받지 뉴욕에서 하는 일을 어떻게 알겠어요?"

"내일 출발한다고요?"

"네."

"오늘은 어디에 계시죠? 프놈펜에서 말이에요."

"그건 알 수 없어요. 대사관에서는 알지 모르지만."

사무실을 나오면서 민서는 무릎을 쳤다. 뜻밖의 힌트를 얻은 데다 이 일을 해결해줄 수 있는 적절한 친구가 생각났기 때문이었다.

'잘됐군!'

양수열은 분명 북한으로 돌아가고 싶지 않은 것이었다. 호텔을 잡은 민서는 유네스코의 세계문화유산 보존 관계 일을 하는 리처드 컬리에게 전화를 걸었다. 그와는 하버드에서 같이 프로젝트를 한 적이 있어 아주 가까운 사이였다.

"리처드, 마침 사무실에 있었군. 퇴근했으면 어쩌나 걱정했어. 그런데 좀 도와줄 수 있어?"

"김, 당신답지 않게 무슨 그런 옹졸한 표현을 쓰고 그래? 그냥 이렇게 얘기해. '리처드, 무조건 이걸 해!'라고 말이야."

"앙코르와트의 유엔 위원인데 임기가 다 됐어. 임기 연장이 가능할까?"

"이름만 말해."

"박동석. 북한 사람이야."

"음, 여기 있군. 시아누크의 특별 추천으로 위원이 되었네. 알았어, 바로 조치할게. 오 년 연장할까?"

"더 길게는 안 돼?"

"십 년으로?"

"더 길게는?"

"알았어. 영구직으로 하지."

"고마워."

"고맙긴."

"그런데 지금 굉장히 급해. 임명장을 바로 보내줬으면 좋겠어."

"급하면 일단 카피를 먼저 보낼까?"

"그래. 역시 당신은 훌륭해. 카피는 팩스로 캄보디아의 북한 대사관과 앙코르와트 관리본부로 보내줘."

"알았어. 바로 보내지."

"그리고 앙코르와트의 책임자에게 전화를 한 통 걸어주겠나? 날 좀 도와주도록 말이야."

"지금 전화부터 걸게."

"리처드, 고마워."

"무슨 소리야? 그때 김의 프로젝트에 끼지 못했으면 나 지금 어디서 무얼 하고 있을지 생각만 해도 끔찍해. 김, 자네는 말하자면 나의 은인이라고."

점심시간을 끼고 민서는 앙코르와트와 앙코르톤을 구경했다. 몇 번 와본 적이 있었지만 일없이 혼자 와서 보는 앙코르와트는 또 다른 감동을 주었다. 사람들은 앙코르와트를 세계 7대 불가사의에 끼워 넣는다지만 민서가 보기에 앙코르와트는 단연코 세계 제일이었다.

신의 죽음

민서는 점심시간이 끝나자마자 보존위원회의 관리본부장을 찾아가 리처드가 양수열의 인사 문제를 처리했는지 확인했다.

"팩스는 받았습니다. 아주 잘됐어요. 사업비 산출이나 회계 감사에 정확한 분이고 여기 캄보디아에 오래 계셨으니까 같이 일하기가 아주 편합니다."

"그런데 그분은 자신이 위원으로 재임명된 사실을 모를 겁니다. 유네스코에서 결정하자마자 바로 이리 통보를 했으니까요. 그러니 지금 즉시 북한 대사관에 전화를 걸어 본인을 찾아 내일 첫 비행기로 이리 내려오시도록 하세요."

"알겠습니다."

본부에서는 인건비를 포함한 앙코르와트의 복원 자금을 통째로 대기 때문에 캄보디아의 현지 관리본부에서는 본부의 지시라면 죽는 시늉까지도 하는 터라 일은 매우 쉽게 진행됐다.

양수열은 다음날 바로 시엠립으로 다시 내려왔다.

민서는 건물의 맨 위에 앉아 거대한 불상이 새겨진 석조물 사이를 헤집고 올라오는 양수열을 가만히 내려다보았다. 나이는 들었지만 걸음을 내딛는 걸로 보아서는 꽤 강단이 있는 사람이었다.

"어서 오세요. 저는 김민서라고 합니다."

민서는 앞만 보고 계단을 오르기에 여념이 없는 양수열이 옆에 오자 인사를 하며 손수건을 건넸다. 양수열은 의외인 듯 민서를 한참 바라보며 당황해했다.

"유네스코에서 영구직으로 재임명하도록 했다는 분이 바로 당신입네까?"

"네."

"뜻밖이군요. 남조선 분일 줄은 몰랐습네다."

민서는 양수열의 표정에서 불안감을 느낄 수 있었다. 그는 평생의 행운에 무슨 액이라도 낄까 봐 경계하는 기색이 역력했다.

"오늘 돌아가신다는 얘기를 듣고 허락도 없이 이렇게 했습니다."

양수열은 한참이나 곤혹스런 표정으로 민서의 맞은편에 앉아 있었다. 표정으로 보아 상당한 마음의 갈등을 느낀다는 것을 알 수 있었다. 이윽고 그가 입을 열었다.

"대가는 뭡네까?"

"그런 건 없습니다."

"뭐라고요? 대가가 없다고요?"

"그렇습니다. 다행히 유네스코에 친구가 있어 자리를 연장할 수 있었으니 부담 갖지 마십시오."

"내 얘기는 왜 나하고 아무런 인연도 없으면서 그런 일을 했는가 하는 겁네다. 또 나라는 사람이 여기 있는 건 어떻게 알고 찾아왔는가 하는 것도 의문스럽습네다."

"현무첩을 쫓다 선생님을 알게 되었습니다."

"현무첩?"

양수열은 한참이나 민서의 얼굴을 응시하다 단호한 목소리로 입을 열었다.

"나 개인적으로는 영광스럽지만 그 대가로 내 입을 열 생각이라면 일없으니 모든 걸 원점으로 되돌려야 할 겁네다."

"아무 말도 하고 싶지 않으시면 그렇게 하세요."

양수열은 매우 당혹스러운 표정이었다. 그가 느끼는 갈등이 그대로 전해져왔다. 양수열은 가까스로 어금니를 꽉 깨물고 어떤 소리도 입에서 나오지 못하도록 억지로 막고 있었다. 민서는 그런 그가 측은하게 생각되었다.

"어떤 결정을 하시든 이미 유네스코에서 선생님께 드린 지위에는 아무런 변동이 없습니다. 그럼, 저는 이만."

민서는 자리에서 일어났다.

양수열은 표정이 안쓰러울 정도로 굳어져 물끄러미 자신을 바라보고 있는 석불에 시선을 던졌다. 거대한 석불 사이로 다람쥐 한 마리가 미끄러지듯 기어 내려오다 두 사람을 보고는 재빨리 몸을 돌려 오던 길을 기어올랐다. 양수열의 얼굴에 한없이 복잡한 표정이 몇 번이나 나타났다간 사라졌다.

민서를 보는 양수열의 눈가가 촉촉해지는 듯했다. 하지만 그는 종내 입을 꼭 다물고 눈을 들어 먼 하늘을 바라보면서 민서와 눈이 마주치는 걸 피했다. 민서가 뒤로 돌아서 계단을 내려가려고 할 때 그의 착잡한 목소리가 민서의 등 뒤에서 울렸다.

"나는 수령님의 지시에 따라 돈을 지불했을 뿐 현무첩의 비밀은 모릅네다."

민서는 천천히 몸을 돌렸다.

"그러면 누가 알고 있습니까?"

"북조선에서는 단 두 사람만이 알고 있었지요."

"두 사람이라면?"

"수령님과 최형기 박사요."

"최형기 박사? 그는 뭘 하는 분입니까?"

"고고학자인데 장쉐량으로부터 현무첩을 사야 한다고 수령님을 설득한 분입네다."

"지금은 무얼 하시죠?"

"수령님이 돌아가신 직후 죽임을 당했습네다."

"범인은 누구입니까?"

양수열은 침울한 표정으로 고개를 가로저었다. 모른다는 의미였다.

"나는 다행히 노출되지 않아서 목숨을 보전할 수 있었습네다. 시아누크 공이 나를 캄보디아로 초청해 이 자리를 만들어주었디요. 그런데 어떻게 나를 찾아온 겁네까?"

양수열은 처음보다 불안감이 많이 가신 모양이었다.

"저우허양에게 결제한 영수증을 제가 찾아냈습니다."

"그게 어디에 있었습네까?"

민서가 여기까지 오게 된 경위에 대해 설명하자 양수열은 허탈한 표정으로 웃었다.

"돈 심부름을 했을 뿐인데 그렇게 추적이 될 줄은 짐작도 못했습네다그려."

민서는 양수열의 표정에서 이 사람은 불안에 떨면서 오랜 세월을 살아왔다는 사실을 알 수 있었다.

"최형기 박사는 현무첩 때문에 죽었을까요?"

양수열은 말없이 고개를 끄덕였다.

"우리 동광무역 직원들은 실제 아무것도 모르는 상태에서 돈 심부름만 했기 때문에 화를 면했지만 최형기 박사는 수령님이 돌아가시자 목숨의 위협을 느꼈던 모양입네다. 제가 캄보디아로 나오기 직전 찾아오셔서는 불안하고 다급한 표정으로 현무첩과 관련된 증거가 있느냐고 물으셨디요. 저는 돈을 지불하고 영수증을 수령님 사무실에 제출했는데 거기에 현무첩과 관련해서는 한 글자도 쓰지 않았다고 말씀드렸습네다. 안도의 한숨을 쉬셨는데 다른 무언가가 잘못됐던 모양입네다."

"그분은 왜 수령이 사망하자 자신이 위험하다고 생각했을까요?"

민서의 질문에 양수열은 곤혹스런 표정으로 애원하듯 말했다.

"나는 그런 문제는 알지도 못하거니와 생각조차 하지 않기로 맹세했습네다. 부디 가족을 위해 내 맹세를 지킬 수 있게 해주시라요."

양수열의 표정은 너무나 절실해 보여서 민서로 하여금 더 이상 아무것도 물을 수 없게 만들었다. 그러나 민서가 계단을 한참 내려갔을 때 다시 양수열의 목소리가 등 뒤에서 들려왔다.

"최형기 박사님이 하신 여러 가지 얘기들 중 도움이 될 게 있는지 기억을 잘 더듬어보겠습네다. 연락처를 주시라요."

민서는 호텔 지배인에게서 받은 명함을 건네주었다.

새벽 무렵 민서는 요란하게 울어대는 전화벨 소리에 잠을 깼다. 어디에서도 전화가 걸려올 곳이 없었기 때문에 혹시 양수열이 아닌가 생각하다 민서는 순간적으로 불길한 예감에 사로잡혔다. 만약 그의 전화라면 예삿일이 아닐 것이었다.

"여보세요?"

민서는 수화기 저편의 분위기를 조심스럽게 탐지하며 목소리를 내밀었다. 민서의 불길한 예감은 여지없이 적중했다. 전화선을 타고 들려오는 희미한 목소리는 이미 꺼져가는 생명의 마지막 몸부림 같은 것이었다.

"기, 김 교수님!"

민서는 귀를 수화기에 바싹 갖다 댔다.

"혀, 현무첩은 지나간 과거의 여, 여, 역사가 아, 아닙네다."

역시 양수열이었다. 그의 목소리는 몹시 떨려 나왔다.

"양 선생님, 괜찮습니까?"

"카, 카, 칼을 맞았습네다. 내, 내레 곧 죽을 것 같습네다. 최, 최 박사님 말씀이……."

"거기 어딥니까? 지금 곧 경찰에 신고하겠습니다."

신의 죽음

"소, 소용없습네다. 이, 이미, 윽."

전화기를 타고 들려오는 목소리는 너무나도 절망적인 것이었다.

"양 선생님!"

"혀, 현무첩은, 현무첩은 혀, 현재 진행되고 있는 음모와 마, 마, 마, 맞물려 있답니다. 세, 세상의 그 누구도 생각하지 못하는 무, 무, 무, 무서운 음모가 진행되고 있다고 해, 했습네다."

민서는 직감적으로 이 순간을 놓치면 안 된다는 것을 알고는 극도로 신경을 곤두세웠다.

"수, 수령님의 자, 장, 장례식 장면을 잘 보면, 으, 으윽."

그러나 양수열은 가장 중요한 순간에 숨이 넘어가는 소리를 남기고는 전화기에서 멀어져버렸다.

"여보세요! 여보세요! 양 선생님!"

민서의 애타게 부르는 소리에도 불구하고 전화기는 침묵만을 지킬 뿐 다시는 사람의 목소리를 실어 나르지 않았다.

민서는 전화기 건너편의 상황을 환히 들여다볼 수 있었지만 전화기를 상대로 할 수 있는 일이라고는 아무것도 없었다.

"여보세요! 교환! 지금 이 전화가 어디서 걸려왔는지 확인해줘요. 얼른요!"

그러나 교환의 대답은 무성의했다.

"확인이 안 됩니다."

"살인 사건이 일어났는데 당신 그렇게 무성의하게 대답할 거요? 그럼 경찰을 대줘요, 빨리!"

경찰은 교환을 닦달해 전화번호를 알아내는 한편 민서에게도 형사를 보내왔다. 형사를 보자 민서는 다짜고짜 채근했다.

"가봅시다!"

"다른 형사들이 현장에 갔어요."

"아니, 그래도 갑시다."

민서는 자신이 현장을 직접 봐야 한다고 생각했다. 범인은 얼마든지 관리를 매수할 수 있는 분위기였고 무엇보다도 양수열에 대한 미안함 때문에 그냥 있을 수만은 없는 노릇이었다.

"아!"

현장으로 가는 동안 민서는 한없이 비통한 심정으로 차 안에 앉아 있었다. 자신이 찾아오지 않았다면 양수열은 칼에 찔리지 않았을 것이었다.

그의 죽음과 자신과는 부정할 수 없는 인과관계로 맺어져 있었다. 민서는 공연히 그를 찾았나 싶어 한동안 망연자실한 심정으로 멍하니 창밖을 응시하고 있었다. 그러나 차차 민서는 이대로 그의 죽음을 안타까워하고만 있어서는 안 된다는 생각이 들었다. 비명에 간 그의 한을 풀어주자면 그 죽음의 이유와 그가 죽어가면서 말했던 음모가 무엇인지 밝혀내야 할 것이었다. 그는 현무첩의 비밀은 다만 과거의 역사만은 아니라고 했다. 그것은 현재 진행되고 있는 음모와 맞물려 있다고 했고, 그 음모는 사람들이 꿈도 꾸지 못할 것이라고도 했다. 그러나 무엇보다 민서를

신의 죽음

자극한 말은 그가 죽기 직전 남긴 말이었다.

'수, 수령님의 자, 장, 장례식 장면을 잘 보면, 으, 으윽.'

양수열은 김일성의 장례식 장면을 잘 보라고 했다. 그 말은 김일성의 장례식을 잘 보면 현무첩의 비밀이나 이와 관련된 음모를 알 수 있다는 뜻으로 받아들여졌다.

"음!"

도대체 현무첩의 음모와 김일성의 장례식 사이에 어떤 관계가 있단 말인가. 민서는 치밀어 오르는 궁금증을 달랠 도리가 없었다.

"다 왔습니다."

민서는 차에서 내리자 먼저 주변의 모습을 살폈다. 양수열은 작고 낡은 호텔에 투숙하고 있었다. 엘리베이터도 없는 호텔의 5층까지 걸어 올라간 민서는 숨을 고를 새도 없이 양수열이 묵던 방으로 뛰어들었다.

양수열은 전화기 앞에 웅크린 자세로 있다가 숨이 끊어지자 바닥에 쓰러진 모양이었다. 민서는 형사들과 얘기를 나눠봤지만 초동수사가 제대로 되어 있지 않아 갑갑하기만 했다.

"누가 들어오는 거 못 봤어요?"

민서는 잠에서 깬 주인을 직접 추궁했지만 주인은 눈을 부비며 도대체 사람 하나 죽은 걸 가지고 왜 이리 호들갑이냐고 힐난

이라도 하는 듯했다.

"자동차 소리는요? 그건 자다가도 들을 수 있는 거 아니오?"

주인은 여전히 고개를 저었고 수사는 그걸로 끝이었다.

민서는 호텔로 돌아와 방에서 물을 한 잔 마시다가 갑자기 자리에서 튕기듯 일어났다. 급히 창가로 가 커튼 사이로 창밖의 어둠을 내다보던 민서는 순간적으로 자신도 몸을 피해야 하는 상황일지 모른다는 생각이 들었다. 민서는 프런트에 인터폰을 했다.

"혹시 내가 몇 호실에 묵고 있는지 물어보는 전화가 있었나요?"

"없었습니다."

"나를 찾는 사람이 있으면 바로 내게 연락을 해줘요."

"알겠습니다."

민서가 서둘러서 가방에 옷가지를 담고 있을 때 전화기가 울렸다.

"여보세요."

"프런트인데요. 지금 막 손님의 방 번호를 묻는 사람들이 왔었어요."

"경찰을 불러요! 어서!"

민서는 짐을 챙길 겨를도 없이 곧바로 방을 나섰다. 엘리베이터를 타려다가 비상계단으로 발걸음을 옮긴 민서는 온 신경을

신의 죽음

곤두세워 한 층 한 층 더듬으며 밑으로 내려왔다. 엘리베이터가 올라가더니 민서의 방이 있는 꼭대기 층인 10층에서 멎었다. 숨이 멎는 것 같은 긴장감에 사로잡힌 민서의 귀에 밑에서부터 황급히 뛰어 올라오는 발걸음 소리가 들렸다.

"음!"

자신도 모르게 입에서는 신음이 새어 나왔다. 그들은 두 패로 나뉘어 자신을 잡으려 하고 있었다. 민서는 급히 몸을 돌려 다시 위로 뛰어 올라갔다. 올라가면서 민서는 순간적으로 10층에 머무르고 있는 엘리베이터 라인의 7층과 8층 버튼을 눌렀다. 그리고 9층에 멈춰 서서는 로비에 멈추고 있는 옆 엘리베이터의 스위치를 눌렀다.

끼이익.

낡은 엘리베이터가 움직이기 시작하는 소리가 한껏 예민해진 민서의 귀에 날카롭게 파고들었다. 민서는 어지러운 발걸음 소리를 들으면서 엘리베이터가 도착하기만을 초조하게 기다렸다.

"으음!"

민서는 등에서 식은땀이 흐르는 것을 느꼈다. 10층에서 몇 사람이 외치는 소리와 8층에서 달려오는 발소리가 귓전에 들린 순간 민서 앞에 엘리베이터가 와서 멎었다.

드르륵.

민서는 안으로 발을 디디자마자 닫힘 버튼을 눌렀다. 엘리베이터의 문이 닫히는 틈으로 누군가가 달려오는 것이 보였고 10

층의 엘리베이터가 민서가 탄 엘리베이터보다 먼저 내려가는 소리가 들렸다. 민서는 온 신경을 귀에 모았다.

땡.

다행히 그들의 엘리베이터가 8층에 멎자 민서의 입가에서 한숨이 절로 새어 나왔다. 이제 민서가 탄 엘리베이터가 털끝만 한 차이로 앞섰다. 민서는 그 차이가 1초 정도라고 생각했다.

땡.

옆의 엘리베이터는 7층에서 다시 멈췄다.

"5초는 벌었을까?"

민서는 1층에 도착한 엘리베이터의 문이 열리는 순간을 몇 번이나 머릿속으로 그려보았다. 그들이 있을 경우와 없을 경우를 다 생각해야 했다. 그러나 결론은 하나로 모아졌다. 그들이 있다고 맞서 싸우거나 어쩌거나 할 상황이 아니었다.

민서는 머릿속으로 현관이 어느 쪽이었는지 기억해내려 애썼다. 엘리베이터 문이 열리고 나면 한 동작 한 동작이 삶과 죽음을 가를 것이었다.

'왼쪽이다.'

민서는 주머니에서 지폐 뭉치를 꺼내 손에 들었다.

드르륵.

문이 열리자 민서는 무조건 왼쪽으로 뛰었다. 커다란 문이 눈에 들어왔다. 민서는 단숨에 문을 박차고 나가 무작정 길거리로 뛰어들었다.

끼이이익.

택시 한 대가 뛰어드는 민서를 보고 급브레이크를 밟았다. 민
서는 지폐 뭉치를 흔들면서 다짜고짜 문을 열고 앞자리에 탔다.

다행히도 운전사는 눈치와 동작이 빠른 사람이었다. 그는 지
폐 뭉치가 품에 던져지는 순간 가속 페달을 급히 밟았다. 일고여
덟 명의 사내들이 손에 칼과 총을 들고 자동차를 쫓아왔지만 기
사는 순식간에 그들을 멀리 떼어놓았다.

"어디로 갈까요?"

"프놈펜."

"프놈펜은 비행기를 타야 하는데요."

"아니, 이 차로 갑시다."

"좋습니다."

민서가 던져준 달러 뭉치는 프놈펜을 열 번 왕복하고도 남을
큰돈이었다. 택시 기사는 신이 나서 달렸다. 그는 이 뜻밖의 행
운을 만끽하고 있었지만 가는 내내 민서는 차창 밖의 칠흑 같은
어둠 속에 눈길을 두고 있을 뿐이었다.

'이 일이 과연 무엇이기에 내가 목숨까지 걸어야 하나?'

김일성의 장례식

미국으로 돌아온 민서가 연구실에 나가자마자 기다리고 있기라도 했다는 듯 제럴드와 클라크가 찾아왔다. 제럴드가 투정을 늘어놓았다.

"교수님, 교수님은 미아가 쓰시안과 공범이란 걸 알고 있었죠? 미아는 레이치우로부터 돈을 받아 챙긴 후 잠적했습니다. 레이치우도 중국으로 돌아갔고요. 나는 미제 사건만 하나 늘었어요. 교수님은 그 여자의 정체를 알고 있었으면서 왜 내게는 한 마디도 안 해주셨소?"

"그렇게 빨리 일을 처리하고 잠적할 줄은 미처 몰랐어요. 그 현무첩이 지엔 장군에게는 더없는 보물이었나 보군요. 거금을 요구했을 텐데 즉각 지불한 걸 보면. 그런데 내가 그 여자를 만난 것은 어떻게 알았죠?"

"그 여우로부터 신변 보호 요청을 받은 멍청한 뉴욕 경찰이 교수님 사진을 찍어두었소. 나 참, 교수님이 한 마디만 해주셨어도 사건을 해결할 수 있었을 텐데."

민서는 이 고지식한 고참 형사를 달래주고 싶었다.

"나는 그렇게 생각하지 않아요."

"달리 어떻게 생각한단 말이오?"

"살인 사건은 도처에서 일어나고 미제도 많은데 뭘 그리 심각하게 생각해요? 오히려 제럴드 경위가 수사를 잘해 CIA까지 끌어들여 거대한 음모에 대한 수사를 벌이고 있다, 이건 살인 사건 몇 백 건보다 훨씬 중요한 일로 경찰의 명예를 높였다, 이런 식으로 생각해보세요. 그럼 실제 그렇게 될지 모르니."

순간적으로 제럴드의 눈이 빛났다.

"후후. 역시, 교수님이 뭔가를 알아오셨군. 당연히 그럴 거라 생각돼서 우리가 달려온 거요. 고맙소. 나 제럴드는 교수님이 정말 좋소. 그 두뇌에 겸손한 마음 씀씀이하며. 나도 이제 스타일을 좀 바꿔볼 참이오. 교수님처럼 말이오. 점잖고 명민하고……."

"차라리 학교로 와서 교수를 해요."

"낄낄낄, 그냥 해본 소리요. 그런데 정말 캄보디아에서는 무슨 성과가 있었던 거요?"

클라크가 잔뜩 기대를 담은 눈길로 민서를 응시했다.

"이건 그리 간단한 사건이 아니에요. 일단 지엔 장군이 현무첩에 집착하는 이유는 거기에 우리가 짐작도 하지 못했던 비밀이 숨어 있기 때문이에요. 그런데 클라크 요원, 김일성의 장례식을 찍은 필름을 구할 수 있을까요?"

"김일성이요? 북한의 그 김일성을 말하는 겁니까?"

"네."

클라크는 뜻밖이란 표정을 지었지만 이내 고개를 끄덕였다.

"아마 본부에 있을 겁니다."

"어서 그걸 좀 구해줘요."

"알겠소."

클라크는 즉시 본부에 전화를 걸어 김일성의 장례식 장면을 촬영한 필름을 동영상으로 만들어 민서의 컴퓨터에 전송하도록 했다. 그간 민서는 왕젠췬을 만난 얘기와 시엠립에서의 살인 사건에 대해 설명했다. 제럴드는 놀라움에 입을 다물지 못했다.

동영상이 전송되자 민서는 두 사람과 함께 모니터실로 갔다. 대형 모니터에 랩톱을 연결하니 김일성의 장례식 장면이 거대한 화면으로 재생되기 시작했다.

"나 참, 현무첩의 음모가 김일성의 장례식과 연결되어 있다니! 난 무슨 음모니 뭐니 하는 얘기만 나오면 머리부터 아파지는 사람인데⋯⋯."

그러나 제럴드는 말은 그렇게 하고도 일단 화면이 돌아가기 시작하자 진지한 표정으로 시종일관 화면에서 눈을 떼지 않았다.

민서는 화면이 다 돌아가자 다시 한 번 돌렸다. 제법 오랜 시간이었지만 세 사람 사이에는 잡담 한 마디 없었다. 그러나 두 번째 화면이 돌아가고 민서가 불을 켜자 제럴드는 고개를 절레절레 흔들었다.

"교수님, 솔직히 나는 뭐가 뭔지 이해할 수가 없소."

그 점은 클라크도 마찬가지였다.

"저 장례식 장면에 현무첩의 음모가 있다니, 저로서도 도저히 이해할 수가 없군요. 혹시 교수님은 뭘 찾으셨습니까?"

"음."

민서는 말없이 화면을 돌려 한 장면에서 멈추었다.

"양수열 씨가 뭘 말하려 했는지는 모르지만 나는 이상하게 느낀 점이 하나 있었습니다."

"그래요?"

"여기서부터 잘 보세요."

클라크와 제럴드는 두 눈을 크게 뜨고 화면을 지켜보았으나 역시 고개를 흔들었다.

"설명을 해주셔야만 하겠습니다. 저는 뭐가 이상하다는 건지 도무지 알 수가 없습니다."

"잘 봐요, 이 장면을. 지금 이 장례식은 김일성의 장례식입니다. 상주는 그의 아들이자 후계자인 김정일이고요."

"그런데요?"

"이 옆 사람을 봐요. 이 사람이 누군지는 모르겠지만 김정일은 그에게 뭔가를 열심히 설명하고 있어요."

"그게 뭐가 그리 이상하죠?"

"게다가 이 사람의 표정을 봐요. 김정일 쪽으로는 고개도 돌리지 않고 먼 산을 바라보고 있잖아요?"

"음."

제럴드는 양손을 올렸다 내리는 제스처를 취했다. 무슨 뜻인지 잘 모르겠다는 의미였다.

"장례식에서는 모든 문상객이 상주에게 진지하게 조의를 표하고 상주의 일거수일투족을 존중하지요. 게다가 김정일은 이미 오래전에 김일성으로부터 권력을 물려받아 실질적으로 북한을 통치하고 있던 절대권력자예요. 입을 꾹 다물고만 있으면 최고의 카리스마가 그에게 부여되지요. 그런데 저 장면을 봐요. 상주이면서도 기를 쓰고 뭔가를 설명하려는 저 모습."

"그렇군요. 이제 보니 정말 이상하군요."

제럴드는 비로소 고개를 끄덕였다. 클라크 역시 조심스러운 눈초리로 민서의 다음 말을 기다렸다.

"더 이상한 건 김정일의 얘기를 듣고 있는 저 사람의 태도예요. 절대권력을 가진 상주의 말을 한 마디도 듣지 않겠다는 듯 고개를 반대편으로 꼿꼿이 돌리고 있는 저 모습. 저건 상식적으로는 도저히 있을 수 없는 장면입니다."

"음."

"북한에서는 절대 저런 일이 일어날 수 없어요. 저 사람이 누군지 당장 알아봐야겠어요."

클라크는 즉시 본부로 전화를 걸어 그의 신원을 확인했다.

"누구? 오진우? 지금은 죽었다고?"

듣고 있던 민서가 끼어들었다.

"그의 사인에 대해 물어보세요."

클라크는 황급히 물었다.

"사인이 뭐요? 지병으로 나와 있다고? 음, 일단 알겠소."

통화 내용을 이미 들은 민서는 생각에 잠겼다.

"이미 죽었다. 그런데 사인이 지병이다……. 그렇다면 그의 죽음과 장례식에서의 태도를 연결 지을 수는 없겠군요."

"여기에 무슨 음모가 있는지, 그게 왜 현무첩과 관련이 있는지 나로서는 짐작조차 할 수 없소. 그들 사이에 무슨 알력이 있었던 걸까요? 화면으로 보아서는 둘 사이에 이견이 있는 것은 틀림없는 것 같은데 말입니다."

"웬만한 이견이 아니고서는 저럴 수가 없어요. 문상객이 장례식에 와서 상주에게 좋지 않은 말을 할 리도 없거니와, 이미 절대권력자인 김정일이 저리도 열심히 무언가를 설명하는데 저렇게 고개를 돌린 채 외면하고 있을 수는 없지요."

"이제 보니 확실히 이상합니다. 그런데 이 장면에 대한 교수님의 생각은 어떻습니까?"

"여러 갈래로 짐작을 해볼 수는 있겠지만 속단하고 싶지는 않군요."

"혹시 오진우가 김정일의 권력 승계에 대해 불만을 가지고 있었던 건 아닐까요? 그래서 김정일은 열심히 설득을 하고……."

"그건 아닐 겁니다. 이미 김정일은 김일성이 죽기 십여 년 전부터 권력을 승계했고 실질적으로 북한을 통치하고 있었어요. 설사 권력 승계에 문제가 있다 하더라도 장례식에서 저럴 수는 없어요."

"그럼 어떻게 해석을 해야 할까요?"

민서는 잠시 더 생각하다 조심스럽게 말을 꺼냈다.

"먼저 김정일의 입장을 생각해보지요. 그가 다른 자리도 아닌 자신의 아버지 김일성의 장례식에서 저렇게 열심히 무언가를 설명하며 오진우의 이해를 구하고자 했다면, 그건 다름 아닌 김일성의 죽음과 관련된 일이 아니겠습니까?"

클라크는 입술을 꽉 다문 채 고개를 끄덕였다. 제럴드가 민서의 동의를 구하려는 듯 낮은 목소리로 물었다.

"장례 절차가 마음에 들지 않았다든가 하는 것은 아니었을까요? 가령 자리 배열이라든지……."

"그런 단순한 문제가 아닐 거예요. 그것보다는 훨씬 큰, 오진우에게 엄청난 명분이 있는 그런 일."

"그게 뭘까요?"

"오진우가 감히 항의를 할 수 있는 사안은 오직 하나, 수령의 죽음에 대한 것뿐이죠."

민서의 말에 클라크가 놀라 입을 다물지 못했다.

"김일성의 죽음에 대해 항의한다? 그게 뭘 말하는 거요?"

제럴드가 물었다.

"뭔지 모르지만, 오진우가 김정일이라는 절대자를 상대로 공개된 장소에서 저렇듯 위험한 태도를 보이는 힘의 원천은 그의 양심과 명분에서 나온다고 볼 수 있을 거예요. 마찬가지로 김정

신의 죽음

일이 저렇게 모양을 구기면서 오진우에게 안간힘을 쓰며 이해를 구하는 것은 그에게 뭔가 약점이 있다는 거지요."

"무슨 약점이 있을까요?"

"어쩌면 김일성의 죽음에는 김정일이 책임져야 할 부분이 있을지도 모른다는 생각이 드는군요."

민서의 대답은 가히 충격적이었다. 김정일이 김일성의 죽음에 책임이 있다는 말이 나오자 세 사람 사이에 깊은 침묵이 흘렀다. 한참이 지나고서야 제럴드가 고개를 갸웃거리며 물었다.

"그런데 도대체 저 장면이 현무첩과 어떤 연관이 있기에 양수열은 죽어가면서 장례식을 보라고 했을까요?"

민서는 고개를 가로저었다. 아직 알 수 있는 근거가 하나도 없다는 의미였다. 클라크가 무언가를 생각해낸 듯 미간을 좁히며 말했다.

"그런데 제 기억으로는 김일성이 심장마비로 죽은 것으로 알고 있는데……"

민서가 이미 생각해두었다는 듯 바로 고개를 끄덕였다.

"저도 그렇게 알고 있어요."

"그런데 김일성의 사망 원인이 이제껏 드러난 것과는 다를지도 모른다는 말이군요?"

"아직 분명한 것은 없어요."

"으음!"

클라크는 복잡한 표정을 지으며 자리에서 일어났다.

"본부에 보고해야 할 일입니다."

그 뒤를 따라 제럴드도 일어섰다.

"제기랄! 이놈의 사건이 어디로 가고 있는 거야?"

죽음의 연구

클라크는 사무실로 돌아오자마자 곧바로 CIA 본부에 전화를 걸었다. 김일성의 장례식에 대한 민서의 해석은 클라크에게 큰 충격을 주었다. 본부의 북한 담당 간부 역시 놀라기는 매한가지였다.

"클라크 요원, 그러니까 그 교수라는 자는 김일성이 타살되었다고 생각하는 거요?"

"아니, 그건 아니오. 그 사람은 비록 젊지만 매우 신중한 사람이오. 그는 김일성의 장례식에서 일어난 예사롭지 않은 광경에 주목하고 있을 뿐이오. 뒤가 어떻게 전개될지는 아직 알 수 없소."

"흐음."

북한 담당 간부는 여러 가지 생각이 교차하는 모양이었다. 그에게 클라크가 질문을 던졌다.

"그런데 우리는 김일성의 죽음에 대해 의심해본 적이 없소? 북한의 발표 그대로 믿고 있소?"

"그건 아니오. 따로 김일성의 죽음을 조사하는 팀을 만들어

매우 광범위하고도 진지한 조사를 진행했소. 그렇잖아도 당신의 전화를 받고 팀장과 만나보려던 참이오."

"만나고 나서 연락을 해주겠소?"

"그렇게 합시다. 그런데 클라크 요원이 그 일에 관여할 만한 입장이 되는지는 잘 모르겠군요."

"아마 될 거요. 나는 대통령 각하가 비상한 관심을 가지는 중국군 지도자와 연관된 살인 사건을 조사하고 있으니까."

저쪽에서는 별말 없이 전화를 끊었다. 클라크가 대통령을 들먹인 게 효과가 있었는지 전화는 즉각 걸려왔다.

"클라크 요원, 김일성 사망 조사팀의 알렉스 팀장을 연결해 주겠소."

"웬일로 이렇게나 신속하게 친절을 베푸는 거요?"

"친절? 친절은 아니오. 지금은 이게 우리의 가장 긴급한 현안이오."

"무슨 소린지 잘 알아듣지 못하겠는데……."

"알렉스가 설명할 거요."

저쪽에서는 알 수 없는 말을 남기고는 전화를 넘겨버렸다. 전화기 건너편에서는 이내 전자 제품의 기계음 같은 명료한 음성이 들려왔다.

"클라크 요원, 저는 알렉스 팀장입니다."

"반갑소. 하지만 나는 뭐가 뭔지 모르겠소. 십 년도 더 전에 죽은 사람이 가장 긴급한 현안이라니……. 나는 김일성의 장례식과 관련해서 한 마디만 묻고 싶었을 뿐이오."

"왜 그런 걸 지금 와서 물으려 하시죠?"

"왜냐고? 그걸 굳이 말해야만 하는 거요?"

"말해주시면 좋겠습니다. 그 일은 아직 끝나지 않았으니까요."

"무슨 얘기요? 설마 장례식이 아직 안 끝났다고 말하는 건 아니겠지?"

"그 죽음의 진실을 말하는 겁니다."

"그렇다면 그의 죽음에는 의혹이 있다는 얘기요?"

"네."

"내게 얘기해줄 수 있소?"

"별로 어려운 건 아닙니다. 하지만 제게도 왜 뜬금없이 장례식에 대해 묻는지 말씀을 해주셔야 합니다."

"알겠소. 먼저 말하시오."

"사실 김일성은 우리 정보국의 공작 와중에 죽었기 때문에 그 사망 이유에 대해 우리는 오랫동안 조사를 해오고 있습니다."

"십 년도 더 전에 죽은 사람의 사인을 아직까지 조사하고 있다고?"

"그렇습니다."

"우리의 공작이라면?"

"우리는 오랜 기간에 걸쳐 김일성 회유 공작을 진행시켜 왔습니다."

"그 반대가 아니오? 나는 잘 모르지만 한때 우리는 그를 죽이려 하지 않았소?"

"그런 방향으로도 연구를 많이 했지만 종내는 그를 회유하는 쪽으로 가닥을 잡았습니다. 그러던 중 아주 획기적인 일이 터졌어요."

"그게 뭐요?"

"남북정상회담이라는 엄청난 일이 성사되었어요. 김일성은 당시 북한을 방문한 지미 카터 전 대통령과 회담을 가졌는데 그 자리에서 우리 미국이 뒤를 받치는 남북정상회담이 결정되었지요."

"미국이 뒤를 받치는 남북정상회담이라……."

클라크는 어딘지 이상한 기분이 들었다. 그는 민서로부터 김일성의 이상한 장례식 이야기를 듣고는 부쩍 그의 죽음에 의심을 보내고 있던 터라 알렉스의 말에 민감하게 반응했다.

"우리는 카터로부터 김일성의 제안을 전해 듣고는 회담의 성사를 위해 심혈을 기울였어요. 우리의 짧은 회유책이 가져온 결과치고는 상상도 못할 정도로 큰 수확이었으니까. 그런데 남한 대통령의 방북을 꼭 17일 남겨두고 그가 갑자기 죽었던 겁니다."

"당연히 그의 죽음을 파헤치는 팀이 만들어졌겠군요?"

"제가 팀장이 되어 지금에 이르기까지 별별 조사를 다했지요."

"결론은 뭐요?"

"없어요."

"무슨 얘기요? 팀을 만들었으면 결론을 내리고 해체하든지 해

신의 죽음

야 하는 거 아니오?"

"아직 팀은 해체되지 않았어요. 결론도 없고요."

"아직도 조사 중이라는 얘기요?"

"그렇습니다."

"어떤 새로운 공작이라도 진행되고 있는 거 아니오?"

"역시 날카로우시군요."

"뭐요?"

"김정일을 붕괴시킬 수단을 찾고 있는 겁니다. 아직 성과는 없지만."

"흐음!"

클라크는 고개를 저었다.

"이제 클라크 요원이 말할 차례군요."

알렉스는 잔뜩 기대가 서린 목소리로 클라크를 재촉했다.

"사실 그건 내가 얻은 정보가 아니오. 인류학을 전공하는 한 젊은 한국인 교수가 있어요. 그 사람이 정보를 주었소."

"그, 래, 요?"

알렉스는 어딘지 이상하다는 말투였다. 인류학자가 김일성 죽음의 비밀을 캔다는 게 생소하게 들렸던 모양이었다. 이 호기심으로 똘똘 뭉친 팀장은 입에 고이는 침을 꿀꺽 넘기며 잔뜩 절제된 목소리로 물었다.

"그는 뭐라고 하던가요?"

"김일성의 장례식에는 이상한 장면이 있다고 하면서 내게 장례식을 찍은 필름을 보여달라고 부탁했소."

"그랬군요. 그래서 우리에게 필름을 보내달라고 했던 거군요. 그래, 과연 그 장례식에는 이상한 장면이 있었나요?"

"그렇소."

클라크의 얘기를 다 듣고 난 알렉스는 매우 흥미롭다는 반응을 보였다.

"김정일에게 극도로 반발하는 오진우라……. 그런데 그 교수는 어디서 그런 정보를 얻었을까요?"

"캄보디아에 있던 북한 사람으로부터 들었다고 했소. 그 사람은 김 교수에게 그런 이상한 얘기를 남기고 죽었소."

알렉스의 음성이 가늘게 떨렸다.

"죽었다고요? 누가 죽었습니까?"

"알 수 없소. 김 교수는 북한 대사관을 의심하고 있었소."

알렉스에게는 정보를 제공한 사람이 죽었다는 사실이 반갑게 다가오는 모양이었다. 꺼져버린 화산재나 끌어모으던 그의 앞에 갑자기 활화산이 터졌다는 생각이라도 할 것이었다.

"왜 북한 대사관이죠?"

"영구직 유엔 위원이 되자 뭔가 노출되었던 모양이오."

"그 교수를 만날 수 있습니까?"

"물론이오. 하지만 그는 우리에게 협조할 하등의 의무가 없소."

"그렇다면?"

"주고받는 거요. 그는 나름대로 어떤 역사의 수수께끼를 쫓고

있소. 그 수수께끼는 중국의 차세대 지도자하고도 연결이 되는
것 같소. 어쨌든 우리는 그의 두뇌를, 그는 우리의 정보를 필요
로 할 거요."

"믿을 만한 사람인가요?"

"나는 이제껏 그와 아무런 사심 없이 같이 협력해왔소. 당신은
어떨지 모르겠지만 말이오."

알렉스는 전화기 앞에서 고개를 주억거렸다. 일개 대학 교수
에게 고급 정보를 준다는 게 썩 마음에 내키지는 않았지만 비중
있는 요원 클라크를 상대로 반발할 상황은 아니었다.

후연

"교수님!"

크리스는 연구실로 들어서는 민서를 보자 자리에서 벌떡 일어나며 상당히 들뜬 목소리로 그를 불렀다.

"무슨 일이야?"

"이번에는 틀림없이 찾아낸 것 같습니다."

민서는 가만히 크리스의 얼굴을 건너다보았다. 평소 차분하던 그의 얼굴이 기쁨에 달떠 있었다.

"현무첩의 글귀에 맞는 시대 상황을 찾아낸 것 같습니다."

크리스의 입에서는 뜻밖의 내용이 흘러나왔다. 민서는 고개를 갸웃거렸다. 크리스가 아무리 영민하고 집착이 강하다 한들 그리 쉽게 찾아낼 수 있는 내용이 아니었다.

"그래? 말해봐."

"그건 후연(後燕) 때의 일인 것 같습니다."

"후연? 어떤 나라였지?"

생소한 나라 이름이 민서의 귀를 때렸다.

"고구려 때 지금의 베이징에서 남쪽으로 좀 내려간 곳에 있었습니다."

"그런데 왜 후연이 그 글귀와 관련이 있다는 거지?"

"후연의 마지막 황제는 고구려인이었습니다."

크리스는 자랑스러운 목소리로 뜻밖의 말을 뱉어냈다.

"정말인가?"

"그렇습니다."

크리스는 당당한 얼굴로 자신 있는 말을 이어갔다.

"금시초문이군. 고구려인이 후연의 황제였다?"

"후연의 황제는 원래 모용씨였는데 학정으로 유명했습니다. 그런데 후연 황제 모용보의 양자로서 조정의 실력자가 된 모용운이라는 사람이 있었습니다. 그의 조부는 원래 고구려의 귀족이었는데, 고국원왕 때 인질로 잡혀간 이후 연나라에 살게 되었죠. 모용보가 죽고 폭군 모용희가 황위에 올라 온갖 폭정을 일삼자 모용운은 후연의 장군 풍발의 도움을 받아 모용희를 폐하고 스스로 황제가 되었습니다. 그러고는 자신의 원래 성인 고(高)씨를 되찾아 고운으로 이름을 고쳤습니다."

크리스의 설명은 놀라운 것이었다.

"음, 그런 역사가 있었던가? 고구려인이 후연의 황제가 된 일이?"

"아마 현무첩은 이때 만들어진 것 같습니다. '신 진은 백제 상인 30명을 시켜 우리 말을 가르치게 했다'는 상황과 꼭 맞습니다."

민서는 고개를 끄덕였다. 현무첩의 글귀와 더할 나위 없이 딱 맞아떨어지는 상황이었다.

"그러니까 진이란 이름의 관리는 후연의 관리로서 후연인들에게 고구려 말을 가르치게 했다는 내용을 황제 고운에게 고하는 거군."

"그렇습니다. 후연의 고운 황제에 대해서는 각종 문헌에 기록이 되어 있습니다."

크리스는 이미 자신의 책상 위에 관련 자료를 가득 쌓아놓고 있었다.

"도서관 지하에 있는 희귀 문헌까지 샅샅이 뒤졌지요."

크리스는 민서의 인정을 받게 된 것이 더할 나위 없이 흐뭇한 모양이었다.

민서는 크리스가 참으로 대단한 걸 찾아냈다는 생각이 들어 고개를 끄덕였다. 크리스의 자료를 넘기며 후연이라는 나라의 역사를 두 눈으로 좇았다.

"고운 황제는 자신이 고구려인이라는 사실을 잊지 않고 후연을 고구려화시키려 했던 것일까?"

"틀림없습니다."

"어째서 그렇게 확신하는 거지?"

"그 시기 고구려의 왕은 광개토대왕이었습니다."

"음……."

민서의 뇌리에 왕젠천이 현무첩은 광개토대왕 시대의 유물이

신의 죽음

라 하던 게 떠올랐다.

"광개토대왕이 종족의 예를 베푸니 황제 또한 그러한 예로써 답례를 했다는 기록이 있습니다. 그러니 대왕과 황제는 후연을 고구려화시키는 데 힘을 합했을 것 같습니다."

민서는 고개를 끄덕였다.

"고구려화의 첫 번째 작업은 말을 가르치는 것이겠지?"

민서의 인정으로 고무된 크리스는 자신 있게 대답했다.

"그렇습니다."

"그런데 왜 진이라는 관리는 잔상이라는 표현을 썼을까? 후연에서도 고구려와 같이 잔상이라는 말을 썼다는 얘긴가? 그건 좀 이상하군. 잔상이라는 말은 오직 고구려에서만 사용했던 걸로 알고 있는데."

조교는 멈칫했다. 비록 고구려인이 후연의 황제가 됐다 하더라도 그 신하인 진이 잔상이라는 표현을 쓰고 있는 것은 이상했다. 한참 동안 생각하던 크리스는 다시 그럴듯한 추측을 내놓았다.

"광개토대왕이 황제 고운에게 고구려 관리들을 보냈을 가능성은 없을까요? 진은 고구려에서 후연으로 파견된 관리일 가능성이 있지 않을까 하는 겁니다."

"그러면 진이라는 관리는 고구려인으로서 백제 상인들을 시켜 후연인들에게 고구려 말을 가르치고는 그런 내용에 대해 광개토대왕에게 보고를 올렸다고 봐야 하겠군. 후연의 황제가 아니라."

"그렇습니다."

"그럴 수 있을까?"

크리스는 점차 흐려져가는 민서의 얼굴을 보자 조심스럽게 물었다.

"뭔가 모자라는 점이 있습니까?"

"아니, 그게 아니야. 대단한 발견일 수 있어. 그런데 그 고구려화는 얼마 동안 이어졌지?"

"매우 짧았을 겁니다. 고운 황제는 이 년 만에 피살되고 한족인 풍발이 다시 황위에 올랐으니까요."

크리스의 대답에 민서는 고개를 크게 가로저었다. 어딘지 맞지 않는다는 생각이 들었다. 재위 기간이 이 년밖에 안 된다면 고운은 즉위하자마자 중국인들에게 고구려 말을 가르치려 들었다는 얘기인데, 이는 상식적으로 맞지 않는 얘기였다. 민서의 표정을 지켜보던 크리스 역시 비슷한 생각이 들었는지 한 발 물러섰다.

"중국의 황제가 되자마자 바로 고구려 말부터 가르친다는 게 좀 빠른 것 같기는 합니다만."

"그래, 그게 문제야. 차라리 정복군이라면 그럴 수 있지. 역사에도 그런 경우가 수없이 있었어. 저항 정신을 꺾어놓기 위해 남자는 죽이고 여자와 애들에게 말부터 가르치면 지배가 훨씬 용이하지. 하지만 고운은 어디까지나 황제야. 그가 고구려 출신이고 아니고는 그리 중요하지 않아. 그가 황제에까지 오를 수 있었다면 그는 이미 중국인에 가깝다고 봐야 할 거야. 중국어로 의사소통이 자유로운 사람이지. 황제가 된 그가 서둘러 외국어부터 가르치려 들었을 리가 없어."

"그건 그러네요."

크리스는 금세 시무룩해졌다. 민서는 이런 크리스의 등을 가볍게 두드려주었다.

"하지만 가장 가능성이 있는 케이스를 찾아낸 건 틀림없어. 자네, 대단해."

민서는 크리스에게 엄지손가락을 치켜 보였다. 크리스는 다시 환해진 표정으로 대답했다.

"그 문제를 좀 더 연구해보겠습니다. 그리고 여기 최형기 박사에 관한 몇몇 기록이 있는데요."

"어떤 기록들이지?"

민서는 크리스가 건네는 자료를 받으며 물었다.

"발굴 기록들이 많습니다. 아마 이분은 발굴 분야에서 두각을 나타낸 분 같은데요."

민서의 눈이 크리스가 챙겨준 최형기의 자료를 빠르게 훑어 나갔다.

"고구려 유적 관련 발굴에는 꼭 관여하고 있어요. 거의 모든 고구려 유적 발굴에서 고문이나 뭐 그런 직함을 항상 유지하고 있습니다."

"그렇군."

민서는 크리스가 넘겨준 최형기에 관한 문건을 찬찬히 훑어봤다. 과연 그는 고구려 고분 발굴의 전문가라 할 만했다. 모든 고구려 유적 발굴에 참여하고 있던 그의 경력에 한참 눈길을 주던 민서는 그의 발굴을 철저하게 조사해봐야겠다는 생각이 들었다.

"북한 학자들에게 직접 확인하면 좋겠는데, 접촉할 방법이 없을까?"

"내일부터 서울에서 고구려 학회가 열리는데 북한 학자들도 대거 참석한다고 들었습니다."

"그래?"

민서는 대수롭지 않게 대꾸했지만 갑자기 서울에 가고 싶어졌다. 북한의 학자들을 만나 최형기에 대한 정보를 얻을 수 있을지 모른다는 생각 외에도 외무부의 친구 장빈을 만나 레이치우가 남북정상회담에 관여한 과정에 대해서도 알아보고 싶었다. 얼마 전 통화했던 사촌형도 고구려 학회에는 반드시 참석할 것이었다.

"학회가 내일부터라고?"

"네."

"음, 며칠간이지?"

크리스는 컴퓨터로 검색을 해보고 나더니 난감한 표정을 지었다.

"사흘간입니다."

시간이 너무 촉박하다는 의미였다. 그러나 민서는 바로 전화기를 들어 여행사의 번호를 누르고 있었다. 내일 낮 비행기를 탄다면 학회의 마지막 날에는 참석할 수 있을 것이었다.

제3의 연출가

외출에서 돌아온 미아는 어딘지 이상한 기분이 들었다. 당연히 기다리고 있어야 할 남자 친구 자니가 보이지 않았던 것이다. 왠지 불길한 예감이 엄습했다.

"자니!"

미아는 큰 소리로 애인의 이름을 불렀지만 어떤 대답도 들을 수 없었다.

"자니! 허니!"

역시 대답이 없자 미아는 애써 불길한 마음을 누르고 침실로 올라갔다. 몸을 뻗어 침대 밑으로 손을 넣자 버튼이 손에 잡혔다. 미아는 버튼을 누르기 전 다시 한 번 자니를 불렀다. 그러나 역시 대답이 없었다.

삐이.

버튼을 누르자 침실의 한쪽 벽이 열리며 육중한 금고가 드러났다.

"아악!"

금고가 열려 있는 것을 본 미아는 마구 비명을 질러댔다. 돈이 문제가 아니었다. 막대한 액수의 무기명채권이 있어야 할 자리에 보이지 않았다.

"자니!"

미아는 다시 한 번 혼신의 힘을 다해 애인의 이름을 불렀으나 이 매력 덩어리 애인은 이미 침묵의 동굴 속으로 들어가버린 것 같았다.

"개새끼!"

미아는 터져 나오는 욕지거리를 참지 못하면서 여기저기 전화를 걸었다. 하지만 어디에서도 자니의 행방을 찾을 수는 없었다.

종내 미아는 옷을 다 벗어던지고는 선반에 놓여 있는 술 한 병을 꺼내 들었다.

"죽일 새끼!"

애원과 욕지거리 사이에서 미아는 점점 취해갔다. 정신이 몽롱한 중에도 지옌의 보물을 훔쳐 미국으로 자신을 찾아왔던 쓰시안의 얼굴이 떠올랐다.

"미안해요, 쓰시안!"

미아는 독이 든 술잔을 떨어뜨리며 두 손으로 목을 움켜잡고 죽어가던 그의 모습을 지우려 스카치를 퍼붓듯 마셨다. 그러고는 미친 듯이 집 안을 돌아다니며 마구 비명을 질러댔다.

그렇게 사흘을 보낸 미아는 침대보 밑에서 서서히 깨어났다. 흐릿한 눈빛으로 잠시 테라스 너머 펼쳐져 있는 푸르디푸른 대서양을 내다보던 그녀는 한 사람을 기억해냈다. 뉴욕대학의 교수라던 사람. 그러나 돈을 손에 넣은 직후 자신의 행운을 자랑하기 위해 전화를 걸었을 때 그런 사람을 찾을 수는 없었다. 미아는 무서운 속도로 머리를 굴렸다. 어쩌면 다시 살아날 수 있을지 모른다는 생각으로 미아는 보물의 열 글자를 얻어간 젊은 교수의 얼굴을 몇 번이나 뇌리에 각인시켰다.

'한데, 이자를 어떻게 찾아내지?'

사람을 팔아넘기려면 최소한 그의 연고 정도는 알아야 할 것이었다. 한참이나 기억을 더듬던 미아는 문득 샌프란시스코의 제럴드 형사가 그 사람의 전화를 바꿔주던 게 생각나자 기쁨으로 눈을 빛냈다.

어둠이 내릴 무렵 서울에 도착한 민서는 먼저 외무부의 장빈에게 전화를 걸었다.

"서울에 왔다고?"

"그래."

"마침 잘 왔군. 전에 내게 알아봐 달라고 했던 거 말이야."

"그래, 사실 그것도 무척 궁금해."

"레이치우 그 사람, 그리 간단한 사람은 아닌 것 같아."

"무슨 소리지?"

"음, 그게 함부로 얘기하기는 좀 곤란한데."

민서는 장빈이 공무원 신분 때문에 곤란해한다는 생각이 들었다.

"왜? 무슨 비밀이라도 있나?"

"비밀이라기보다는, 그 사람의 행적을 조사하다 보니 의외의 생각이 들어서 말이야."

"무슨 말이야?"

"하여튼 만나서 얘기해. 술도 한잔할 겸."

"그래야지."

조용한 한식집에서 마주 앉은 장빈은 오히려 민서에게 물어왔다.

"그 사람 어떻게 알았어?"

"학자야."

민서는 저간의 사정을 일일이 다 얘기할 필요는 없다는 생각에 가볍게 대답했다.

"학자? 맞아, 학자임에는 틀림없는데 조사해보니 그 이상이야. 완전히 수수께끼의 인물이더군."

민서는 고개를 끄덕였다. 장빈이 무척 열심히 조사했다는 느낌과 더불어 그 역시 레이치우에게 강한 흥미를 느끼고 있다는 사실을 짐작할 수 있었다.

"지난번 중국 외교부 홈페이지 사건 기억하나?"

"고구려 역사 왜곡 말인가?"

"그래, 당시 나도 관여했었지."

"그 내막은 어떻게 된 거지?"

"처음 고구려를 고대 중국의 지방 정권이라고 외교부 홈페이지에 올려두었던 건 중국의 외교부 직원들이야. 우리 정부에서 대대적으로 항의하자 그들은 이리저리 바꾸다 결국 고구려 역사와 관련된 내용은 모두 빼버리고 말았어."

"빼버렸다는 게 자신들의 과오를 인정한다는 얘기는 아니겠지?"

"물론. 나는 뺀 게 더 무섭다고 봐. 그토록 거세게 들고 일어났던 우리 한국은 언제 그런 일이 있었느냐는 듯 금방 다 잊어버렸지만 중국은 물밑에서 더욱 치밀하게 공작을 꾸미고 있어. 그런데 그걸 총지휘하는 자가 바로 그 레이치우라는 작자더군."

"음, 역시 그랬었나?"

장빈의 표정은 어두웠다.

"그자에 대한 자료를 모으다 보니 그자는 고구려 역사를 망가뜨리는 데 전문이라는 느낌이 왔어."

"음, 고구려 역사 파괴 전문가라."

"그런 사람이 남북정상회담 같은 일에 어떻게 관련이 된 건지⋯⋯."

민서는 브리티시컬럼비아대학의 풀햄 교수를 떠올렸다. 레이치우가 남북정상회담에 관여한 적이 있다고 말해준 사람이었다.

"레이치우는 황쥐를 따라 청와대로 김대중 대통령을 찾아온 적이 있었어."

베이징에서 무언가 역할을 맡은 것이 아니라 한국에 직접 들어올 정도로 깊이 관여했다니 뜻밖이었다.

"황쥐? 그는 누구지?"

"특사야. 장쩌민의 심복이지."

"남북정상회담의 특사?"

장빈은 고개를 끄덕였다.

"사실 회담의 진실은 뭔가 좀 가려져 있어."

"알려지지 않은 일들이 있겠지."

"그 정도가 아니야. 공공연한 비밀이지만 남북정상회담은 중국의 장쩌민이 만들어낸 거야. 김대중이나 김정일이 아니라."

"음."

"남북정상회담 때문에 김 전 대통령이 노벨상을 받았지만, 어쩌면 노벨상은 장쩌민에게 돌아가는 게 옳을지 모른다는 생각을 하는 사람들도 있어. 진실을 아는 사람들 가운데는 말이야."

"진실은 뭔데?"

장빈은 속이 시원하지 않다는 듯 술잔을 입에 탁 털어 넣었다. 그는 안주를 집을 생각도 하지 않고 계속해서 목소리들을 밀어냈다.

"먼저 장쩌민이 김정일을 베이징으로 불렀어. 자네도 기억할걸? 김정일이 기차를 타고 베이징으로 갔던 거."

"그래, 기억이 나."

"장쩌민은 김정일을 불러 남북정상회담을 강력하게 권했어. 김정일이 거절할 수 없도록 말이야."

"금시초문인걸."

"사람들은 잘 몰라."

"그런데 어째서 거기에 레이치우가 등장하지?"

"깊은 내막은 몰라. 하지만 그가 어느 날 서울에 나타난 것만
은 틀림없어."

"그 황쥐란 인물과 함께 왔단 말이지?"

"그래, 황쥐는 상하이파의 핵심 멤버지."

민서는 장쩌민이 상하이파의 대부라는 사실과 현재의 후진타
오 주석 역시 상하이파인 것을 떠올렸다.

"당시 그는 상하이시 부시장이라는 직함을 가지고 있었지만
장쩌민의 심복이야. 그는 서울에 와서 바로 청와대로 들어갔어.
비밀리에 김대중 당시 대통령을 만나러 말이야."

"그렇다면 그는 장쩌민의 뜻에 따라 정상회담을 진행시키러
온 밀사란 말인가?"

"바로 그래. 장쩌민은 심복 황쥐를 김 전 대통령에게 보내 김정
일로 하여금 남북정상회담을 열도록 한 전말을 설명했네. 북한
측에서 연락이 오면 무조건 응하라는 권유와 함께 말이야."

"음."

민서는 짧은 신음을 내뱉었다. 뭔가 마뜩치 않은 느낌이 들었
다. 과정이 어떻든 남북정상회담이라는 결과가 나왔으면 기뻐해
야 할 일이지만 그 과정이 대다수 사람들에게는 잘못 알려져 있
다는 생각이 든 탓이었다.

"남북정상회담이란 전적으로 김대중 대통령의 햇볕정책이 끌어낸 결과라고 생각했는데……."

장빈은 자조적 목소리를 뽑아냈다.

"김 대통령은 노벨상을 받았고 박지원 장관이라든지 많은 사람들이 훈장을 받았지만 그런 건 아무래도 좋아. 또 받을 만했는지도 모르지. 하지만 그걸 전적으로 자신들의 공으로 돌리는 사이에 우리 외교가 놓치는 게 있단 말이야."

민서는 직업 외교관인 장빈이 무엇을 안타깝게 생각하는지 알 수 있을 것 같았다.

"중국의 장쩌민은 왜 김정일을 베이징으로 불러 정상회담을 지시했으며 김 대통령에게도 밀사를 보내 그에 응하도록 강권했는지 하는 근본적 이유 말인가?"

"그래, 뭔가 멀리 봐야 할 일이 있을 것 같은데 그걸 놓치고 있다는 기분이 들어."

민서는 장빈의 생각에 공감이 갔다. 남은 남대로 북은 북대로 정상회담을 순전히 자신의 공으로 치부한다면 정작 모든 걸 연출했던 중국의 의도를 놓칠 수밖에 없을 것이었다. 장빈은 이제껏 말을 아껴왔지만 참을 수 없다는 듯 갑자기 과격한 목소리를 토해냈다.

"어쨌거나 그런 구체적 사실들이 제대로 알려져야 뭐가 뭔지 알 수도, 대책을 세울 수도 있는 거 아냐? 솔직히 북한에서 걸려온 전화 한 통 받고 박지원이 베이징으로 날아간 거밖에 뭐 있어? 그 다음은 일사천리로 진행된 거고. 그 과정에서 북한이 달라는 돈 준 거밖에 더 있느냐구."

민서는 장빈이 친구인 자신에게 맘 편하게 얘기를 한다는 생각은 들었지만 외교관으로서는 어딘지 좀 격하다는 생각도 들었다.

"알았어. 그런데 레이치우가 남북정상회담에서 한 역할은 뭐야?"

"몰라. 그 사람이 무슨 직책으로 왜 한국에 왔는지는 모르겠어. 하지만 분명히 그는 밀사 황쥐와 동행해 한국으로 왔다가 같이 갔어."

"그도 대통령을 만났나?"

"청와대에 들어가기는 했지만 배석하지는 않았어. 원래 밀사는 독대하는 법이니까."

"달리 행적을 알 수는 없나?"

"중국 대사관에 들어갔던 거나 한국 측의 융숭한 대접을 받은 정도는 확인이 됐지만 다른 건 모르겠어. 바로 떠났으니까."

"그럼 순전히 황쥐의 동행자로서의 역할밖에는 안 했다는 건데, 혹시 그의 참모였을까?"

장빈은 고개를 저었다. 별로 판단할 수 있는 여지가 없다는 얘기였다.

"그런데 이상하지 않은가? 그는 학자인데 어떻게 김일성과 관련해서도 이름이 오르내리고 김대중과 관련해서도 이름이 오르

내리는 거지?"

　레이치우가 남북정상회담과 관련해 서울에 와 청와대에까지 들어갔었다는 사실은 민서의 마음에 까닭 모를 조급함을 불러 일으켰다.

고구려 학회

고구려 학회의 마지막 날 나타난 민서는 사람들과 인사를 나누었다.

민서는 이 학회에 사촌형 김민철 교수가 분명 참석했을 것이기에 눈으로 이리저리 그를 찾았다. 그는 진중한 모습으로 누군가와 대화를 나누고 있다가 민서를 보자 눈이 휘둥그레져 달려왔다.

가볍게 포옹을 나눈 둘은 그곳에 서서 일단 간단히 인사를 나누었다. 와중에 민서는 중국에 가서 왕젠췬을 만난 이야기를 전했고, 김민철 교수는 자기 일처럼 가슴 아파했다.

"그래도 우리가 일본의 임나일본부설에 밀려 고전할 때 그분이 나서서 일본의 논리를 깨주었는데…… 그런 고초를 겪고 있다니 안타깝구나. 하여튼 정말 수고했다. 그런 저본이 있으니 이젠 광개토대왕비의 해석에 이론이 있을 수 없잖아. 큰일 했어."

민서는 김 교수로부터 몇 사람의 북한 학자들을 소개받아 최형기 박사에 대해 물었다. 모두 최형기 박사에 대해 알고는 있었지만 깊이 있게 아는 사람은 많지 않았다. 그나마 정연우라는 학자가 최형기 박사와 가장 가깝게 지낸 인물이었다. 저녁 뒤풀이 자리가 마련되자 민서는 정연우와 마주 앉아 술잔을 주고받으며 대화를 시작했다.

"나는 최형기 박사와 공동 연구를 했던 사람입네다. 발굴도 여러 번 같이 했디요."

"그러셨군요. 주로 어떤 작업을 하셨습니까?"

"우린 고구려 고분에 심취했었디요. 일제시대에 일본 놈들이 파헤쳐본 곳도 다시 한 번 파헤치고 모두 새로 해석도 했더랬고요. 그렇게 안악 1, 2, 3호 고분을 비롯해 엄청난 고구려 고분을 발굴했디오."

"아, 그러시군요."

"처음에는 최 박사가 발굴단장을 맡았지만 뒤에는 내가 단장을 했습네다. 그는 주석님의 비서가 되자 고문이라는 직함만 올려두곤 했디요."

"그런데 발굴을 하는 학자가 주석의 비서가 되었다는 건 좀 특이한 경우가 아닌가요?"

"그는 주석의 력사 담당 비서가 되었던 거이디요."

민서는 고개를 끄덕였다.

"주석님은 발굴에 공을 많이 들였는데, 안악 고분이나 단군릉 발굴 때는 매일 보고를 받을 정도였소. 참, 그때는 우리 고고학자들도 신이 났었는데…… 주석님이 발굴이야말로 우리 조선이 고조선을 찾고 고구려를 찾아 민족의 정통성을 확립하는 길이라고 매양 얘기하곤 했디요. 김정일이 갸하고는 비교도 안 되지비."

김일성이 지배하던 시기에 비해 김정일이 지배하게 된 지금은 역사며 고고학계에 대한 대우가 많이 달라진 모양이었다. 민서는 둘만의 시간을 오래 끌기 어렵다는 생각에 서둘러 본론을 꺼냈다.

"그런데 혹시 현무첩에 대해 아십니까? 김일성 주석이 중국의 장쉐량으로부터 사들인 것인데, 고구려 광개토대왕 때의 유물이란 말이 있습니다."

"현무첩? 그게 혹시 수령님이 고가에 사들였다는 그 유물입네까?"

"네, 아주 큰돈에 거래가 되었지요."

"그렇군요. 그게 바로 그것이로군요."

"혹시 아십니까?"

민서의 말에 정연우는 목소리를 낮추었다.

"최형기 박사는 주석님 사망 직후 중요한 보물이 없어졌다는 얘기를 내게 했소. 그게 아마 그거인 모양이오. 그는 신변의 위험을 느끼고 있다고도 했는데, 정말 그로부터 이틀 후 살해되었소."

"누가 현무첩을 가져간 것 같다는 말은 혹시 없었습니까?"

"그게 미스터리라고 했소. 묘향특각에 있던 수령님의 금고가 그날 밤 아무도 몰래 열렸다는 거요. 그런데 그 번호를 아는 사람은 수령님과 자신밖에 없다고 생각했는데, 수령님의 금고는 분

신의 죽음

명 그날 밤 열렸다는 거요."

"최 박사는 현무첩이 뭔지 귀띔도 안 해주던가요?"

"직접 이야기하지는 않았지만 그게 뭔지 희미하게 짐작은 할 수 있었소."

민서는 아연 긴장했다.

"그 무렵 우리가 발굴한 단군릉의 진위를 둘러싸고 논란이 있었소. 중국의 일부 학자들이 단군릉의 유골을 단군으로 인정할 수 없다고 나온 거이다요."

단군릉의 진위를 둘러싼 북한 학자들과 중국 학자들 간의 논란에 대해서는 민서도 이미 어느 정도 알고 있었다. 하지만 정연우의 말을 끊기가 어려워 짐짓 모른 체 그의 말에 귀를 기울였다.

"그래서 우리 학자들과 중국 학자들 간에 대대적으로 한판 붙었소. 물론 양측의 관리들도 은근히 신경을 곤두세우고 추이를 지켜보게 되었지. 문제는 이 단군릉이 언제 만들어진 무덤인가 하는 부분이었소. 관에서는 남녀 한 쌍의 유골이 나왔는데, 방사성 동위원소 측정법으로 재보니까 지금으로부터 사천 년도 더 전의 것이라고 밝혀졌소. 그러자 중국에서 온 학자들이 생떼를 쓰기 시작한 거요."

"어떤 생떼였죠?"

"이 친구들 얘기가 사천 년 전이면 중국도 역사가 시작할까 말까 할 때인데 평양에 무슨 임금의 관이 있고 유골이 있느냐 이거야. 그래서 내가 '야, 이 간나들아! 너흰 방사성 동위원소 측정법도 모르네? 웬 개수작이야!' 하고 냅다 욕을 퍼질렀더니 자기 나라에 가서 새로 해야 되겠다는 거야. 별 웃기는 놈들도 다 있더구만."

"그래서요?"

"수령님하고 같이 회의를 했는데 수령님이래 밀어붙이는 배짱이 얼마나 강한 분입네까? 당장 한 조각 떼서 들려 보냈지. 그런데 이놈들 갈 때는 그리도 기세등등하던 놈들이 올 때는 비루먹은 망아지들처럼 풀이 푹 죽어서 결과를 내놓는데, 자기네들 식으로 하니까 사천 년에서 삼백 년이 더 붙더래나? 그래 그날 밤엔 술판이 벌어졌지."

"김일성 주석도 같이 마셨나요?"

"길티 않고! 보드카래 몇 짝을 마셨지. 수령님이 일일이 술을 한 잔씩 받아주셨어. 참 우리 고고학자들에게는 인자한 분이셨는데."

"그럼 그걸로 중국 학자들이 단군의 존재를 인정했나요?"

정연우는 크게 손을 흔들었다.

"그놈들은 왜 그렇게나 우리 역사를 끌어내리지 못해 안달인지 몰라. 아, 이놈들이 몇 날 며칠이고 도둑고양이처럼 어둠속에서 눈을 빛내며 뭘 찾아다닌다 했더니 어느 날 아침 여남은 놈이나 우뚝 서 가지고서는 마치 도둑놈 잡아낸 것처럼 달려들더란 말이야."

"무슨 문제가 또 나왔나요?"

"이번엔 관을 가지고 말썽을 피우려 들더구만."

"단군의 시신이 있던 그 관 말입니까?"

"그렇소. 아마 순장을 했을 거야. 그러니 관 안에 단군하고 부인하고 같이 있었지. 그런데 이놈들이 뭘 말하는가 했더니, 그 관에 박은 못이 철못이라 이거야."

"철제 못이라면 청동기시대인 단군 때의 것은 아니란 얘기군요?"

"또 방사성 동위원소 측정을 해보니 고구려 시대의 못으로 판명이 되었소."

"중국 학자들이 그 꼬투리를 잡았군요?"

"이 사람들 하는 말이 순 억지야. 유골은 아득한 옛적, 그러니 단군의 시대로 볼 수 있는 때의 것이지만 관에 박힌 못은 고구려 때의 것이다. 그러니 고구려 사람들이 옛적 유골을 구해다 무덤을 만들고 그걸 단군릉이라고 했다는 거이야."

"그래서요?"

"그게 말이나 돼? 내가 더 이상 말 같지 않은 소리 하지 말고 이집트든 어디든 옛날 무덤 있는 데 가보라고 했소. 쿠푸 왕의 피라미드이든 또 무슨 왕의 피라미드이든 다 뚜껑 열었다 닫은 거 아뇨? 게다가 고구려인들이 어디선가 뼈를 구했다면 어떻게 사천 몇 백 년 전 남녀 유골을 맞춰서 구했겠느냔 말이오. 방사성 동위원소 측정기라도 있어 수많은 유골을 다 측정해봤나?"

"그건 있을 수 없는 얘기지요."

민서는 정연우의 말에 맞장구를 쳤다. 신이 난 정연우는 다시 목청을 돋우어 설명을 계속해나갔다.

"결국 고구려 때 누군가가 관을 열고 부장품을 훔친 뒤에 도로 못을 박아둔 걸로 간신히 합의는 봤지만, 도대체 그놈들은 어떻게든 우리 역사를 깎아내리지 못해 안달이란 걸 확인했소. 그나마 수령님이 계실 때는 대차게 붙었는데, 요즘은 통……."

정연우는 술이 오르자 노골적으로 불만을 털어놓았다. 곁에 앉아 있던 사촌형이 민서에게 넌지시 귓속말을 건넸다.

"북한 사학계에는 하나의 뚜렷한 경향이 있어. 김일성이 죽은 후 북한 사학계의 정신적 지주가 없어졌다는 분위기가 있거든. 이것이 김일성 시대와 김정일 시대를 구분하는 한 기준이 된다고도 하더군."

"정치적 영향이 있겠지."

"그건 확실해. 김일성 시대에는 중국의 지리나 역사 왜곡에 대해 학자들이 일전불사의 태세로 나서곤 했는데, 김정일 시대에 들어와서는 학자들이 중국과의 대립을 가급적 피하고 있어. 중국의 눈치를 훨씬 더 많이 본다는 얘기지."

민서는 다시 정연우에게 질문을 던졌다.

"아까 현무첩의 비밀을 짐작할 수 있겠다고 하셨지요?"

"단군릉 사건 이후 최형기 박사와 수령님을 모시고 한잔 마셨는데, 그때 수령님이 최 박사를 무척이나 칭찬하셨소."

"왜요?"

"'그때 그 물건 사놓기 정말 잘했어' 하시면서……. '안 그랬으면 중국 놈들한테 평안도까지 빼앗길 수도 있었잖아'라고도 하셨소."

"평안도요?"

"그래요, 평안도! 그 얘기를 들으면서 난 수령님과 최 박사가 무언가 아주 중요한 역사적 자료를 사놓았다는 짐작을 했지. 이제 보니 그게 현무첩이 틀림없소."

"그렇다면 현무첩은 과거 고구려의 영토와 관련된 어떤 내용을 담은 문서란 말씀인가요?"

"아마도 그렇지 않겠소? 나도 더는 모르겠지만 말이오."

정연우의 짐작은 왕젠췬의 그것과 맥락이 같은 것이었다. 하지만 왕젠췬이 그랬던 것처럼 정연우 역시 현무첩을 본 적은 없는 것이 분명했고, 거기에 새겨진 열 글자에 대해서도 아는 것은 없는 것으로 보였다.

첩보원 신홍화

서울에서 버클리로 돌아와 바쁜 일정을 소화하고 있는 민서에게 클라크가 전화를 걸어왔다. 정연우의 얘기를 듣고 나서 김일성의 죽음에 대해 좀 더 자세히 알고 싶었던 민서는 흔쾌히 그의 방문을 받아들였다. 그런데 그날 오후 클라크와 함께 연구실로 들어서는 여자를 본 민서는 눈이 휘둥그레지지 않을 수 없었다.

"신홍화!"

클라크가 정식으로 그녀를 소개했다.

"신홍화는 우리 정보부의 중국 및 북한 전문가입니다. 여기서는 일레인이라 부르죠."

민서는 놀란 표정으로 신홍화, 아니 일레인을 바라보았다. 알 수 없는 여자였다. 중국에서 처음 보았을 때 전형적인 중국 미인으로 보였던 그녀가 지금은 자신감에 찬 당당한 태도의 미국인으로 보였다.

"그러면 그때 그 택시 운전사는 당신이 보낸 사람이었어요?"

"네."

민서는 일레인을 다시 쳐다보았다. 중국에서는 쾌활하고 유능한 탐정 신홍화, 미국에서는 세련되고 지적인 첩보원. 그녀는 중국 여성이자 미국 첩보원이라는 두 개의 얼굴을 너무도 자연스럽게 사용하고 있었다. 신홍화가 옥스퍼드에서 동북아 정치를 공부했다는 말에 민서의 놀라움은 더욱 컸다.

"정보국에는 학자 요원도 많은 모양이지요?"

"네, 일레인은 북한 문제에도 정통한 고급 요원입니다. 현재 김일성의 죽음을 쫓는 알렉스 팀에도 도움을 주고 있어요."

놀란 눈으로 바라보는 민서에게 가볍게 미소를 지어 보인 일레인이 말했다.

"죄송해요. 본의 아니게 신분을 속였네요. 아무튼 본부에서는 이번 교수님의 지적을 설득력 있게 받아들이고 있어요."

일레인은 가지고 있던 봉투에서 수십 장의 사진을 꺼내 민서에게 보여주었다.

"뭐지요?"

"일단 한번 보세요."

민서는 사진을 들여다보았다.

"음!"

사진을 살피던 민서의 입술에서 신음이 새어 나왔다. 이윽고 사진을 다 본 민서는 일레인에게 물었다.

"이 병원은 혹시 김일성의 전용 병원인가요?"

일레인은 놀랍다는 표정으로 고개를 끄덕였다.

"인민들이 김일성 전용 병원을 부수고 있는 듯하군요?"

"네, 바로 그래요. 김일성 사망 직후 벌어진 일이에요. 인공위성에 찍힌 사진이죠. 김일성 사망 직후 성난 평양 시민들이 병원 앞으로 몰려들더니 급기야 병원을 다 때려 부수었어요."

"음."

"이들은 왜 이랬을까요?"

"신처럼 떠받들던 수령의 급작스런 죽음이니 그럴 수도 있었겠지요."

"교수님도 정말 그게 다라고 생각하세요? 그래도 이건 너무한 거 아닌가요? 조금 전 교수님 표정을 보니까 뭔가 짚이는 게 있으신 것 같은데, 의견을 좀 들려주시죠."

"하하, 제가 그랬나요? 그렇다면 그쪽에서도 충분히 조사를 했을 것 같은데⋯⋯?"

"물론 저희도 나름대로 여러 연구를 했죠. 하지만 결론을 내지는 못했어요. 그래서 교수님의 생각을 들어보고 싶어요."

민서는 잠시 생각에 잠겼다가 상대에게 묻듯이 툭 던졌다.

"이런 경우에는 반대로 생각해보는 것도 한 방법 아닐까요? 반증법 말이에요."

일레인은 흥미로운 눈초리로 민서를 지켜보았다.

"상식적으로 생각해서 쓰러진 김일성을 살리기 위해 병원의 의사들이 최선을 다했고 그럼에도 불구하고 김일성이 죽었다면 어땠을까요?"

"저렇게까지는 하지 않았을 테지요."

"당시의 병원 상황을 자세히 알아볼 필요가 있겠네요."

"역시 예리하시네요. 우리도 이것은 인민들의 단순한 감정 폭발로 보기엔 석연치 않은 구석이 있다고 판단해서 나름대로 조사를 했죠. 그렇지만 별다른 걸 찾아낼 순 없었어요. 발표된 사인은 심장마비인데, 사인이 무엇이었든 의사들은 그를 살리기 위해 전력을 다했을 거예요. 그 사회에선 그게 당연하잖아요? 자신의 목숨을 바칠지언정 수령님은 살려야 한다는 게 슬로건이란 말이에요. 따라서 의사들은 최선을 다했을 테고 인민과 같이 슬퍼해야 하는데, 인민은 병원을 때려 부수고 그날 마침 병원장 리락빈이 출근하지 않아 소요가 더 길어졌다고 해요."

일레인의 설명을 듣고 있던 민서가 천천히 입을 열었다.

"성급하게 단정할 수는 없겠지만 한 가지 생각해볼 수 있는 가능성은 있군요."

일레인의 눈이 반짝 빛났다.

"혹시 김일성이 죽던 순간 그의 주치의가 곁에 없었을 가능성은 없나요?"

"아니, 그럴 수는 없어요. 김일성 전용 병원인 봉화진료소에는 의사가 예순 명이 넘어요. 모두 전적으로 김일성 한 명을 위해 존재하는 사람들이지요. 게다가 김일성 주변에는 언제부턴가 김정일의 명령에 따라 항시 여덟 명의 의사들이 동행하게 되어 있어요. 주치의가 곁에 없다는 건 상상할 수 없는 일이죠."

일레인은 강력히 부정했다. 민서는 일레인과 정면으로 부딪치자 말을 돌렸다.

"그 당시 김일성의 건강은 어땠어요?"

"너무너무 건강했어요. 그는 새벽 두 시경에 죽었는데 그날 오후에도 사람들을 만나 왕성한 식욕과 건강을 자랑했어요."

"무슨 궁인가 하는 평양의 관저에서 쓰러졌나요?"

"묘향산의 별장에 있었어요. 북한에서는 그 별장을 묘향특각이라고 하는데 김일성은 주로 거기 가서 지냈어요. 어쨌든 죽기 직전까지는 아주 건강했고 정상적이었어요."

"객관적으로 확인된 사실인가요?"

"물론이에요."

일레인은 가져온 노트북을 켰다.

"얼굴을 한번 보세요. 죽기 이틀 전인 7월 5일 북한의 텔레비전에 방영된 모습이에요."

민서는 스크린에 비친 김일성의 얼굴을 유심히 보았다. 과연 그의 얼굴에는 건강한 기운이 넘쳐흘렀다. 김일성은 비슷한 연배로 보이는 한 사내와 손을 맞잡고 있었는데, 화면에는 재미 교포 손원태라고 소개되어 있었다. 마침 그들의 대화가 건강에 관한 것이었다. 손원태가 진심 어린 표정으로 말했다.

"주석님의 손이 이처럼 따뜻한 것을 보니 아주 건강하신 것 같습니다."

그러자 김일성이 만면에 웃음을 지으며 우렁찬 목소리로 대답했다.

"내레 김정일 조직비서가 잘 보살펴주고 있기 때문에 아주 건강하디요. 한 백 살은 거뜬히 넘어 살 것 같습네다."

민서는 눈길을 모니터에 그대로 둔 채 물었다.

"사망 당일에도 김일성은 역시 건강했나요?"

"물론이에요. 그날 오전에도 김일성은 역시 만면에 환한 웃음을 띠고 묘향특각에서 경제 부문 일꾼 회의를 주재했어요. 저기 화면이 나오고 있네요."

"음."

민서는 화면을 보며 다시 한 번 신음을 내뱉었다. 정말이지 너무도 건강한 김일성의 모습은 그날 밤 죽을 사람이라고는 도저히 믿기 어려웠다. 일레인이 길고 가느다란 손으로 노트북을 덮으며 말했다.

"좀 전에 교수님은 김일성 사망 당시 혹시 주치의가 곁에 없었던 게 아니냐고 하셨죠? 제 생각에 그럴 수는 없어요. 하지만 지금 생각해보니 이상한 게 한 가지 있기는 해요."

"그게 뭐죠?"

"그날엔 김일성의 수행비서가 그의 곁에 없었어요."

"수행비서가 그의 곁에 없었다고요?"

"네."

"그럼 어디에 있었지요? 평양?"

일레인은 고개를 저었다.

"그는 휴전선에 가 있었어요. 김영삼 대통령의 경호 문제를 협의하는 회담에 가 있었어요. 얼마 후 김영삼 대통령이 북한을 방문하기로 되어 있었으니까요."

"우연치고는!"

"네, 우연치고는 참 고약한 우연이죠. 평생 따라다니던 수행비서가 자리를 비운 그날 하필이면 쓰러졌으니."

민서는 잠깐 김일성이라는 인물에 대해 생각했다. 비록 인민의 삶을 도탄에 빠뜨린 채 수십 년간 독재를 이어온 사람이었으나 죽는 그 순간은 외로웠겠다는 생각이 들었다.

"일레인, 당신의 생각은 뭐요?"

"아무것도요. 정말 아무것도 속단하고 싶지 않아요. 그렇지만 김일성의 죽음은 예사롭지 않아요. 뭔가가 진행되고 있다는 느낌은 있지만 그게 무언지 알 수 없어요. 그래서 교수님의 도움이 필요해요."

"나는 정치가나 정보원이 아니오."

"네, 하지만 정치가나 정보원이 보지 못하는 것을 보고 계세요. 김일성의 죽음은 확실히 무언가 이상해요. 그걸 봐달라는 거죠."

"누구나 볼 수 있는 걸 나만 본다고 생각하지는 말아요."

"교수님은 장례식 장면 하나로 뭔가 심상치 않음을 알았고 조금 전에는 의사들이 없었을지도 모른다고까지 하셨어요. 지난 십여 년간 그런 생각을 해본 사람은 한 사람도 없었어요. 듣고 보

신의 죽음

니 바로 당시 수행비서가 없었다는 사실도 딱히 우연이 아닐 수도 있다는 생각이 드네요. 그리고 보니 그의 부검만 해도 이상하긴 마찬가지예요."

"김일성을 부검했다는 말인가요?"

"네."

민서의 뇌리에 갑자기 김정일의 모습이 떠올랐다. 민서의 생각에 인민의 신과 같은 존재인 김일성을 그 아들이 부검까지 했다는 사실은 어딘지 자연스럽지 못했다.

"김정일의 지시가 없이는 부검은 있을 수 없었을 것 같은데"

"물론이에요. 부검은 김정일의 지시로 이루어졌어요. 우리는 김일성의 부검에 대해 면밀히 분석했어요. 결론은 둘 중 하나겠죠."

"둘 중 하나라면?"

"정확한 사인을 규명하기 위해 행하는 것이 부검인데, 그렇다면 김일성의 죽음이 타살일 수도 있다는 가능성과 부검의 주체인 김정일 자신이 그의 죽음과 전혀 관련이 없음을 세상에 공표하고자 하는 의도일 수 있겠죠."

"타살?"

막상 '타살'이라는 단어가 귀에 들어오자 이제껏 막연한 가능성을 가졌던 요인들이 하나로 구체화되어 민서의 뇌리에 맺히는 기분이었다. 수행비서의 부재, 장례식장의 기이한 광경, 김일성병원의 파괴, 부검 등이 각각의 우연한 사건이 아니라 하나의 결과를 낳기 위한 순차적 과정으로 다가오는 것이었다.

"부검 결과는요?"

"단순한 심장마비로 발표되었어요."

민서는 고개를 끄덕였다. 진실이 무엇이었든 발표는 그렇게 내놓을 수밖에 없었을 것이다.

"당신네 본부에서는 그들의 발표를 곧이곧대로 받아들였을 것 같지는 않은데요."

"받아들일 수도 안 받아들일 수도 없었어요. 다만 분석 팀에서는 김정일의 행적을 보고 김일성의 죽음이 타살일 가능성도 배제할 수 없다는 보고서를 내놓았어요."

"김정일의 행적?"

"김일성 사후 김정일은 한동안 아무 데도 모습을 나타내지 않았어요. 너무 오랫동안 나타나지 않자 별별 억측이 다 돌았어요. 오랜 시간이 지나서야 군부대를 방문하면서 나타난 그는 오로지 군부대로만 돌았어요."

"무슨 의미일까요? 군을 달래야 했다는 얘긴가요? 아니면 군의 보호를 받아야 했다는 얘기일까요?"

"알 수 없죠. 아무튼 김일성의 죽음과 관련하여 석연치 않은 점들이 한둘이 아닌 것만은 분명한 거 같네요."

클라크와 일레인이 돌아가고 난 뒤 민서는 미아 크리스티가 자신을 찾아왔던 때로부터 지금에 이르기까지의 과정을 다시 곰곰이 반추해봤다. 단순한 살인 사건으로 여겼던 일들이 종국엔 김일성의 죽음에 대한 미스터리에까지 다다르게 된 것이다. 복잡하게 뻗어온 가닥을 정리하자 우선은 현무첩에 새겨진 글의 내용이 무언지 알아야겠다는 데에 생각이 이르렀다. 그래야만 양수열이 얘기하던 음모의 일단이라도 파헤칠 수 있을 것이었다. 밖에는 어느새 어둠이 깔리고 있었다. 연구실을 나서기 위해 민서가 막 일어서려는데 전화벨이 울렸다.

"나야."

수화기 속에서 들리는 친숙한 목소리는 사촌형의 것이었다.

"어, 형!"

"오늘 나 중국 간다."

"중국? 왜?"

"내 동생의 엄청난 미스터리를 풀어주려고."

"무슨 얘기야?"

"그 현무첩 말이야."

민서는 순간 사촌형이 뭔가를 알아냈다는 느낌을 받았다. 사촌형은 결코 가볍게 움직일 사람이 아니었다. 그런 그가 중국에까지 간다면 틀림없이 결정적인 무언가를 찾아냈다는 뜻이었다.

"한 가지 확인하러 가는 길이야."

"뭔가 떠오른 게 있어?"

"확인되면 바로 전화할게."

"지금 얘기 좀 하지 그래?"

"괜히 우스운 사람 되고 싶지 않아."

"동생인데 어때서?"

"후후, 조금 기다려봐. 가부간에 곧 소식 전할 테니까."

"그래, 형, 기다릴게, 몸조심해."

전화를 끊고 난 민서는 기대하지도 않았던 사촌형이 현무첩의 비밀을 알려올지도 모른다는 기대를 품게 되었다.

며칠 후, 클라크와 일레인은 무척 흥분한 표정으로 민서의 연구실 문을 다시 두드렸다. 민서가 끓여온 차를 채 한 모금도 마시기 전에 일레인은 흥분한 목소리를 쏟아냈다.

"본부의 팀장님이 교수님을 천재라고 극찬했어요. 어떻게 그런 추측을, 아니 그런 사실을 알아낼 수 있느냐고 말이죠. 수천 시간이나 그 사진을 분석했지만 그런 생각은 하지도 못했었다고요."

"무슨 얘기요?"

"최고예요. 김일성이 죽던 순간 그의 옆에는 의사가 없었대요."

"음!"

민서는 자신의 예상이 맞았다는 데서 오는 쾌감보다 못내 떨치지 못했던 의구심이 맞아 들어가는 데 전율을 느꼈다.

"그때 들었을 땐 설마 했는데, 이번에 가서 교수님의 의견을 말씀드렸더니 본부에서 대대적으로 그 부분에 대한 재조사를 했어요. 중국과 북한에 있는 우리 라인이 총동원되었고 버려져

258   신의 죽음

있던 정보들을 모두 취합했어요. 그 결과, 김일성은 죽을 때 아무런 응급조치를 받지 못했다는 점이 드러났어요."

"그럴 수가!"

오히려 놀란 건 민서였다. 설마 했던 가정이 현실로 다가오고 그 현실이 감당할 수 없을 정도의 무게로 다가왔기 때문에 이제껏 민서의 뇌리 한편에 잠재되어 있던 많은 생각의 편린들이 한꺼번에 곤두섰다.

"본부에서는 갑자기 자연사보다는 타살 쪽으로 가닥을 잡기 시작했어요. 교수님의 장례식 장면에 대한 판단 이후에 말이에요."

"구체적 상황에 대한 분석은요?"

"두 가지 시나리오를 상정하고 있어요."

"말해봐요."

"하나는 발작이 일어난 김일성을 방치해두었다는 거죠."

"발작이 일어났다면 자연사가 아닌가요?"

"누군가 발작을 유도했다면 다른 이야기가 되죠. 김일성이 사망하기 직전인 새벽 두 시 무렵 평양의 누군가와 전화 통화를 했다는 사실을 바탕으로 한 시나리오예요."

"그 늦은 시간에 전화를 한다는 것은 보통 사람에게도 드문 일일 텐데요. 하물며 김일성에게야. 누구와 통화를 했는지는 확인이 안 되나요?"

일레인은 고개를 저었다.

"확인할 필요도 없어요. 아무도 그 시간에는 수령과 통화를 못하죠. 단 한 사람을 제외하고는."

민서는 입속으로 나직이 한 사람의 이름을 뱉어냈다.

"김정일?"

일레인은 하던 말을 계속했다.

"그 시나리오에 의하면 심야에 걸려온 그 전화가 김일성의 화를 극도로 돋워 김일성은 전화 통화를 하던 중 심장 발작을 일으켜 사망했다는 거예요."

민서는 미간을 찌푸렸다. 작위적으로 만들어진 드라마 같은 데서나 가능한 장면이지 어려서부터 온갖 걸 다 경험한데다 건강을 자랑하던 김일성이 전화 통화를 하다 쓰러진다는 것은 만화 같은 설정이었다. 그러나 가능성이 전혀 없는 얘기는 아니었다.

"전화의 상대는 김정일이에요. 오직 김정일만이 수령이 극도로 화가 날 때까지 말대답을 하거나 할 수 있겠지요."

"그러나 아무리 화를 돋운다 하더라도 전화 통화만으로 사람이 발작을 일으키는 경우는 많지 않을 것 같은데요."

"물론 이 경우에도 보조 장치가 있을 수 있어요."

"보조 장치라면?"

"누군가 옆에서 약을 주는 거예요."

민서는 고개를 끄덕였다. 있을 수 있는 경우였다. 일레인은 민서의 눈을 들여다보면서 시나리오를 정리했다.

"김정일은 어떤 문제와 관련해 심야에 전화를 걸어 김일성과 통화를 했는데 김일성은 화를 못 참고 폭발해버린 거지요. 그는 급격히 치솟은 혈압을 떨어뜨리거나 호흡 곤란을 해소하기 위해 약을 먹어야 했어요. 이때 누군가가 옆에서 잘못된 약을 제공하는 거지요."

"그 약은 사람을 살리는 약이 아니라 죽이는 약이라는 건가요?"

"그래요. 불난 집에 부채질하는 약이죠. 즉, 신경을 가라앉히는 안정제가 아니라 오히려 감정을 끌어올리는 촉진제 종류를 쓰는 거죠. 이렇게 하기 위해서는 주변에 의사가 없어야 해요. 평소 김일성의 몸 상태에 대해 잘 아는 의사라면 잘못된 약을 막았겠지요."

"음."

매우 가능성이 높은 시나리오였다.

"두 번째 시나리오는 뭐죠?"

"간단해요. 전화니 뭐니 필요 없이 바로 약을 먹이는 거지요. 음료수에 탄다든지 해서."

"그 경우엔 독극물 반응이 나타날 것 같은데요. 부검에서."

"꼭 그렇지는 않아요. 직접적인 독극물이 아니라 특정한 치료 약끼리 몸속에서 반응하여 독극물로 작용하도록 만들 수도 있죠. 그런데 이렇게 하려면 상당한 의학적 지식이 필요해요."

"어쨌든 그날 김일성이 김정일과 통화를 했다면, 당신네 본부에서는 첫 번째 시나리오에 더 무게를 두겠군요?"

"아직은 두 가지 시나리오 모두를 좀 더 검토해야 한다는 의견이 많아요. 하지만 분명해진 것도 있어요. 김일성의 죽음이 자연사는 절대 아니라는 것이죠."

"그렇군요."

맥없이 대답을 하면서도 민서의 머릿속은 여전히 엉킨 실타래처럼 복잡하기만 했다. 김일성의 죽음이 자신의 짐작처럼 자연사가 아니라면, 그리고 그 죽음에 김정일이 연관되어 있다면, 아들이자 절대권력의 후계자인 김정일은 왜 아버지를 죽음으로 몰아넣었던 것일까? 도대체 그럴 이유가 전혀 없어 보였다. 권력은 이미 충분히 그의 손아귀에 쥐어져 있었고, 평소에 그가 아버지를 함부로 대했다든가 하는 모습은 전혀 찾아볼 수 없었다.

'현무첩!'

민서는 속으로 중얼거렸다. 김일성의 죽음을 설명하기 위해서라도 현무첩의 비밀은 밝혀져야 한다는 생각이 또다시 떠올랐던 것이다. 어쩌면 김정일이 아니라 현무첩을 그토록 애타게 찾고 있던 지옌과 레이치우, 캉바오 등의 인물들에게서 김일성 사망의 비밀이 찾아질지 모른다는 예감도 들었다.

김일성의 사망과 동시에 사라진 현무첩. 그 현무첩의 비밀을 알고 있던 최형기 박사의 의문의 살해 등이 그의 뇌리를 가득 채우고 있었다.

카터의 증언

민서는 학교에 있으나 집에 있으나 늘 김일성의 죽음과 현무첩에 대한 생각으로 머리가 복잡했다. 우선은 김일성의 부자연스런 죽음에 대해 무언가 그럴듯한 그림을 그려내야 했다. 하지만 그의 아들 김정일이 김일성을 타살하거나 죽도록 방조했다는 생각은 도무지 논리적으로 설명하기가 어려운 것이었다. 도대체 김정일은 아버지 김일성을 제거함으로써 무엇을 더 얻을 수 있었던 것일까?

그러던 어느 날 민서는 학교 도서관에서 지난 신문을 뒤적이다가 작은 기사 하나를 발견했다.

김일성 주석의 장례가 끝난 직후, 중국 정부는 북한의 식량난 해결을 위한 대대적 원조 계획을 발표했다. 북한은 몇 년째 계속된 가뭄과 부족한 기름 사정으로 인해 심각한 식량난을 겪고 있는 가운데 한 해 수만 명의 인민들이 아사하거나 영양실조에 걸려 신음하고 있는 것으로 파악되고 있다. 폐쇄적인 정책으로 인해 자세한 사정이 서방에 알려진 것은 아니지만 사회적 폭동의 조짐이 있다는 분석도 제기되고 있다. 이런 시점에 중국 정부가 대대적인 식량 원조 계획을 밝힘으로써 북한은 전례 없이 중국에 대한 경제 의존도를 높이게 될 것으로 전망된다.

'이것인가?'

중국의 식량 원조를 얻어내기 위해 김정일은 아버지 김일성을 배신한 것인가? 그 배신의 대가로 중국은 대규모의 식량을 열차와 트럭에 실어 북한의 김정일에게 보내준 것인가? 하지만 민서는 더 이상 생각을 조리 있게 연결시킬 수가 없었다. 중국으로부터 식량 원조를 받아야 했다면 김일성이 이에 반대했을 리는 별로 없어 보였다. 어차피 미국을 위시한 서방에서 원조를 받을 수 없다면 북한으로서는 중국밖에는 달리 기댈 곳이 없었다. 아니, 딱 한 군데 더 손을 벌릴 곳이 있긴 했다. 바로 남한이었다. 어쩌면 김일성이 김영삼 대통령과의 회담을 추진한 이유 가운데 하나도 식량난과 연결된 것이었을지 몰랐다.

'김일성은 중국이 아니라 남한과의 회담을 통해 식량난을 해결해보려 했다? 그런데 그 회담은 불발되었고, 결과적으로 북한은 중국의 원조를 끌어냈다?'

그렇다면 김일성은 왜 생전에 중국의 원조를 먼저 끌어내려 노력하지 않았던 것일까? 같은 공산권의 혈맹인 중국을 두고 왜 총구를 맞댄 남한과 먼저 손을 잡으려 했던 것일까? 의문은 꼬리에 꼬리를 물고 이어졌다. 민서는 김일성의 죽음을 설명하기

신의 죽음

위해서는 당시의 남북정상회담이 왜, 무엇을 위해 추진되었는가를 우선 밝혀야 하리라는 결론에 도달했다.

결론을 내린 민서는 은퇴한 정치학과의 스펙터 교수에게 전화를 걸었다.

"스펙터 교수님, 언젠가 지미 카터 대통령과 친분이 두텁다고 얘기하셨던 것 같은데, 제 기억이 맞나요?"

"물론이오. 같이 정치도 했지만 무엇보다도 우리는 어릴 때부터 친구였소."

"아, 잘됐군요. 지미 카터 전 대통령을 만날 수 있게 주선해주실 수 있겠습니까?"

"카터를?"

"네."

"무슨 일인지 물어도 되겠소?"

"한국의 평화를 위해 그분이 기울였던 노력에 대해 말씀을 좀 듣고 싶습니다."

"후후, 무슨 다른 꿍꿍이속이 있는 것 같은데……."

"중요한 문제입니다."

"그 친구 사람은 좋은데 가끔 삐치니까 너무 혹독하게 다루지는 마시오."

"명심하겠습니다."

"비행기 표와 호텔은 당신이 부담하시오. 몇몇 가지 이유로 내가 동행을 해야 할 것 같소."

"잘 알겠습니다. 감사합니다."

　지미 카터와 각별한 사이인 스펙터 교수는 민서를 위해 기꺼이 애를 썼다. 카터는 무슨 일로 자신을 만나려 하는지 묻지도 않고 스펙터 교수와 함께 온 민서를 만나주었다.

　식당에서 만난 세 사람은 일단 저녁을 먹고 조용한 호텔의 로비 라운지로 자리를 옮겼다. 카터는 여전히 한국에 대한 애정이 넘치는 사람이었다.

　"해비타트 운동으로 한국에 가서 집을 짓고 온 기억이 아주 새롭소. 참, 한국인들은 손재간이 놀랍도록 좋더군요. 하늘은 눈부시게 파랗고 뭉게구름이 둥실 떠 있던 한국의 풍경이 두고두고 기억에 남아요."

　"퇴임 후 각하께서 벌이신 갖가지 활동이 오히려 현직에 있을 때보다 낫다는 소문이 자자합니다."

　"하하, 그걸 칭찬으로 받아들여야 할지 비난으로 받아들여야 할지 판단이 서지 않소. 그런데 김 교수는 버클리의 천재로 소문나 있다면서요?"

　민서는 웃었다. 카터의 친근한 분위기가 절로 느껴졌다.

　"정치학을 전공하나요?"

　"아니, 인류학 전공입니다."

　"그건 아주 뜻밖인걸. 그래, 무슨 일로 그 멀리서 여기까지 나를 찾아왔죠?"

카터는 여유가 가득 밴 얼굴로 민서를 향해 부드러운 목소리를 내밀었다. 민서는 웃음 띤 얼굴로 차를 한 모금 마셨다. 그러나 다음 순간 민서의 표정은 진지해졌다.

"과거 김일성 주석과 김영삼 대통령 사이에 진행되었던 남북정상회담에 대해 각하의 증언을 듣고 싶습니다."

순간 카터의 얼굴에 약간의 긴장이 서렸다. 하지만 그는 곧 평상시의 표정을 회복했다.

"그건 기록으로 많이 남아 있을 텐데요."

"물론입니다. 하지만 저는 알려지지 않은 진짜 비화를 듣고 싶습니다."

"비화라? 그런 게 있을까요?"

"저는 그렇게 생각합니다."

민서의 단호한 표정을 본 카터는 잠시 말없이 차를 마셨다. 약간의 시간이 지나자 카터는 비교적 느릿한 목소리로 다시 입을 열었다.

"언젠간 한국에서 사람이 찾아올 걸로 생각은 했지만, 기자가 아니라 인류학 교수가 찾아왔다는 건 좀 의외요. 무슨 특별한 이유라도 있습니까?"

"아직은 구체적인 정황이 드러나지는 않았지만 십여 년 전부터 한반도를 둘러싸고 중국 쪽에서 거대한 음모가 진행되고 있다는 게 저의 생각입니다. 그 당시 무산된 남북정상회담도 이런 거대한 음모 때문에 좌절된 것이 아닌가 의심되고요. 각하께서는 있었던 그대로를 말씀해주시면 고맙겠습니다."

민서의 다부진 목소리에 카터는 민서의 눈을 똑바로 쳐다보면서 말을 이었다.

"될 수 있는 대로 거짓말을 하지 말고 살자는 게 내 신조지만 오늘 밤 그게 잘 될지는 아직 모르겠소."

카터의 말하는 방식이 민서로 하여금 수확이 있을 거란 자신감을 가지게 했다.

"그러면 단도직입적으로 제가 먼저 여쭙겠습니다. 과거 김영삼 대통령과 김일성 주석 간에 가지기로 했던 정상회담은 처음에 누가 제안한 겁니까?"

순간 카터의 얼굴이 굳어졌다. 정상회담의 첫 제안자가 미국의 클린턴 행정부고, 이를 실현시키기 위해 남북을 오가는 특사 역할을 카터 자신이 맡았다는 사실은 이미 기사와 책들을 통해 정설로 굳어진 내용이었던 것이다. 그런데 이 젊은 인류학자는 갑자기 그런 기본적인 전제에 의심을 품고 새로운 대답을 내놓으라고 다그치고 있는 것이다. 카터는 민서의 파고드는 듯한 시선을 피하려는 듯 물잔을 들어 입에 갖다 댔다.

"각하께 사정이 있을 걸로 생각은 합니다. 그러나 그 일은 다 끝나버린 과거의 일만이 결코 아닙니다. 제가 짐작하는 음모는 지금도 현재진행형이고, 그 음모가 가장 극적으로 드러난 사건이 바로 김일성 주석의 갑작스런 사망과 남북정상회담의 불발입니다. 이 사건의 성격을 규명하지 않고는 제가 의심하는 거대한 음모의 정체를 제대로 파악할 수가 없습니다. 그렇게 된다면 남북 관계나 한반도의 정세, 나아가 동북아의 정세도 모두 그 음모의 계획대로 돌아갈 것이고, 이는 미국에도 결코 이익이 되지는 않을 것입니다. 제발 있는 그대로의 사실을 말씀해주십시오."

"음."

"물론 각하의 위신과 업적에 오점을 남길 수 있다는 것도 짐작은 합니다. 하지만……."

카터는 손을 내저어 민서의 입을 막았다.

"알겠소. 사실 내게도 그건 부담이 많은 기억이었소."

카터는 이내 진실을 얘기하는 용기를 보여주었다.

"그 정상회담은 사실 나나 미국 정부가 제안한 게 아니오. 이상하게도 세상에는 그렇게 알려져 있지만 말이오."

"당시 북한의 핵 위기가 고조되고 있었고, 이 문제의 타개에 각하께서 큰 역할을 하셨다는 것은 모두가 잘 알고 있습니다."

"후후, 그렇게 나를 위안하려 들지 않아도 괜찮아요. 나는 지금 양심에 거리끼는 과거사의 찌꺼기를 털어버리려는 참이니까, 그렇게 노력할 필요 없어요."

"알겠습니다. 저는 진실을 공개하신 각하의 용기를 꼭 기억하겠습니다."

카터는 다시 차를 한 모금 더 마셨다. 생각을 정리할 시간적 여유를 가지려는 듯했다. 이윽고 그는 마음을 다잡은 듯 단호한 목소리로 말했다.

"그건 나나 클린턴이나 미국이 제안한 게 아니오. 본래 김일성 주석이 처음 제안했어요."

카터의 발언은 충격적이었다. 민서는 물론이고 스펙터 교수마저 크게 놀라는 눈치였다. 사실 이런 발언은 보통 사람이라면 도저히 할 수 없을 터였다. 한 나라의 대통령을 지낸 사람이 침묵을 지키면 영원히 훌륭한 치적으로 남을 일을 굳이 입을 열어 그 명예롭지 못한 내막을 공개한다는 것은 결코 쉬운 일이 아니었다.

"그건 정말 뜻밖이군요. 모두 각하께서 김일성에게 정상회담을 제안한 걸로 알고 있지 않습니까?"

"그렇지 않소. 김일성이 제안한 거요."

카터는 이제 심리적 부담이 덜어진 듯 평온한 목소리였다.

"당시 특사를 맡게 된 경위를 좀 설명해주십시오."

"처음 클린턴 행정부는 북한 핵 문제를 해결하기 위해 북한에 대한 대규모 폭격을 계획했었소. 결국은 북한의 장사정포 때문에 그 계획을 취소했지만 말이오."

민서와 스펙터 교수는 고개를 끄덕였다. 익히 알고 있던 바였다.

"그 얘기는 자네의 회고록에도 잘 나와 있더군."

스펙터 교수가 말을 보탰다.

"그래, 거기에도 몇 줄 적어두었지. 하여튼 이 폭격 작전의 취소 이후 나는 개인 자격으로 김일성을 방문하려는 계획을 세우고 있었소. 어떻게든 그를 설득해서 핵 문제를 풀어보자는 충심이었지요."

카터의 얼굴이 붉게 물들었다.

"그래서 클린턴 행정부의 특사 자격으로 평양에 갔다는 말씀이군요? 하지만 평양에 갈 때까지 남북정상회담을 제안할 계획은 없었다는 말씀이고요?"

"그래요. 나나 클린턴의 최대 관심사는 북한의 핵이었어요."

"그런데 김일성은 왜 갑자기 각하에게 남북정상회담을 부탁했을까요?"

"나 역시 그 점이 몹시 궁금했어요. 클린턴이나 미국 정보국은 물론이고 김영삼 대통령이나 남한 정보부도 그 점을 아주 이상하게 생각했지요. 남북정상회담을 하고 싶다면 김일성 자신이 직접 남한에 연락만 하면 되는 일이었어요. 과거에도 그런 적이 있었지요."

"7·4 남북공동성명을 말씀하시는 거군요?"

"그래요. 남이든 북이든 원하기만 하면 바로 연결되는 채널이 있단 말이오. 그런데 왜 군이 나를 통해 그런 의사를 전달했을까 하는 것이 몹시 의아했소."

"어쩌면 김일성이 궁극적으로 원했던 것은 남북정상회담 자체가 아니라 미국의 관여가 아니었을까요?"

민서의 예지력에 카터는 조금 놀라는 표정이었다.

"나도 나중에는 그렇게 생각하게 되었소. 남북정상회담은 오히려 하나의 핑계에 지나지 않았던 것이 아닐까 싶었소. 그는 미국과 가까워지려 했던 것 같소."

"그러나 그 당시 그게 가능했을까요? 반미와 주체사상이야말로 북한에서 정권을 유지하는 유일한 이념이었을 텐데요."

카터는 천천히 고개를 끄덕였다.

"그래서 모두들 의아하게 생각했던 거요. 나는 남북정상회담을 성공시키기 위해 애를 쓰면서도 과연 이 회담이 정상적으로 이루어질 수 있을까 자주 반문하곤 했어요."

"김일성이 추진하는데 안 될 수도 있다는 생각을 했다는 뜻인가요?"

"물론이오. 결국 회담은 이루어지지 못하지 않았소?"

민서는 육중한 무언가에 한 방 맞은 느낌이었다. 그러고 보니 카터는 무심하게 얘기하는 듯하지만 그 말들에는 커다란 힘이 담겨 있었다.

"각하께서는 왜 남북정상회담이 성사되지 않을 수도 있다고 생각하셨습니까?"

민서의 물음에 카터의 입에서는 지난 세월 한 번도 나온 적이 없는 증언들이 흘러나오기 시작했다.

"김일성이 너무도 비정상적이었으니까."

"어떻게 비정상적이었다는 말씀이신지?"

"그는 정상회담을 상당히 서둘렀고, 일정을 빨리 발표하고 싶어 했어요. 무언가에 쫓기는 듯했소."

신의 죽음

"미국의 공격이 두려웠던 걸까요?"

"그건 아니었던 것 같소."

"그럼 왜?"

"글쎄요, 주석궁에서 가진 첫 번째 회담과는 달리 두 번째 회담 때부터 나는 그가 좀 이상하다는 생각을 하게 되었소."

카터는 아직도 석연치 않다는 표정으로 말을 이었다.

"김 주석은 갑자기 내게 선상회담을 제안했어요. 같이 대동강에 요트를 띄우고 각자의 부인과 통역사 한 사람만을 대동하자는 거였소."

"왜 그랬을까요? 선상이라면 도청을 염려했던 걸까요?"

카터가 보일 듯 말 듯 고개를 끄덕였다.

"아마, 그럴지도 모를 일이오."

"절대권력인 김일성이 도청을 염려했다는 건 어딘지 어울리지 않는데요?"

"그 선상회담은 한 마디로 패러독스 그 자체였소."

카터는 패러독스를 발음할 때 강한 악센트를 주었다. 민서는 모순이란 뜻을 가진 패러독스가 오랜 세월 카터의 무의식 속에 살아 있었을 거란 생각을 했다.

"정말 도청 때문이었다면 누구에게 도청될 것을 염려했을까요?"

"그건 알 수 없소. 하지만 그가 미국의 도청을 염려했던 건 분명 아니오. 나는 특사 자격으로 갔으니 어차피 내게 말하는 것은 모두 미국이 알게 될 게 아니었겠소?"

민서는 고개를 끄덕였다. 그러고 보면 김일성이 도청 때문에 선상회담을 하자고 했다는 건 말이 안 된다는 생각이 들었다.

"선상회담을 제안한 것만으로 김일성이 비정상적이라고 생각하신 건 아닐 것 같습니다만."

"물론이오. 그는 선상에서 너무나 엉뚱한 얘기를 했어요."

민서는 귀에 힘을 모았다.

"그는 갑작스레 남한에 있는 미군 2사단을 북한에 주둔시키면 어떻겠느냐고 물어왔소."

"네?"

황당한 얘기가 아닐 수 없었다. 도저히 상상할 수도 없는 말이었다.

"나는 상당히 당황했어요. 그런데 그가 이어서 했던 말이 더 가관이었소. 그는 2사단을 북한으로 옮기면 비용도 덜 들고 북한과의 대치도 없어질 게 아닌가 하는 거였소."

"상상조차 하기 어려운 제안이었군요."

"그래서 내가 주한미군 주둔의 필요성을 인정하느냐고 했더니 그는 고개를 끄덕이며 동북아의 안정을 위해 긍정적 측면이 있다고 했소."

민서는 카터의 말을, 아니 김일성의 생각을 어떻게 받아들여야 할지 판단이 서지 않았다. 반세기가 넘게 괴뢰집단으로 규정하고 선전선동해 오던 미군을 북한으로 옮겨 주둔시키자는 말은 정말이지 이해할 수 없는 말이었다.

"그래서요?"

"나는 그런 생각을 가진 사람이 북한 내에 많은가 물었더니 그는 웃으며 누가 감히 이런 생각을 할 수 있겠느냐고 반문했어요."

"그는 농담을 했던 걸까요?"

"당시는 핵 문제가 걸려 있어 나는 그의 말이 핵 문제를 비껴 나가기 위한 제스처가 아닌가도 생각했어요. 그런데 세월이 지나면서 나는 그가 그때 했던 말들이 단순한 농담은 아니었으리란 생각이 들었소. 그는 아마 자신의 진심을 얘기했던 것 같소."

"왜 그렇게 생각하셨습니까?"

"뚜렷이 이유가 있는 건 아니오. 그냥 감이오. 그는 아마 자신의 죽음을 예견하고 있었던 건 아닌가 하는 생각이 드오."

"네? 그건 또 무슨 말씀이신지?"

"결국 그는 죽지 않았소? 남북정상회담을 불과 보름 앞두고."

카터는 남북정상회담이란 말에 악센트를 주었다.

"각하께서는 김일성 주석이 심장마비가 아닌 다른 사인으로 죽은 것일 수도 있다고 생각하시는 겁니까?"

"확실한 건 하나도 없소. 다만 너무도 상식 밖의 얘기와 지나치게 서두르던 그의 모습이 계속 눈에 밟혀서 그렇소."

카터의 얼굴에 미세한 경련이 일었다. 민서는 카터가 말을 아낀다는 인상을 받았다. 아직도 가끔 북한 문제에 대해 논평을 내곤 하는 걸로 미루어볼 때 그가 함부로 단정적인 얘기를 하지 않을 것은 자명한 일이었다.

"각하께서는 김정일 위원장을 만나 김 주석이 하던 얘기에 대해 물어본 적은 없습니까?"

"있었소. 나는 김 주석의 얘기가 하도 이상해 김정일에게 넌지시 지나가는 말로 물었던 적이 있소. 미군을 북한에 배치하면 재미있지 않겠느냐고 했더니 그의 얼굴이 삽시간에 굳어졌소."

"그렇다면 김일성은 김정일과 그 문제에 대해 의견을 나눈 적이 없었다는 얘기가 되는군요?"

"그렇소. 나는 그것도 이해할 수 없었소. 당시 김일성은 거의 은퇴한 상황이었고 모든 통치 행위는 김정일이 해나가고 있었소. 그런데 김일성은 김정일과 아무런 교감이 없이 그런 말을 내게 했고 남북정상회담을 제의했단 말이오."

민서가 예상했던 대로 카터는 좌절된 정상회담에 대해 많은 의문을 가지고 있었다.

"혹시 그 실패한 회담에 대해 정보부와 같이 분석을 해본 적이 있습니까?"

"아니, 그건 하지 않았소. 나는 사실 정보부를 좋아하지 않기 때문에 재임 중이나 퇴임 후에도 그들을 만나는 건 무척 자제했소."

민서는 고개를 끄덕였다. 그런 민서를 바라보며 카터가 물었다.

"그보다 그 오래전의 일을 이렇게 일부러 찾아와서 묻는 특별

신의 죽음

한 이유라도 있소? 이제 김 교수의 말을 좀 들어봅시다."

카터가 찻잔을 입가로 가져가며 민서의 입술에 시선을 보내자 민서는 천천히 입을 열었다.

"우선 김일성의 죽음이 잘 이해가 되지 않습니다."

"어떻게 말이오?"

"저는 김일성의 죽음을 형식논리로 살펴보자고 말씀드리고 싶습니다. 남북정상회담이 흘러온 자취를 그려보면서 말입니다."

"구체적으로 말해봐요."

"각하의 증언에 의하면 김일성과 김영삼 간의 정상회담은 세 가지 특징이 있습니다."

"그게 뭐지?"

"첫째, 그 회담은 김일성이 먼저 제의했다는 겁니다. 둘째는 미국이 뒤를 받치는 회담이었다는 것이고, 셋째는 그 회담은 실패했다는 겁니다."

카터는 잠시 생각하더니 이내 고개를 흔들었다.

"무슨 뜻인지 잘 모르겠군. 그 세 가지 특징에 어떤 특별한 의미라도 있소?"

"그 자체로는 아무런 이상한 점이 없습니다. 다만 그걸 그 후에 진행된 회담과 비교해보면 그의 죽음은 예정된 것이 아니었을까 하는 생각이 더 강하게 듭니다."

카터는 눈살을 찌푸렸다. 그는 잠시 의미를 알 수 없는 고갯짓을 하면서 창밖을 바라보다 당혹스런 목소리로 물었다.

"그 뒤의 회담이라면 뭘 말하는 거요? 김대중 김정일 회담이오?"

"네."

"그 회담은 어떤 특징이 있소?"

"첫 번째 회담과 대칭되는 지점에 가 있지요. 정반대 쪽에 말입니다."

"설명을 해주겠소?"

"첫째, 그 회담은 김정일이 제의했다는 겁니다."

"둘째는?"

"그 회담은 중국이 뒤를 받치는 회담이었다는 겁니다."

"셋째는?"

"그 회담은 성공했다는 겁니다."

"음."

카터의 입에서 짧은 신음이 새어 나왔다.

"그렇다면 지금 김 교수는 김일성과 김영삼의 회담이 중국과 김정일의 반대에 부딪쳐 실패했고, 그 와중에 김일성이 살해되었다고 보는 거요?"

"아니, 그렇게 단정 짓는 건 아직 이릅니다. 다만 두 개의 정상회담이 정반대의 상황에서 하나는 실패하고 하나는 성공했다는 사실만은 분명합니다. 그렇다면 실패한 원인에 대해 진지하게 생각해봐야 한다는 것이 제 생각입니다."

"좋아요. 그렇다면 더 근원적으로, 김일성은 왜 중국을 버리고

　　　　　　　　　　　　　　　신의 죽음

갑자기 철천지원수로 여기던 미국과 손을 잡으려 했을까요?"

"아직은 저 역시 분명한 답을 드릴 수 없습니다. 하지만 각하의 말씀에 기대어 유추해보건대 김일성은 무언가에 쫓기는 사람처럼 서두르고 있었고, 그건 아마도 자신의 생명, 또는 그가 생각하는 북한 정권의 운명과 무관치 않았을 겁니다. 제가 짐작하고 있는 중국의 한반도 관련 음모를 김일성 주석이 혼자서는 막아낼 수 없다고 판단하고, 미국 및 남한과의 공조를 통해 이를 저지하려 했을 수는 있겠지요. 말하자면 대대적인 중국과의 싸움을 예견하고 있었다고나 할까요? 그런데 문제는 아들 김정일이 김일성의 판단에 동조하지 않고 오히려 중국의 편에 섰을 가능성이 높다는 겁니다. 김일성 사망 이후 중국 정부는 대대적인 식량 원조라는 선물 보따리를 김정일에게 안겨줍니다. 슬픔에 빠진 동지, 배고픈 전우에게 식량을 나눠준 것이라고 생각할 수도 있지만 김일성 사망 직후에 전례 없는 대규모의 식량 지원이 이루어졌다는 건 무언가에 대한 감사의 표시, 혹은 무언가에 대한 보상일 수도 있지 않을까요?"

"음, 나는 왠지 이상한 기분이 들어요. 온몸에 전율이 올 것 같은 이 느낌. 아, 김 주석의 그 서두르던 모습이나 미군을 북한에 주둔하게 하자던 말이 너무도 선명하게 되살아나고 있어요. 정말 김 주석은 살해되었을지도 몰라요."

민서는 카터와의 대화를 마무리할 때가 되었다는 생각이 들었다. 대화를 더 진행한다면 김일성이 중국과 치르려던 싸움의 성격에 관한 얘기를 해야 할 것이고, 그러자면 다시 현무첩 이야기를 하지 않을 수 없을 터였다. 하지만 현무첩은 여전히 그에게도 안갯속의 그림자에 지나지 않았다. 무언가가 있는 것은 분명하지만 그 정체를 말하는 건 아직 불가능했다. 민서는 카터에게 정중한 인사를 하고 자리에서 일어났다.

"찾아와주어 고맙소. 어딘지 정리되지 않던 부분이 차츰 모습을 드러내는 것 같소."

"오늘 저는 각하의 솔직한 증언에 크게 감동했습니다."

"아니, 내가 오히려 부끄럽소. 김일성 주석의 사망에 나 역시 일정한 책임이 있다는 걸 이제야 깨달았어요."

"어쨌든 당시 각하의 중재는 너무도 중요했습니다."

"혹시 어떤 결론이 나거든 내게도 알려줄 수 있겠소?"

"그러겠습니다."

"찾아주어서 고맙소."

스펙터 교수는 민서에게 감사하는 카터의 모습을 보며 흐뭇한 웃음을 지었다. 일방적으로 누를 끼칠 거라고 생각했던 것과는 달리 민서는 오히려 카터가 가장 만나고 싶은 사람이 아니었을까 하는 생각까지 들었다.

"카터, 누가 뭐래도 자네는 최고의 퇴임 대통령이야, 하하하!"

돌아오는 내내 스펙터는 민서에게 자신과 카터와의 각별했던 어린 시절 이야기를 늘어놓았다.

　　　　　　　　　　　　　　신의 죽음

킬러들

카리브해에 짙은 어둠이 내리는 시각, 미아는 수화기를 들었다. 그녀의 얼굴은 비장한 표정으로 굳어 있었다.

"교환, 중국에 컬렉트콜을 걸고 싶어요."

"네, 지역번호와 상대방의 번호를 주세요."

"그런 건 모르겠고…… 중국 사회과학원의 레이치우 박사를 찾아서 연결해주세요. 저쪽 교환한테 이렇게 말하세요. 국가 안보상 긴급한 일로 미아가 도미니카에서 찾는다고."

전혀 연결이 되지 않을 것 같던 전화는 미아가 자신의 이름을 밝혀서 그랬는지, 아니면 당차게 국가 안보를 들먹여서 그랬는지 머지 않아 누군가에게 연결이 됐다.

"레이치우 박사님?"

"아니, 저는 조수입니다. 무슨 일로 그러십니까?"

"조수? 조수는 알 필요가 없어요. 그 사람은 지금 없어요?"

"아니, 계십니다. 성함과 용무를 말씀해주시면 제가 연락 올리겠습니다."

"그래요? 그럼 미아에게서 전화가 왔다고만 얘기해요."

"미아요?"

"그래, 이 자식아! 자꾸 묻지 말고 빨리 바꿔!"

잠시 후 수화기 건너편에서는 레이치우의 낮은 음성이 흘러나왔다.

"웬일이야? 쓸 돈은 충분히 있을 텐데."

"아니, 그렇지 않아요. 자니 그 개새끼가 다 털어갔어요."

"자니? 네년의 푸들인가? 그래, 또 돈이 필요해졌단 말이야?"

"네."

"미친년! 딴 데 가서 알아봐!"

"전화를 끊고 나면 평생 후회하실 텐데요."

레이치우는 어딘지 찜찜한 느낌이 들었다.

"그런데 이번에는 우리가 왜 돈을 주어야 하는 거냐?"

"물론 현무첩 때문이죠."

"그건 우리가 지난번에 돈을 주고 찾아왔잖아."

"네, 물론이에요. 하지만 그 현무첩이라는 게 참 묘하던데요."

레이치우는 섬뜩한 느낌이 드는 걸 애써 누르고 목소리에 평정을 유지했다.

"무슨 개떡 같은 얘기야?"

"어떤 사람 얘기에 따르면 현무첩이란 게 무슨 보석도 뭣도 아니더라고요. 비밀이 따로 있었어요."

"그래?"

여유를 가장했지만 레이치우의 목소리에는 어딘지 안정감이

신의 죽음

없었다.

"그 현무첩에 새겨져 있는 글자 열 개가 바로 현무첩의 가치였어요."

"네년이 네 입으로 그게 보물 지도라 하지 않았던가? 그림과 합쳐져서 말이야."

레이치우의 목소리는 이제 안쓰러울 정도로 흔들렸다. 그는 이 여우 같은 여자를 다른 길로 유인하려고 애를 썼으나 영악한 미아는 이미 레이치우의 속에 들어가 있었다.

"호호호! 기억력도 좋으셔라. 저는 그런 확신을 가지고 있었는데 세상에 단 한 사람, 그 열 글자의 진짜 의미를 아는 사람이 있더라고요. 그는 그게 보물 지도가 아니라고 했어요. 아주 총명한 사람이죠. 아니, 천재예요. 오랜만에 그 열 글자를 다시 한 번 외워볼까요?"

미아는 목소리를 가다듬었다. 본능적으로 협박이 먹혀들고 있다고 판단한 그녀는 밝고 명료한 소리로 레이치우의 불안에 불을 질렀다.

"신 진은 잔상 30명을 시켜 우리 말을 가르치게 했나이다. 호호. 어때요? 이 정도면 우등생인가요?"

"흐흐. 그러나 그게 무엇을 뜻하는지 너는 영원히 알 수 없을 걸?"

"물론 몰라요."

"그러면 우리는 더 이상 대화를 나눌 필요가 없어. 네년은 백

년이 지나도 그 글귀의 의미를 알 수 없을 테니까. 자, 그럼 미아, 그 자니라는 이름을 가진 푸들이나 잘 찾아봐."

"그런데 그 사람은 뭘 알더라니까요."

"그는 너의 상상 속에서나 존재하는 자야."

"호호. 뉴욕대학에는 그런 사람이 없었던 모양이네요."

"당연히 없지. 네년이 꾸며낸 인물이니까."

"아니죠. 분명히 존재하는 인물이에요. 증명해봐요?"

"어떤 거짓말이든 해봐."

"그는 거기에 나오는 잔상이란 단어가 아주 중요하다고 말했어요."

레이치우는 심장이 멎을 것만 같았다. 뉴욕 차이나타운의 암흑가 보스가 뉴욕대학에는 그런 사람이 없다고 보고해 와 그는 미아가 꾸며낸 인물로 치부하고 있던 차였다. 그런데 지금 수화기를 타고 들려온 말들은 미아라는 여자가 도저히 꾸며낼 수 없는 내용을 담고 있었다.

레이치우는 멈칫했다. 갑자기 그의 목소리가 이제까지와는 달리 날이 섰다.

"나쁜 년!"

"네, 맞아요. 전 제가 나쁜 여자인 걸 잘 알고 있어요. 그런데 돈은 주실 거죠?"

"또 거짓말을 하지 않는다고 어떻게 보장할 거야?"

"만나서 의논할 수 있을 거예요. 그는 틀림없이 존재하는 사람이니까요."

"두 시간 후에 전화를 걸어줘. 나 혼자 결정할 수 없는 일이니까."

"좋아요, 맘에 들어요."

레이치우는 전화를 끊고 바로 캉바오에게 연락했다.

"네년은 이제 죽었어! 살이 터져 나오고 피가 튀는 맛을 보여주겠다."

캉바오는 레이치우와 달랐다. 그는 레이치우에게 이렇게 그쪽한테 휘둘리기 시작하면 끝이 없다고 내뱉고는 바로 도미니카로 떠났다.

미아의 전화가 걸려오기 직전까지 레이치우의 전화기에는 온갖 첨단 장비가 장착되었다. 이 전화기는 캉바오 휘하의 특수부대원들에 의해 마이애미에서 도미니카공화국행 비행기에 오르고 있는 몇 사람의 중국인들에게도 실시간으로 연결되었다. 미아의 전화가 걸려왔을 때 두 사람의 목소리는 이미 이 중국인들의 귀에 생생하게 중계되고 있었다.

"호호, 결론을 지으셨나요?"

완전한 자신감을 머금은 미아의 목소리에 레이치우는 기가 죽은 목소리로 대답했다.

"미아, 당신은 돈을 받을 자격이 있어. 하지만 다시는 같은 물건으로 똑같은 장사를 하지 않겠다고 맹세해요."

"물론이에요."

"그럼 내일 아침 가장 빠른 비행기 편으로 도미니카로 날아가 겠소."

"호호, 혼자 오셔야 해요. 지난번처럼."

"물론이오."

"호호, 저는 박사님이 너무 좋아요."

미아는 두 번째 성공의 기쁨을 억누르며 전화를 끊었다.

다음날 새벽 캉바오가 선선한 바람이 불어오는 도미니카의 공항에 모습을 드러내자 미국 각지의 차이나타운을 지배하는 다섯 사람의 보스가 도미니카의 공항에서 그를 맞았다.

"계집년을 잡아두었습니다."

"입을 벌리게 할 자신이 있나? 그 한국인 교수라는 놈이 누군지 불게 할 수 있어? 아니면 본국에서 기술자를 불러올까?"

"자기 똥도 웃으며 먹게 만들 수 있습니다."

며칠 후 도미니카의 일간지들은 일제히 미국 국적을 가진 한 중국인 여자의 엽기적 살해 사건을 보도했다.

제럴드는 미아의 피살 소식을 접하자마자 즉각 차를 타고 민서에게 가면서 전화를 걸었다.

"그 여자는 도미니카에서 무서운 고문을 당하고 죽었소."

"살해범들에 대해서는 알려진 게 없나요?"

"없소."

민서는 직감적으로 짚이는 것이 있어 창을 통해 주변을 살펴

신의 죽음

보았다.

"그 여자가 고문을 당했다면 나를 만난 사실을 불었을 것 같군요."

"그렇다면 교수님은 지금 매우 위험한 상황이오. 그런데 그 여자가 교수님이 버클리에 계신 건 알고 있소?"

"나를 뉴욕대학의 교수로 알고 있어요."

"그러나 지금쯤은 그게 허위라는 걸 알아냈을 겁니다. 허 참, 이거 큰일인데. 일단 우리가 신변 보호를 하겠지만 만약 신원이 알려지면 교수님은 죽은 목숨이오."

민서도 마찬가지 생각이 들어 고개를 끄덕였다.

"일단 내가 거기 가서 캠퍼스 경찰에게 강력한 경호 요청을 하겠소. 하지만 절대 안심할 수 없어요. 미아를 살해한 잔혹한 수법으로 보아 놈들에게는 캠퍼스 경찰 따돌리는 것쯤은 식은 죽 먹기일 테니까. 이걸 어쩐담!"

제럴드는 전전긍긍하며 진심으로 민서의 안위를 걱정했다.

"아무도 몰래 한국으로 돌아가는 건 어떻겠소? 아니, 그런다고 될 일도 아니군. 그놈들이 어딘들 못 따라가겠소? 신분과 얼굴을 바꾼다? 그것도 좋은 생각은 아닌 것 같고……. 어쨌든 문을 꼭 잠그고 있어요. 내가 지금 가고 있으니까!"

민서는 전화를 끊고 나서 자리에서 일어나 문을 열고 복도를 살폈다.

"무슨 일 있으세요?"

크리스가 전화 내용을 들었는지 칸막이 너머에서 몸을 일으키며 물었다.

"킬러가 찾아올 가능성이 있어. 음, 자네는 이제 여기로 나오지 말고 과 사무실로 가 있어. 내가 전화를 할 테니."

"저도 위험해요?"

크리스는 눈이 휘둥그레졌다.

"내가 위험하면 자네도 위험한 거 아닌가? 나를 죽이면서 옆에 있는 자네에게는 악수를 청하겠어?"

"그래도 제가 옆에 있어야 교수님을 보호하죠. 염려 마세요. 저는 그런 놈들 한번 만나보고 싶었어요."

"그래?"

민서는 웃으면서 문을 잠그고 창밖을 살폈다. 언제나 보던 광경이 친숙하게 망막에 잡혔다. 무심코 학생들이 주차장에 차를 대는 걸 바라보던 민서의 입에서 자신도 모르게 놀라움에 가득 찬 목소리가 새어 나왔다.

"어, 이런!"

민서는 즉시 전화기를 들어 제럴드의 번호를 눌렀다.

"제럴드입니다."

"내게 오지 말아요. 지금 생각하니 킬러와 나 사이에 다리를 놓을 수 있는 사람은 제럴드 형사 당신뿐이오."

"네? 교수님, 그게 무슨 말씀이죠?"

"미아는 내가 뉴욕의 교수가 아니라면 샌프란시스코의 교수라고 생각할 거예요. 나와 제럴드 형사를 연관 지어 생각했을 테니까요."

"그럼 킬러들이 나를 이용해 교수님에게 접근하려 하겠군. 잘됐어. 모든 건 내게 맡겨주시오."

제럴드는 그렇게 말하면서 백미러를 유심히 살폈다. 뭔가가 따라오는 것 같기도 하고 아닌 것 같기도 했다. 제럴드는 자연스럽게 차를 샌프란시스코 예술대학 쪽으로 몰았다. 뒤따라오던 수십 대의 자동차 중 한 대가 빠져 같은 차선으로 들어오는 걸 확인한 제럴드는 가슴에 차고 있던 권총을 꺼내 안전장치를 풀고는 옆자리에 놓았다.

검은색 재규어는 계속 제럴드를 따라오다 제럴드의 차가 대학의 정문을 통과하자 다른 쪽으로 가버렸다.

"오해였군."

제럴드는 김이 빠져 차를 돌려 나오려다 전화기를 꺼내 민서에게 전화를 걸었다. 그는 민서에게 자신의 기지를 자랑하고 싶었다.

"교수님. 혹시 어떤 놈들이 쫓아올까 봐 차를 샌프란시스코 예술대학으로 몰았소. 이만하면 내 머리도 쓸 만하지 않소?"

"고맙군요."

민서는 제럴드가 자신을 위해 섬세하게 머리를 써준 사실이 고마웠다.

"뭐가 쫓아오는 것 같았는데 차가 대학에 들어오자 없어지고 말았어요. 뭐 좀 올리나 싶었는데 헛것이었네요."

"따라오던 차가 대학 구내에서 사라졌어요?"

"오해였어요. 나도 민감해질 때가 있나. 흐흐흐."

"아니, 그게 그렇지 않을 수도 있어요."

"무슨 얘깁니까?"

"놈들의 목표는 제럴드 반장이 아니라 나예요. 반장은 내가 어느 대학에 근무하는 누구인가를 알아내는 다리일 뿐이란 말이죠."

"그렇지."

"그들은 반장이 주차하는 걸 기다릴지도 몰라요. 어디에 주차하는지, 어느 건물로 들어가는지만 확인하면 그들의 일차 목표는 끝날 테니까요."

"음, 그럴 수 있겠군. 주차를 하고 유인해야겠소."

"아니, 그냥 돌아 나가는 게 좋겠어요. 어쩐지 예감이 좋지 않아요."

"염려 마시오. 나는 한시라도 빨리 놈들을 잡아 교수님을 안전하게 만들어주고 싶소. 교수님이 나한테 잘해주셨던 걸 생각하면 이럴 때 내가 나서서 교수님을 보호해드려야지요."

제럴드는 전화를 끊고 한적한 곳에 있는 외딴 빌딩의 주차장으로 차를 몰고 가서는 한편에 세웠다. 그런 다음 그는 빌딩 안으로 점잖게 걸어 들어가서 복도 한쪽에서 몸을 낮춘 후 독수리 같은 눈을 부릅뜨고 밖을 살폈다.

'미친놈들, 감히 이 제럴드의 뒤를 밟다니!'

제럴드는 고개를 낮추고 계속 밖을 살폈다. 그러나 아무것도 나타나지 않았다. 이십 분을 기다리다 지친 제럴드는 몸을 일으켰다. 오늘만큼은 교수가 틀렸다고 생각하면서 자신의 자동차를 향해 걸어간 제럴드는 차문을 열다 눈에 들어오는 검은색 재규어를 보았다.

'왔구나!'

제럴드는 역시 김 교수는 틀리는 법이 없다는 생각을 하며 태연하게 자동차에 타고 시동을 걸었다. 제럴드는 상대방의 정체를 확인하기 위해 잠시 정지한 채로 재규어를 지켜봤다. 주차를 한다면 좀 더 지켜볼 수 있는 기회를 갖게 될 것이고 주차를 하지 않고 그냥 나간다면 상대방은 틀림없는 킬러일 것이었다.

제럴드는 권총을 손에 움켜쥔 채 숨을 죽이고 재규어에 시선을 모았다.

"빨리 고개 숙여!"

운전석에 앉은 자는 머리가 잘 돌아가는 자였다. 그는 제럴드가 지켜보고 있다는 것을 알아차리는 순간 의심을 받고 있다는 사실을 깨닫고 재빨리 조수석에 있는 부하에게 고개를 숙이도록 했다.

"지금 그냥 나가나 주차를 하나 의심 받기는 매한가지다. 저자를 없애는 수밖에 없어. 내가 유인할 테니까 네가 쏴!"

킬러는 노련했다. 그는 부하를 숨긴 후 천천히 제럴드의 옆으로 차를 몰고 갔다. 제럴드는 자동차가 방향을 틀어 자신을 향해 정면으로 다가오자 안심이 되었다. 차 안에는 운전을 하고 있는 자만이 보였던 것이다.

제럴드는 상대방에게서 눈을 떼지 않은 채 총을 겨누고 천천히 차에서 내렸다. 차를 엄폐물 삼아 몸을 낮춘 제럴드는 운전자를 향해 소리쳤다.

"멈춰!"

운전자는 의외로 얌전하게 차를 멈추었다. 순간 제럴드는 판단에 혼선이 왔다. 예상과 달리 그저 평범한 방문객이라면 자신이 총을 겨눈 것은 너무 심한 것이었다.

"내려!"

"왜 그러시죠?"

상대가 창문을 열고 순진한 표정과 당혹스러운 음성을 밀어내자 제럴드의 마음은 더 풀어지고 말았다.

"내려요!"

운전자는 무척 억울하다는 듯 뭐라 뭐라 마구 떠들며 문을 열고 나왔다. 차에서 내린 운전자는 허약하게 생긴 비무장의 동양인이었다. 상대를 확인한 제럴드는 긴장을 풀고 엄폐물에서 몸을 빼 걸어 나왔다. 그러나 그것이 마지막이었다.

동양인 운전자가 뭐라 뭐라 항의하며 제럴드의 주의를 뺏는 동안 조수석의 문이 열리고 급기야는 문틈으로 내밀어진 총구가 제럴드의 머리와 가슴을 향해 불을 뿜고 말았던 것이다.

때르르릉, 때르르릉.

깊은 밤에 울어대는 휴대폰 소리에 민서는 눈을 떴다. 늦도록 연구실에 남아 제럴드를 기다렸지만 소식이 없어 불안해하다가 집으로 돌아와 간신히 잠든 중이었다. 정신을 수습하는 동안에도 휴대폰은 계속해서 불길한 소음을 토해냈다. 클라크였다.

"제럴드 형사가 당했습니다. 교수님도 조심해야 할 것 같습니다."

"뭐라고요?"

민서는 제럴드가 당한 것이 자기 때문이라는 생각에 안타까움과 더불어 상대에 대한 걷잡을 수 없는 분노가 치밀어 올랐다.

"교수님 아파트로 경호경찰을 보낼 겁니다. 그렇게 알고 계세요."

휴대폰을 끊기 무섭게 이번엔 기다렸다는 듯이 집 전화가 울렸다.

"여보세요?"

민서는 한참 망설이다 전화를 받았다.

"나 장빈이야."

"응, 자네군."

그러나 장빈의 목소리는 평소와 달리 매우 무거웠다.

"김민철 교수 말이야."

순간 민서는 등골이 오싹하는 기분이 들었다.

"절명했어."

민서는 한동안 할 말을 찾지 못했다. 수화기 건너편에서도 아무런 소리가 없이 침묵의 시간만 흘러갔다.

"어디서?"

"베이징 천안문 야시장 부근이래. 지나가던 강도가 칼로 찔렀어."

망연자실해 전화기를 내려놓은 민서는 그 자리에 주저앉고 말았다.

뜬눈으로 밤을 새운 민서는 일레인에게 전화를 걸었다.

"좀 만나고 싶소. 클라크도 같이. 괜찮겠소?"

"물론이죠. 사무실로 오시겠어요?"

"네."

사무실에서는 클라크는 물론 몇 사람의 직원들이 모여 앉아 있다 민서를 보자 반가운 표정으로 일어섰다.

"어떻게 신변 경호를 해야 할지 의논하고 있었어요."

일레인이 걱정스러운 표정으로 민서의 안색을 살피며 말했다. 신변 경호가 전문인 듯한 한 간부가 만만치 않다는 듯 고개를 가로저었다.

"대학에 계시기 때문에 어쩔 수 없이 많은 사람들에게 노출된다는 점이 애로 사항입니다."

민서는 조용히 일레인을 밖으로 불러냈다.

"사람들을 좀 물려줘요. 클라크만 남기고."

"그렇게 하죠. 하지만 저들은 경호 전문가예요. 교수님을 어떻게 보호할지 의논하고 있던 참인데 같이 대화하는 게 낫지 않을까요? 지금으로서는 어떤 일보다 안전이 제일 중요해요."

"물려줘요."

민서의 단호한 말에 일레인은 고개를 끄덕였다. 세 사람만 남게 되자 민서는 뜻밖의 말을 꺼냈다.

"중국으로 가겠어요."

일레인과 클라크는 소스라치게 놀랐다.

"네?"

"현무첩을 추적하던 사촌형이 베이징에서 칼을 맞고 죽었어요. 내가 가야 해요."

"하지만 제럴드가 죽고 사촌형이 죽었다면 다음 차례는 누가 뭐래도 교수님이에요. 중국으로 간다면 누가 교수님을 보호하겠어요?"

"아니, 그게 가장 안전해요. 놈들의 뒤를 치는 거지요. 오히려 일방적으로 노출돼 있어 여기서는 적을 피할 수가 없어요. 게다가 문제를 해결하려면 결국은 블랙 커튼 속으로 들어가야 해요."

두 사람은 다시 한 번 놀랐다.

"블랙 커튼으로 들어간다고요? 교수님이 직접요?"

"어차피 김일성의 죽음이든 현무첩이든 태평양 건너 여기 앉아 해결할 수 있는 일은 아니에요."

한참 생각에 잠겨 있던 클라크는 고개를 끄덕였다.

"기상천외한 발상이군요. 교수님 생각이 옳을 수도 있겠네요."

"블랙 커튼에 들어갈 방법을 만들어줘요."

클라크는 일레인의 얼굴을 쳐다봤고, 일레인 역시 클라크를 바라보았다. 잠시 후 일레인이 말했다.

"방법을 찾아볼게요."

다음날 오후, 일레인이 민서를 찾아왔다.

"교수님은 정말 대단한 분이네요. 누가 이런 방법을 생각하겠어요? 일단 라인을 찾았어요. 교수님이 유창한 중국어를 구사하신다니 참 다행이에요. 그들 중 한 사람으로 잠입하는 거예요. 비밀 결사라 그들끼리도 서로 얼굴은 모르는 경우가 많은가 봐요. 탕더화이, 하얼빈대학 교수. 블랙 커튼의 멤버가 되자마자 캘리포니아대학교 로스앤젤레스 캠퍼스에 교환교수로 온 사람이 있어요. 교수님은 이제부터 탕더화이 교수가 되시는 거예요."

"잘됐네요. 그를 아는 사람이 거의 없다는 얘기군요?"

"네. 미국에 온 지는 육 개월 정도 됐는데 고등학생인 아들이 학교에서 중국 애들한테 매를 맞아 한쪽 눈을 실명했답니다. 이건 이 사람의 이메일 주소와 패스워드예요. 블랙 커튼은 이메일로 정보 교환을 한다니까 메일을 잘 보세요."

"그 사람은 자발적으로 협조했나요?"

"네, 아들 사건 이후 그의 마음은 이미 중국을 떠났어요. 지금 특별 영주권을 신청해놓고 있는데 이민국에서 신속히 받아줄 거예요."

"그는 뭘 전공하던 사람이죠?"

"문화사 전공이에요. 교수님 전공과 사촌쯤은 되네요."

"잘됐군요."

"블랙 커튼은 지금 급속히 팽창하고 있기 때문에 신분 위장은 그다지 어렵지 않을 거예요. 하지만 조심하셔야죠. 언제 들어가실지는 직접 결정하세요."

"내일 가는 게 좋겠군요."

"보안은 걱정 마세요. 클라크 요원과 저밖에는 아무도 모르게 할 테니까요. 베이징에 가시면 숙소에서 인터넷을 조심하세요. 추적당할 수 있어요. 특히 불온한 글을 올리거나 하면 말이에요."

일레인은 민서의 초췌한 얼굴을 들여다봤다. 잠시 안쓰러운 표정이 스쳐갔으나 이내 밝은 목소리로 말했다.

"그럼 몸조심하세요."

말을 마친 일레인은 자리에서 일어나 아무 일도 없었던 듯 떠나버렸다.

아침이 되자 민서는 행적을 어지럽혀 미행을 피하고는 시애틀로 올라갔다. 거기서 그는 일본 나리타행 비행기를 탄 후 홍콩을 거쳐 베이징으로 갔다. 사촌형의 장례식에 참석하고 싶은 마음은 간절했지만 지금은 그것보다 먼저 해야만 할 일이 있었다.

민서는 비행기에서 눈을 감고 사촌형의 명복을 빌었다. 민서의 마음속에서는 이제껏 느끼지 못했던 분노와 투지가 불타오르고 있었다.

잠입

베이징에 도착한 민서는 탕더화이의 신분증을 내밀고 천안문 광장 부근의 스카이호텔을 잡았다.

"인터넷이 되는 방으로 줘요."

"네."

민서는 한국의 장빈에게 전화를 걸어 사촌형의 사망에 관련된 모든 정보를 부탁했다. 하지만 정보는 너무도 간단했다. 베이징에 도착한 다음날부터 사촌형은 시립도서관에 삼 일간 계속 갔었던 게 호텔 직원과 도서관 직원의 진술로 확인이 되었고, 삼일째 되던 날 밤 야시장에서 술을 마신 후 호텔로 돌아오다 강도에게 가슴에 칼을 맞고 사망했다는 내용뿐이었다.

장빈의 특별 부탁으로 베이징 대사관의 영사가 경찰 수사를 계속 독촉하고 있었지만 묵었던 호텔과 관련해서는 특별한 정보가 없었다.

다음날 아침 민서는 바로 시립도서관으로 찾아갔다. 탕더화이의 교수 신분증과 유창한 중국어는 도서관 직원의 친절한 안내를 끌어냈지만 민서는 섣불리 사촌형의 행적을 묻지는 않았다.

하지만 귀동냥으로 사촌형이 인문학 열람실의 지리 역사 관련 서적이 소장된 서가에서 무슨 책인가를 열심히 찾았다는 사실을 알아낼 수 있었다.

민서는 일단 경찰의 수사가 어느 정도 끝나기를 기다리기로 하고 호텔로 돌아와서는 컴퓨터를 켰다. 미국, 중국, 한국의 인터넷을 넘나들던 민서는 구글이 중국에 굴복해 제한된 정보만 제공하기로 했다는 뉴스를 보면서 중국의 힘과 한계를 동시에 느꼈다.

민서는 세계적 검색 엔진인 야후조차도 중국에서는 제한된 서비스만 하는 것을 발견하고는 고개를 갸웃거렸다. 아무리 중국이 대국으로 커간다 하더라도 정보를 제한한다는 치명적 약점을 내부에 안고 있는 한 언젠가는 폭발하고야 말 것이었다.

며칠간 산책을 하는 것 외에는 하릴없이 인터넷의 바다를 떠돌던 민서는 누군가 모임에 대한 정보를 메일로 보내온 것을 발견했다.

고구려 건국에 대한 고찰

민서는 직감적으로 이것이 블랙 커튼의 모임인 것을 알 수 있었다. 장소는 스카이호텔에서 아주 가까운 국제호텔 볼룸이었다. 모임이 있는 날이 되자 민서는 될 수 있는 대로 사진 속의 탕더화이와 비슷하게 차리고 얼굴도 가다듬었다.

"하얼빈대학의 탕더화이 교수요."

안내는 탕더화이의 이름이 적힌 패찰을 찾아 건네주면서 상냥한 인사를 건넸다.

"VIP시네요."

민서는 지나치듯 물었다.

"어떤 사람들이 VIP요?"

"호호, VIP 자리에 앉으시는 분들이죠."

민서는 웃으며 지나치고 말았지만 약간 긴장이 되었다. 아무데나 앉는 게 편할 거라는 생각을 하면서도 한편으로는 부딪쳐 보자는 심정이었다. 민서는 일단 바깥으로 나갔다가 간담회가 시작되기 직전이 되어서야 테이블로 찾아갔다.

"하얼빈대학의 탕더화이입니다."

둥근 테이블에 앉아 있던 참석자들은 민서를 보고 반갑게 손을 내밀었다. 민서는 분위기로 보아 VIP 자리에 앉은 사람들이 블랙 커튼의 멤버일 거라고 짐작했다.

"처음 뵙습니다. 동북에 있는 분들이 워낙 참석들을 안 하셔서 오늘도 기대를 안 했는데 이렇게 와주셨군요. 사실 이번 담화회는 누구보다도 동북에 있는 분들이 많이 오셔야 하는데 말입니다. 저는 베이징대학에서 정치학을 가르치는 리콴젠입니다."

"반갑습니다."

"제가 소개를 해드리겠습니다."

리 교수는 한 사람 한 사람을 친절히 민서에게 소개해주었다.

민서는 대학에 관계하는 사람들만이 아니라 정부 기관, 심지어는 군이나 공안에 있는 사람들까지 참석하고 있는 것을 보고 적잖이 놀랐다.

"저쪽 테이블에 지옌 장군이 계신데, 가서 인사를 나누시겠습니까?"

리 교수의 권유에 민서는 순간 망설였으나 이내 고개를 끄덕였다. 리 교수는 건너편 테이블의 동태를 살피더니 민서에게 손짓을 했다. 민서는 리 교수의 뒤를 따라 지옌 장군의 테이블 앞에 섰다.

"지옌 장군님, 베이징대학의 리콴젠입니다."

"아, 리 교수님. 안녕하십니까?"

"이분은 하얼빈대학의 탕더화이 교수님입니다."

"아, 그러시군요. 잠깐 앉으십시오."

"아니, 이제 곧 담화회가 시작될 테니까 인사만 나누려고 왔습니다."

민서는 말없이 손을 내밀었다.

"반갑습니다, 탕 교수님. 뭘 전공하십니까?"

"저는 문화사를 공부하고 있습니다."

"좋은 공부를 하시는군요."

지옌은 웃으면서도 날카로운 눈빛으로 민서의 얼굴을 훑었다.

"그럼 이따 뒤풀이 때 더 얘기 나누시죠."

리 교수는 눈짓으로 사회자가 마이크를 다듬는 모습을 가리키며 두 사람에게 담화회의 시작을 알렸다.

"그럼."

민서는 지엔 장군에게 가볍게 고갯짓을 하고는 리 교수의 뒤를 따라 자리로 돌아와 앉았다. 지엔이 직접 참석한 것이나 참가자들의 다양한 직업으로 볼 때 이것은 틀림없는 블랙 커튼의 모임이었다.

민서는 담화회 내내 발표자들의 논리에 신경을 곤두세웠다. 담화회가 끝나면 블랙 커튼의 멤버들 사이에 토론이나 여담이 있을 것이었다.

민서는 발표가 진행되는 동안 끓어오르는 속을 가라앉히느라 애를 써야만 했다. 발표자들은 한결같이 주몽 설화를 부정하거나 아예 고주몽까지도 한족으로 몰아버리고 있었다.

"탕 교수, 옆의 연회실로 갑시다. 오늘은 다들 오랜만에 만나고 새로 온 얼굴들도 많아 한잔씩들 할 모양이오."

담화회가 끝나자 리콴젠 교수는 민서의 소매를 잡아끌었다.

"좋습니다."

리 교수와 함께 연회실로 들어선 민서는 놀라지 않을 수 없었다. 담화회장과는 비교도 되지 않는 많은 인파들이 거기 모여 있었던 것이다.

"담화회에는 참석도 하지 않은 사람들이 여기엔 상당히 많군요."

"지엔 장군 때문이지요. 그와 눈도장 한 번 찍어놓으려는 사람들이오."

민서는 고개를 끄덕였다. 중국군의 리더이자 차세대 지도자로 꼽히는 지엔이라면 당연히 많은 사람들을 몰고 다닐 법했다. 지엔은 앞으로 나가 잔을 들었다. 그토록 소란스럽던 사람들이 지엔이 잔을 들자 모두 주변의 잔을 채워주며 맞들었다. 지엔은 잔을 든 채 묵직한 목소리로 연설을 시작했다.

"미국이 왜 이라크를 침공했겠소? 그것은 바로 우리 중국 때문이오. 그들은 과거 저유가 정책으로 소련을 무릎 꿇렸듯이 이제 고유가 정책으로 중국을 죽이려 들고 있소. 우리가 죽을힘을 다해 이루어온 성과가 기름 때문에 주저앉을 수 있다는 얘기요. 놈들은 오직 우리를 주저앉히기 위해 이라크를 침공한 거요. 중국이 미국을 제치고 초강대국이 되는 걸 막으려고 말이오."

좌중이 웅성거렸다.

"하지만 그간 우리는 미국의 이런 음모에 대항하기 위해 기름확보에 전력을 쏟아왔소. 그 결과 이제는 미국이 마음대로 기름을 무기로 사용할 수 없는 상황이 되었소. 그들이 기름을 무기로 쓴다면 우리를 죽이기 전에 그들 스스로 자폭하는 상황을 만들어냈단 말입니다. 모두 여러분의 후원 덕분이오."

사람들은 환호했다.

"나는 여러분들의 애국심에 온 마음과 몸을 바쳐 보답하고 싶소. 우리 밝은 중국의 미래를 위해 건배합시다. 자, 중국의 미래

신의 죽음

를 위하여!"

"중국의 미래를 위하여!"

"위하여!"

"위하여!"

사람들의 복창에는 힘과 자신감이 가득했다. 건배가 끝난 후 지옌은 모임에 처음 나온 사람들을 앞으로 나오게 해서는 일일이 악수를 나누고 다른 사람들에게 소개했다. 사람들이 의심스러운 시선을 던지는 것 같은 기분이 들었지만 민서는 당당하게 고개를 들었다. 다행히 아무 일 없이 넘어갔다. 지옌은 연회가 무르익어가던 어느 순간 다음 일정이 있다며 먼저 자리를 비웠다. 지옌이 가고 나자 민서는 주로 교수들과 어울려 칵테일을 나누며 가벼운 얘기들을 주고받았다.

"오늘은 소란이 좀 있을 겁니다."

"네?"

"류샤오치에게 동조하는 학자들이 몰려온다고 했어요."

"누군가요, 그 사람은?"

"아니, 어떻게 그 사람을 모를 수 있습니까? 탕 교수는 신문도 안 보고 사람들과 교류도 하지 않는 모양이죠?"

친절하던 리 교수가 갑자기 의심스러운 눈초리로 민서의 얼굴을 들여다보았다.

"두문불출하고 책을 읽었더니 세상 소식에 어둡습니다."

"그, 래, 요?"

리 교수는 수긍하기 어렵다는 표정으로 민서의 말을 받았다. 민서는 그가 한 마디만 더 물으면 정체가 탄로 날 수밖에 없는 상황인지라 여차하면 일단 화장실로 향하는 척하다가 바로 밖으로 빠져나갈 궁리를 했다. 이때 굵직한 목소리가 바로 옆에서 들렸다. 목소리의 주인공은 리 교수에게 말을 걸고 있었다.

"나는 차오밍 교수요. 그런데 아까 마지막으로 발표하던 그자 말이오. 그자의 발표는 근거가 있는 얘기요?"

그는 리 교수에게 자못 시비조로 물었다.

"글쎄요."

리 교수는 대답을 피했다.

민서는 차오 교수를 유심히 살폈다. 큰 몸집에 머리도 크고 얼굴도 커 시원한 인상을 주었지만 시커먼 눈썹이 미간으로 잔뜩 몰려 있는 게 본인이 그르다고 생각하는 일은 그냥 눈감고 지나갈 성격이 아니었다.

"고구려를 한족이 세웠다고? 미친놈 아니오?"

그는 교수라는 신분 때문에 예의를 갖추거나 말을 조심하는 그런 사람이 아닌 모양이었다. 대뜸 고함에 가까운 큰소리를 질렀다.

"누가 미쳤다는 거요?"

그의 큰소리에 누군가 바로 반발을 하고 나섰는데, 그는 바로 차오 교수가 언급한 그 마지막 발표자였다.

"오, 당신이군. 그래, 당신 역사 하는 사람 맞소?"

"뭐요? 당신은 내 이름도 한번 못 들어봤소?"

"그러니 묻는 거 아니오?"

"난 사회과학원의 왕쉰허우요. 당신은 어디서 온 사람이오?"

왕쉰허우가 자랑스럽게 사회과학원 교수라고 밝히자 차오 교수는 약간 주눅이 드는지 자신의 직장은 언급하지 않은 채 더 큰 소리로 그를 추궁했다.

"어디서 왔든, 고구려를 한족이 세웠다는 주장은 미친놈들이나 해대지 온전한 사람이 할 말이 아니오."

"당신, 사회과학원의 권위를 무시하는 거요? 이건 사회과학원의 국책 연구 프로젝트란 말이오. 알겠소?"

"국책 연구 프로젝트? 그럼 또 그 레이치우란 놈 머리에서 나온 거요? 응, 그렇겠군. 매번 그놈이 해낼 수는 없으니까 이번에는 어수룩한 당신 명의로 발표하도록 했겠군. 그럼 당신도 미친사람 맞소. 그놈은 원래 미친놈이니까. 대학 다닐 때부터 헛소리나 해대면서 출세할 생각이나 하던 놈이야. 그런 놈이 사회과학원 교수니 뭐니 하니까 그런 말도 안 되는 주장이 튀어나오지."

차오 교수는 거리낌 없이 왕쉰허우를 밀어붙였다. 그러나 왕쉰허우 역시 조금도 지지 않고 거친 목소리로 응수했다.

"당신이 고구려에 대해 뭘 안다고 그래? 이 나라에서 고구려 연구하는 사람들은 내가 다 아는데 당신 같은 사람은 본 적이 없어. 어디서 온 뭐 하는 작자야?"

민서는 이 싸움은 차오 교수가 절대적으로 불리하다고 생각했다. 화이트칼라의 경우 논쟁이든 싸움이든 그 끝은 항상 어디의 누구냐로 귀결되는 법이었고, 직장의 세력이나 개인의 경력 등으로 결과가 정해지는 경우가 태반이었다. 민서는 고구려 역사 왜곡이 이루어지는 현장에서 학자의 양심으로 그릇된 주장에 당당히 맞서는 차오 교수가 마음에 들었다.

리 교수는 이 소란 통에 민서에 대한 의심은 잊은 채 귀에 대고 속삭였다.

"류샤오치의 무리요. 그런데 하나밖에 안 왔군. 다들 겁이 났던 모양이오."

차오 교수는 한층 굵은 목소리로 당당하게 말했다.

"나는 베이징 제2외국어대학의 차오 교수야."

"풋! 베이징 제2외국어대? 그럼 전공 과목도 없겠네. 역사 교수는 맞아? 내 기억에는 당신이 없는데."

왕셴허우는 갑자기 기세등등해져 차오를 밀어붙였다.

"미친놈! 너한테는 그런 게 더 중요하냐? 학자라면 권력 주변에서 맴도는 걸 더 부끄러워해야 하는 거 아냐? 여기저기 로비하면서 출세나 하려 들고 말이야. 이놈아! 나는 언어사가 전공이야. 네가 고구려를 한족이 세운 나라라고 주장하려면 먼저 내 허락을 맡아야 해! 그게 무슨 뜻인지 알아?"

"내가 네 허락을 맡아야 한다고? 그게 무슨 개소리야?"

두 사람은 교수라는 신분을 잊었는지 아니면 원래부터 그런 것에 구애받지 않는지 바로 시장판의 싸움꾼들이나 하는 욕지거

신의 죽음

리를 사정없이 퍼부어댔다.

"이놈아, 귀 씻고 잘 들어. 북부여, 고구려, 숙신, 예맥, 신라, 백제 이런 나라들은 언어 구조가 같아. 알타이산맥 오른쪽부터 한반도 맨 남쪽까지 언어 구조가 똑같단 말이야. 알겠어? 우랄-알타이어족이야. 그런데 한족은 계통이 달라. 달라도 한참 다르지. 그런데 고구려를 한족이 세워? 귀신 씻나락 까먹는 소리야. 그런 소리는 네 마누라 볼기짝에나 대고 해, 이 정신 나간 놈아!"

왕쉰허우는 갑자기 말문이 막혀버렸다. 그는 당장 응수할 말이 생각나지 않는지 얼굴이 벌게져 숨만 씩씩거렸다.

"그건 그렇게만 볼 게 아니야, 차오."

누군가의 새로운 목소리가 좌중에 울려 퍼졌다. 어딘지 힘이 있는 목소리였다.

"레이치우!"

차오는 시선을 새로이 나타난 자에게로 돌리면서 그의 이름을 내뱉었다. 머리에 기름을 발라 모두 뒤로 빗어 넘기고 금테 안경을 걸친 레이치우는 반들반들하게 잘 닦인 검은 구두를 자신감 있게 한 발 한 발 앞으로 내디뎠다.

"고구려가 말갈이나 숙신 등 주변의 여러 이민족과 같은 우랄-알타이어족 계통인 것은 나도 인정해. 하지만 지금 우리는 고구려의 건국 과정을 말하는 거야, 알겠나?"

"또 궤변이 시작되겠군."

레이치우는 차오의 비난에 개의치 않는다는 듯 하얀 이를 보이며 씩 웃었다. 민서는 그의 얼굴에서 차오쯤은 상대도 안 된다는 자신감을 읽었다.

"낙랑, 임둔, 진번, 현도의 한사군은 모두 한의 군현이야. 하지만 그 백성들은 한족이 아니지. 자네 말대로 우랄-알타이어족이야. 하지만 한사군은 엄연한 한의 통치를 받았단 말일세. 고구려도 마찬가지야. 처음 개국한 지역은 한의 영역이었고 지배층이 쓴 말도 한어였단 말일세. 그러니 한족이 세웠다고 할 수밖에."

"고구려는 한사군을 차례로 무너뜨리면서 성장했어. 만약 고구려가 한족이 세운 나라라면 어째서 한사군과 대립했다는 거야?"

"그 당시 한사군은 이미 노쇠해 새로운 한 세력으로의 통합이 필요했어. 그래서 고구려를 건국한 거야."

차오는 레이치우의 궤변에 상대할 필요도 없다는 듯 손을 내저었다.

"나는 여태 그런 이론 비슷한 것도 들어본 적이 없어. 너는 맘대로 역사를 비트는 아주 위험한 놈이야. 네가 무슨 목적을 가지고 그러는지 모르겠지만 결국 그건 중국에 해가 돼. 역사란 그런거야. 정직하지 못한 역사는 반드시 화를 불러오는 거야."

"조국의 현실에 대해서 쥐뿔도 모르는 자가 어린아이 같은 말만 하고 있군. 하여튼 여기서는 그쯤 해둬. 오랜만의 모임인데 자네 때문에 분위기가 어색해지지 않았나? 여러분, 오랜만입니다."

레이치우는 아는 사람들을 향해 손을 흔들며 분위기를 바꾸었다. 차오는 주변의 사람들을 상대로 자신의 주장을 펴보려 했으나 사람들은 한결같이 차오의 얘기를 들으려 하지 않았을 뿐아니라 아예 그의 곁을 떠나고 말아 민서만 같이 있게 되었다.

"이런 개떡 같은 놈들!"

혼자서 씩씩대던 차오는 결국 칵테일 잔을 내던지며 고함을 질렀다.

"이게 무슨 중국의 미래를 위한 모임이야? 레이치우 같은 놈이 설치는 걸 보면 이건 아니야, 아니란 말이야!"

그때 깡마른 체구의 한 사람이 쏜살같이 달려와 차오의 따귀를 매섭게 때렸다.

철썩!

화가 난 차오가 이놈이! 하고 소리치며 그의 멱살을 잡으려 했으나 그 순간 갑자기 건장한 체구의 젊은이 몇 사람이 차오의 양팔을 우악스럽게 잡아끌었다. 차오가 끌려 나가면서 소리를 지르자 젊은이 하나가 능숙한 솜씨로 차오의 복부를 한 대 쳤다.

"으윽!"

깡마른 사나이가 날카로운 목소리로 지시했다.

"데리고 나가! 앞으로 류샤오치의 잔당들은 아예 입장도 시키지 마!"

민서는 리 교수에게 나직한 목소리로 물었다.

"저 사람은 누굽니까?"

"캉바오요, 지엔 장군의 대리인이자 레이치우의 백그라운드지. 성격이 강퍅한 분이오."

젊은이들은 캉바오의 명령에 따라 일사불란한 동작으로 차오를 끌고 나가버렸다.

민서는 천천히 차오가 끌려 나간 출구 쪽으로 걸음을 옮겼다. 차오는 이미 건물 밖으로 끌려 나가 젊은이들이 지켜보는 가운데 옷을 매만지고는 거리를 향해 비틀거리며 걸어가고 있었다.

민서는 잠시 그의 뒤를 따르다 젊은이들의 시야를 벗어나자 말을 걸었다.

"하얼빈대학의 탕더화이입니다. 같이 차나 한잔하실까요?"

차오는 민서가 끝까지 옆을 지키고 있던 기억이 났는지 반가운 목소리로 대답했다.

"에이, 밤늦게 차는 무슨? 술이나 한잔하려면 몰라도."

"술이나 차나 같은 거 아닙니까?"

두 사람은 천안문 광장 앞의 대로를 걸었다.

"베이징은 아무래도 야시장이 한잔하기에 좋지. 그리 갑시다."

"네, 좋으실 대로."

차오는 골목길을 요리조리 돌아 커다란 야시장으로 민서를 안내했다.

"나는 오리 구이를 하겠소. 탕 형은?"

차오는 활달한 성격인지 바로 민서를 편하게 불렀다.

"저도 같은 걸로 하지요."

"아니, 돈은 내가 낼 테니까 탕 형도 따로 하나 시켜요. 모듬

신의 죽음

꼬치가 어떻소?"

"좋습니다."

배갈이 나오자 차오는 연거푸 몇 잔을 삼키며 분을 달랬다.

"개떡 같은 놈들!"

"레이치우는 왜 저런 짓을 합니까?"

"나도 몰라요. 하지만 그런 짓 하는 놈들끼리 모여 자꾸 뭔가를 연구하고 있소. 죄 그런 쪽으로 말이오. 그들과 생각이 다른 사람은 자꾸 도태시키지. 친한 친구라 하더라도 말이야. 에이, 레이치우 그놈 참 마음에 안 드는 놈이야."

민서는 차오의 말과 표정에서 레이치우에 의해 억울한 일을 당한 사람이 제법 있을 거란 느낌을 받았다.

"레이치우에 대항하다 입장이 나빠진 사람들이 제법 있나 보군요?"

"두말하면 잔소리요. 나도 그렇고. 류샤오치란 친구는 아예 원수가 되었소. 지난번 외교부 홈페이지 사건 때 레이치우와 크게 다투었다가 아예 사회과학원에서 쫓겨났으니까. 나는 따귀 한 대로 그쳤지만 그 친구는 캉바오 부하들한테 큰 봉변을 당했소. 레이치우 그놈, 캉바오의 위세를 업고 전국 대학에 공문을 보내 류샤오치는 아예 채용 원서도 못 받게 해버렸어. 당성이 부족하다는 이유로 말이오."

"아까 그 일로 차오 교수도 지엔 장군에게 미움을 받지는 않을까요?"

"지옌 그 사람은 그런 졸장부가 아니오."

"그런데 그 사람 생각은 너무 공격적이지 않나요? 아까 말하는 걸로 봐선."

"미국 놈들이 스트레스 주는 건 사실이잖소."

차오는 더 이상 말하지 않고 술잔을 입에 털어 넣었다. 민서는 차오 교수 역시 많은 중국인들과 마찬가지로 앞날에 대해 불안을 느끼고 있다는 걸 짐작할 수 있었다.

"그런데 혹시 현무첩이라고 들어본 적이 있습니까?"

"현무첩?"

"네."

"아니, 처음 듣는데. 옛날 물건 같은데 언제 거요?"

"고구려 광개토대왕 시대 물건으로 알려져 있어요."

"고구려 광개토대왕? 그러면 류샤오치가 전문인데."

민서는 그가 레이치우와 같이 사회과학원에 있었다는 사실에 생각이 미쳤다.

"연락하면 좋아할 거요. 심심파적으로 세월만 보내고 있을 테니까. 불러볼까요?"

"좋습니다."

차오는 신이 나서 전화를 걸었다. 두 사람은 오랜만인지 전화로 한참 안부 인사를 나누고는 시내의 식당에서 만나기로 하고 전화를 끊었다.

"좀 나은 식당으로 오라고 했소. 위로도 해줄 겸."

"비용은 내가 지불하지요."

"그거야 누가 하면 어떻소?"

말은 그렇게 하면서도 차오는 기분이 좋은 모양이었다.

어떤 제안

류샤오치는 약간 마른 몸매에 수더분한 인상이었지만 고집이 있어 보였다. 그는 고분고분한 말투를 쓰긴 했지만 말을 아끼는 스타일이었다. 차오는 술을 연거푸 몇 잔 따라주었고 류샤오치는 외로웠던 모양인지 사양하지 않고 주는 대로 받아 마셨다.

"현무첩이라면 혹시 김일성이 갖고 있던 거 아닙니까?"

민서의 물음에 그는 바로 반문했다.

"네, 그렇다고 합니다."

"들어본 적이 있어요. 천안문 사태의 뒷얘기 중 하나입니다."

민서는 잔을 들어 두 사람의 잔에 부딪쳤다.

"차오 교수의 말대로 류 교수는 그 분야에 전문이시군요. 나는 동북 지방 한 귀퉁이에 있다 보니 아는 게 하나도 없어요. 베이징까지 온 김에 견문이나 잔뜩 넓히고 가고자 합니다. 술값은 내가 낼 테니 알고 있는 얘기나 잔뜩 들려줘요. 자, 한잔합시다."

차오는 기분이 좋은지 크게 웃어젖혔다.

"크하하하. 맞아, 시골 사람들은 아는 게 없어. 그러니 기회 있을 때마다 자꾸 들어둬야지."

민서는 애써 눈빛을 누그러뜨렸다. 류샤오치는 이런 민서를 의심해볼 생각은 아예 하지도 못하고 말을 꺼냈다.

"천안문 사태가 일어났을 때 덩샤오핑은 크게 당황했어요. 자오 총서기가 천안문에 나가 민주화를 약속하자 그는 실각의 공포를 느꼈습니다. 그때 지엔 장군이 자오 총서기의 편을 드느냐 자신의 편을 드느냐에 따라 그의 목숨이 달려 있었던 겁니다."

본격적으로 현무첩의 내력을 듣게 되자 민서의 가슴에는 감동마저 밀려오는 듯했다.

"그런 일이 있었군요."

"시골 사람들은 알 수 없지, 그런 얘기를."

사람 좋은 차오는 민서의 흡족해하는 얼굴을 보며 한 마디 거들었다. 그는 일부러 불러낸 류샤오치가 민서의 질문에 대답을 못하면 어쩌나 염려했던 모양인지 유달리 목소리가 들떠 있었다.

"결국 지엔은 덩샤오핑 편을 들었어요. 가까웠던 자오 총서기를 한없는 나락에 떨어뜨리고 말입니다."

"그래서요?"

"지엔 덕분에 천안문을 진압하게 되자 덩샤오핑은 지엔에게 약속했던 대로 그의 소원을 물었어요. 원하는 건 뭐든 들어주겠노라고."

"그런데요?"

"그때 지엔이 요구한 게 권력이나 재물이 아닌 고작 현무첩이었다고 합니다. 김일성이 가지고 있다는 그 현무첩."

"그래서 현무첩이 지옌의 손에 들어갔군요?"

"아니, 아닙니다. 김일성은 덩샤오핑의 요구를 거절했어요."

"아니, 그런 소박한 요구를요?"

"그래요. 그게 소박한 요구였는지 어떤지는 모르겠지만 어쨌든 덩샤오핑이 직접 한 요구를 김일성은 거절했어요."

민서는 의아함을 표시했다.

"김일성이 덩샤오핑의 요구를 거절할 입장이 되었을까요?"

"그러게 말이오. 아무튼 그래서 그 내용을 아는 사람들은 현무첩이란 게 도대체 뭔가 하고 큰 관심을 갖게 되었지요."

"뭔가요, 현무첩이라는 게?"

"거기까지입니다. 현무첩이 뭔지는 알려지지 않았어요. 얘기는 거기서 끝났거든요."

"그게 뭔지 뜬소문이라도 있지 않았을까요? 그런 대단한 뒷얘기가 있다면?"

"물론 있었어요. 엄청난 보물이라는 얘기부터 국가 안보에 결정적인 정보라는 데까지."

민서는 류샤오치의 입에서 나온 국가 안보라는 말에 신경을 집중했다. 누구라도 현무첩이 보물이라고 생각할 수는 있는 일이었지만 현무첩과 관련해 국가 안보라는 말은 쉽게 나올 수 있는 게 아니었다.

"어째서 그게 국가 안보에 결정적인 정보라는 말까지 생겨났을까요?"

"그건 지옌이라는 사람의 됨됨이 때문입니다."

"지옌의 됨됨이?"

"지옌은 보물이나 달라고 할 그런 사람이 아니에요. 그는 젊은 시절부터 중국의 앞날을 이끌어갈 사람으로 추앙을 받았었죠. 그는 지금도 심혈을 기울여 중국의 미래를 기획하고 준비하고 있어요."

차오가 한 마디 보탰다.

"사실 중국인치고 과거의 그 대중국을 그리워하지 않는 사람이 누가 있겠소? 영국, 프랑스, 일본, 미국에 차례로 눌리면서 과거의 그 영광스러웠던 중국을 추억하지 않는 사람이 누가 있겠느냔 말이오?"

민서는 고개를 끄덕였다.

"마오 주석 이래 저우언라이, 덩샤오핑, 장쩌민, 후진타오에 이르기까지 우리의 지도자들은 다만 참아내고 견뎌올 뿐이었지. 하지만 이젠 달라. 지옌의 시대가 오면 대중국은 거대하게 일어날 거야. 미국과의 한판 승부가 점점 다가오고 있는 거지."

민서는 차오의 말이 길어질까 봐 서둘러 류샤오치에게 질문을 던졌다.

"지옌의 사람됨으로 봐서 그게 단순한 보물은 아니란 말이군요?"

"적어도 나는 그렇게 생각했어요. 그건 뭔가 중국의 안위와 관련된 큰 비밀을 담은 물건일 거라는."

"그게 한국과 관련이 있을 가능성은 없나요?"

류샤오치는 갑자기 날카로운 눈초리로 민서의 얼굴을 훑어보았다.

"탕 교수, 당신은 참 예리하군요. 시골 사람 같지가 않아요."

"무슨 말씀을?"

"화내지 마세요. 농담이니 말입니다. 그런데 지금 생각해보니 탕 교수 말대로 그게 한국과 관련이 있을 거란 느낌이 드네요. 그렇잖으면 덩샤오핑의 부탁인데 김일성이 거절했을 리가 있겠습니까?"

"그 후로 달리 소문은 없었나요?"

"그 다음은 잠잠했어요. 그때 천안문 진압 후에 잠시 떠올랐다간 사라져버렸으니까."

현무첩은 예상과는 달리 다른 방향에서 소문이 있었을 뿐이었다.

"혹시 레이치우는 현무첩에 대해 아는 바가 없을까요?"

"그놈이 지옌 장군의 후광으로 온 세상 자료를 다 뒤집고 다닌다지만 김일성이 가진 걸 어떻게 할 재주가 있었겠소?"

차오는 애써 레이치우를 무시하려 들었지만 류샤오치는 고개를 흔들었다.

"어쩌면 그자는 알고 있을지 몰라요. 뭔가 의심스러운 게 있었거든."

"어떤 점이 의심스러웠다는 거죠?"

"언젠가 그와 같이 지옌 장군의 집에 간 적이 있었는데 그가 지나는 말로 수장고를 가리키며 김일성의 보물들도 저 안에 있다고 했어요. 물론 현무첩이라는 단어를 말한 건 아니지만, 김일성은 죽었고 지옌은 현무첩을 간절히 원했으니 그 안에 현무첩이 있었을 가능성도 있는 거지요."

민서는 그럴 것이라고 생각했다.

"레이치우 이 자식을 처절하게 짓밟아버려야 할 텐데."

차오는 술기운이 돌자 아까 따귀를 맞은 사실이 못내 억울한 모양이었다.

"그놈 때문에 나는 직장도 못 구하고 있네."

류샤오치의 목소리도 울분에 차 있었다. 민서는 두 사람이 대취할 때까지 술자리를 같이하다 헤어졌다.

평안도

다음날, 민서는 일전에 인사를 나눈 시립도서관 인문열람실의
직원과 차 한 잔을 놓고 마주 앉았다. 삼십대 초반의 사람 좋아
보이는 직원은 동북 외진 곳에서 온 교수와 대화를 나누는 게 더
없이 기쁜 모양이었다.

"사실 동북 지방으로는 가본 적이 없습니다. 베이징에서 태어
나 베이징에서만 살아 시야가 좁습니다. 저는 사실 헤이룽강을
한 번 보고 싶습니다. 누군가 황허니 양쯔강이니 해도 강의 깊이
를 음미하려면 헤이룽강을 봐야 한다고 하더군요."

민서는 어딜 가도 정체가 드러날 염려가 있다는 생각에 속으
로 쓴웃음을 지었다.

"그래도 베이징이 좋아요. 늘씬늘씬한 미인들이 어딜 가도 활
보를 하고 다니니 눈부터 시원하잖아요."

민서는 우정 흰소리를 했다.

"늘 봐오던 게 그런 몸매라 사실 저는 강남의 오동통한 여자들
한테 더 정이 갑니다. 하지만 제 진짜 취향은 조선족입니다."

"조선족은 어떤데요?"

"뭔가 야릇한 매력이 있지 않습니까?"

민서는 직원과 어느 정도 편한 관계가 되었다는 생각이 들자 서서히 말을 꺼내기 시작했다.

"조선족 얘기가 나왔으니 말인데 얼마 전에 도서관에 열심히 나오던 한국인 교수 한 사람이 야시장에서 호텔로 돌아가다 칼을 맞고 죽었다는데, 혹시 알고 있어요?"

"그럼요. 저하고 필담도 나누었는데요. 그분 참 점잖은데다 무엇보다도 한문 실력이 대단했어요. 말은 한 마디도 못했지만요. 참, '니 하오' 정도는 하셨어요."

"좋은 분이지요. 나하고는 학회에서 여러 번 만난 적이 있어요."

민서는 일렁이는 감정을 애써 눌렀다.

"그러시군요. 저는 외국 분이고 해서 최대한 친절을 베풀었습니다. 찾으시는 책들도 안내를 해드렸고 커피도 제가 한 잔 타드렸습니다."

민서는 사촌형 대신 고맙단 얘기를 하고 싶었지만 참았다.

"그런데 그분은 한국의 현직 교수인데 여기 도서관에서 뭘 보셨을까요? 한국에는 없고 여기에만 있는 자료를 찾았을 텐데."

"『북경지지(北京地誌)』요."

"북경지지? 베이징의 지리, 역사, 풍물을 기록한 책인가요?"

"네. 어느 도시나 다 향토지리서나 사서가 있잖습니까? 베이징의 것을 북경지지라 합니다."

민서는 직원과 적당히 뒤를 끝내고 열람실로 들어섰다. 사촌형이 베이징으로 와서 『북경지지』를 본 이유는 당연히 현무첩 때문일 것이었다. 도대체 사촌형은 『북경지지』에서 무얼 찾으려 했던 것일까. 그러나 서가에서 『북경지지』를 발견한 순간 민서는 입을 벌리고 말았다. 『북경지지』는 한두 권이 아니었다. 무려 백 권도 넘는 두꺼운 책들이 베이징의 역사를 증언하기 위해 떡 버티고 있는 것이었다.

민서는 일단 도서관을 나왔다. 밖에서 생각을 좀 가다듬고 다시 오는 게 나을 것 같았다. 민서는 지나가는 택시를 잡았다.

"가까운 묘지로 갑시다."

"가까운 곳에는 묘지가 없는데요."

"그럼 어디 조용하고 산책하기 좋은 곳으로 갑시다."

"이화원으로 갈까요?"

"그럽시다."

택시 기사는 민서를 가까운 공원에 내려주며 물었다.

"기다릴까요?"

"아니요."

민서는 잠시 공원 안을 거닐다가 사람들이 지나다니는 길을 피해 아무도 없는 조용한 곳에 털썩 주저앉았다. 아무도 오지 않아 사색하기에 좋을 만큼 외진 곳이었다.

민서는 사촌형이 어디서 힌트를 얻었을지 더듬기 시작했다. 이상한 건 자신이 사촌형보다 훨씬 오래 현무첩을 쫓았고 알아낸

신의 죽음

내용도 많은데 어째서 자신은 베이징에 와 『북경지지』를 볼 생각을 하지 못했고 사촌형은 그런 생각을 해냈을까 하는 점이었다.

'김일성이 평안도를 빼앗길 뻔했다는 말을 했다고? 그렇다면 현무첩이 평안도를 지켰다는 말인가?'

민서는 사촌형이 했던 말을 떠올렸다. 그는 아마 평안도라는 데서 힌트를 얻었을지 모른다는 생각이 들었다. 현무첩이 평안도를 지켰다는 인식이 어째서 중국에 와 『북경지지』를 살펴도록 만들었는지 알아봐야 할 것 같았다.

무언가 떠오를 듯하다 다시 사라지는 상태가 거듭되자 답답한 기분이 무겁게 온몸을 눌러와 더 이상 논리적 사고를 하기가 어려워졌다. 민서는 잔디밭에 그대로 벌렁 드러누워 버렸다. 따스한 햇살이 민서의 온몸을 부드럽게 어루만지자 민서는 스르르 잠이 들었다.

"민서야. 여기는 내 땅이야."

"형, 무슨 소리야? 내가 쳐들어가서 이겼잖아? 그러니 이제부턴 내 땅이지."

"이게 네 땅이라고? 그래, 다 가져도 돼. 하지만 평안도는 내 땅이니까 넘보지 마!"

"평안도가 형 땅이라고? 말도 안 돼! 평안도는 내 땅이야. 평안도!"

민서는 허우적거리다 잠에서 깼다. 꿈이었다. 사촌형과 땅 따먹기 꿈을 꾸다 평안도를 외쳐댄 건 자신이 너무 평안도란 화두에 사로잡혀 있었기 때문이라는 생각에 쓴웃음이 나왔다. 그러나 다음 순간 민서의 머리에 갑자기 섬광이 스쳤다.

'최형기는 고고학자, 형 역시 발굴에 조예가 깊은 역사학자가 아닌가. 내가 생각하지 못한 것을 형이 생각했다면 그건 형이 고고학적 사실을 현무첩과 연결시켰기 때문이 아닐까?'

더 이상 생각의 진전은 없었지만 뭔가 단서를 잡은 것 같은 생각에 공원을 내려오는 민서의 발걸음은 가벼웠다. 민서는 공원을 내려와 사촌형이 투숙했던 호텔을 찾아갔다.

"수상한 점은 하나도 없었어요."

"누가 감시한다거나 찾아온 적도 없었나요?"

"네."

"통화 기록을 좀 볼 수 있어요?"

"기다리세요."

민서는 통화 기록을 살폈다. 별다른 건 없었고 한국의 집에 두 통을 걸었던 기록이 있었다. 호텔로 돌아온 민서는 사촌형의 집에 전화를 걸었다. 아직 충격에서 헤어나지 못하고 있는 형수는 대화 내내 울먹였다.

"강도를 당하던 날 오후 늦게 전화를 걸어와 웃으면서 일이 잘 됐다고 했는데……."

"무슨 일인지에 대해서는 얘기하지 않았어요?"

"원래 일 이야긴 잘 안 하니까. 그냥 잘됐다고, 다음날 비행기 타겠다고 했어요."

"그때가 몇 시쯤이었어요?"

"다섯 시 무렵이었어요."

"다른 얘기는 없었고요?"

"네. 도련님한테는 한국에 돌아와서 전화를 하겠다고 했어요."

"알겠습니다. 한국에 가는 대로 찾아뵐게요."

전화를 끊고 민서는 잔뜩 미간을 찌푸렸다. 사촌형은 틀림없이 뭔가를 찾아낸 것이었다.

민서는 천안문 대로가 내다보이는 창가의 의자에 앉아 평안도와 현무첩과 베이징의 세 꼭짓점을 이어보려 온갖 상상을 다했지만 창밖의 어둠만 깊어갈 따름이었다.

의사의 증언

다음날 아침, 잠에서 깬 민서는 전화기의 램프가 깜박거리는 것을 보고는 교환을 불렀다.

"메시지가 와 있습니다. 들려드릴까요?"

"네."

뜻밖에도 메시지는 일레인으로부터 온 것이었다.

고수님, 늦잠을 주무시는군요. 저 호텔 로비에 와 있습니다.

놀란 민서는 대충 옷을 입고는 로비로 내려갔다. 로비에 서 있던 일레인은 민서를 보자 반갑게 다가왔다. 민서는 뜻밖의 방문에 놀라기도 했지만, 그녀를 보자 반가운 마음에 환한 웃음이 피어올랐다.

"호호. 외로우셨나 봐요. 저를 이렇게 반기시는 걸 보니."

"언제 왔어요?"

"저요? 맞혀보세요."

"어제?"

"아니, 교수님과 같이요."

"그래요? 그건 뜻밖인데. 그런데 왜 이제야 나타났어요?"

"안전 점검을 좀 했어요."

"그래요? 나는 안전한가요?"

"글쎄요."

일레인은 정확한 대답을 하지 않았다.

"하긴, 안전할 것을 바라는 게 오히려 이상하지. 그런데 미국에는 별일 없어요?"

"교수님이 여기 계신데 무슨 일이 있을 수 있나요? 일을 저지르려 해도 상대가 있어야죠."

"그런가?"

두 사람은 웃었다. 저들의 추적을 따돌리고 있다는 생각에 기분이 좋아졌다. 민서는 조금 여유 있게 일레인을 바라볼 수 있었다. 지금의 일레인은 영락없는 중국 여성 신홍화의 모습이었다.

"그런데 이 시간에 갑자기 나타난 걸 보면 무슨 일이 있는 모양 같은데."

"네."

"무슨 일이오?"

"본부에서 김일성 관련 첩보를 수집했는데, 의미 있는 두 건의 정보가 입수됐어요. 그걸 알려드리려고 왔어요."

"여기서 얘기해도 되는 겁니까?"

"아니, 직접 가서 듣는 게 나을 거예요. 중요한 증인이라 클라크 요원도 며칠 전에 여기에 왔어요. 일단 저와 같이 한 사람을 만나고 나서 클라크를 만나러 가요."

"그럽시다."

민서가 자동차에 오르자 일레인은 자랑스러운 표정으로 말을 꺼냈다.

"전에 김일성의 사망 시점에 의사가 없었을 거라고 하신 적이 있죠? 그래서 저희가 북한의 김일성 담당 의사들을 찾아봤어요. 그리고 실제로 한 명을 찾아냈죠."

민서의 귀가 번쩍 뜨였다.

"정말입니까?"

"북한을 탈출한 의사, 그것도 김일성 전용 병원 봉화진료소의 전문의를 찾아냈어요. 매우 힘들게요."

일레인은 스스로도 대견스러운지 뒤를 달았다.

"어디 있지요?"

"여기 베이징에요."

"오호!"

"기대가 되시나 봐요?"

"물론이지요."

일레인은 민서를 데리고 한참 꼬불꼬불한 길을 운전하더니 한 일반 주택 앞에 멈추었다.

"이분은 김종명 씨, 이분은 김민서 씨예요. 두 분의 신분은 제가 각각 알려드렸으니까 마음 편하게 얘기 나누세요."

김종명은 중국어를 하는 외에 영어에도 그리 서투르진 않았다. 그는 민서의 눈치를 보며 매우 조심스럽게 말문을 열었다. 그는 정보를 제공하는 조건으로 미국으로의 망명을 제안 받았던 것이다.

"수령님은 1994년 7월 8일 새벽 두 시경에 돌아가셨고 돌아가신 장소는 묘향산에 있는 별장 묘향특각입네다."

민서가 묻지 않았음에도 그는 의사답게 기초적인 사실부터 진술하기 시작했다.

"평소에도 그는 거기에 자주 갑니까?"

"네, 수령님은 그 별장을 아주 좋아하셔서 정사를 모두 지도자 동지에게 맡기고 자주 거기에서 머무르곤 하셨습네다."

"당시 김일성은 국가 경영에서 손을 떼고 있었습니까?"

"그렇습네다. 모두 지도자 동지께 맡기고 있었습네다."

"군사 문제까지요?"

"네, 지도자 동지의 공식 직함이 국방위원장 아닙네까?"

"그렇군요. 그날 저녁 상황을 좀 자세히 들어볼 수 있을까요?"

"수령님은 간단한 저녁 식사 후에 방으로 드신 뒤 두문불출하셨는데, 보름 앞으로 다가온 남북정상회담에 대해 구상하고 계셨을 겁네다. 남측의 대통령 김영삼에 대한 자료를 보고 계셨습네다."

"그랬군요."

"수령님은 늦게까지 자신의 책상 앞에 앉아 있었는데 당번이 몇 번 음료수를 넣어드린 외에는 누구의 방해도 받지 않고 계셨습네다. 늦도록 일을 하고 계시다 당번이 다시 문을 열었을 때 수령님은 손으로 가슴인지 복부인지를 누른 채 숨을 몰아쉬고 있었다는 겁네다."

"음."

"당번은 급히 의사를 불렀는데 이상하게도 그날만은 우리 봉화진료소 의사들에게 출장 지시가 없었습네다."

"왜 그랬을까요? 김일성의 옆에는 항상 의사가 대기하도록 되어 있었을 텐데?"

"물론입네다. 그것은 지도자 동지의 엄명이라 누구도 어길 수 없고 어겨진 적도 없었습네다. 지도자 동지는 툭하면 '수령님의 건강을 지키는 것이야말로 혁명 과업을 완수하는 것이다'라고 하면서 수령님 옆에 여덟 명의 의사들을 항상 대기시키도록 했습네다."

"그런데 정작 의사가 필요한 순간에는 아무도 옆에 없었다는 거군요?"

민서는 말을 하면서 동서양의 수많은 역사를 떠올렸다. 평소에는 넘쳐나던 경호원이나 의사나 측근들이 막상 일을 당하는 순간에는 항상 없는 게 권력자의 죽음이었다. 그리고 그 죽음은 대개 무언가에 의해 가려지곤 했다. 김일성의 죽음 역시 그런 등식에 딱 들어맞고 있었다.

"그렇습네다."

"왜 그랬을까요? 왜 평소와 달리 의사들이 자리를 지키지 않았는가에 대해 조사된 것은 없었나요?"

"의사의 배치를 포함한 수령님의 수행 팀 구성을 결정하는 사람은 지도자 동지입네다. 효심이 대단한 지도자 동지는 아버지의 안전이나 건강에 대한 것은 직접 챙기는 걸로 유명합네다."

말의 내용과는 달리 김종명의 목소리는 비틀려져 나왔다.

"어쨌거나 일이 나자 의사가 없어 대단한 혼란을 겪었겠군요?"

민서의 말에 김종명은 고개를 가로저었다. 그의 얼굴에 묘한 비웃음이 떠올랐다.

"수령님의 서거에서 가장 이해가 안 되는 부분이 바로 그 점입네다."

민서는 뭔가 비상식적인 일이 일어났을 것 같은 예감에 사로잡혔다. 비록 건강했다고는 하지만 노령인 김일성의 경우 죽음의 비밀은 의사와 관련되어 있을 수밖에 없었다. 지금 김종명은 의사들의 부재뿐만 아니라 그 부재에 대한 책임이나 처벌 역시 문제가 있다고 말하려는 것 같았다. 곁에서 듣고 있던 일레인이 끼어들었다.

"남한에 있는 우리 정보국의 감청 요원들은 그날 묘향산 김일성 별장에서 평양으로 날아간 무선을 잡았어요. 그 지역은 비행 감시 구역이기 때문에 우리는 평소 그 지역을 감청하고 있었거든요. 그날 밤 묘향산 별장에서는 '의사가 도착하지 않았다!'라는 무전이 빗발쳤다고 보고됐어요."

"의사가 없어 평양에 무전을 쳐댔다는 얘기군요?"

"네. 하지만 무전은 한 시간이나 넘게 계속됐어요. 마지막에는 욕설이 터져 나왔다고 하더군요."

"어째서 의사가 도착하지 않았을까요?"

민서는 김종명을 응시했다.

"그날 우리는 긴급 무전을 받고 직승기를 타고 별장으로 날아갔습네다. 하지만 갑자기 조종사가 일기가 나빠 착륙을 못한다고 하면서 기수를 도로 평양으로 돌렸시요."

"네? 그게 말이나 됩니까?"

"우리 의사들이 강력히 항의하며 수령님이 돌아가시면 너희들때문이라고 외치자 조종사는 명령이라고, 이미 직승기 한 대가착륙하다 추락했다고 하면서 기수를 돌려버렸습네다."

"별장에는 별도의 착륙 시설이 없습니까?"

"당연히 있습네다. 뿐만 아니라 직승기들은 일기가 아무리 나빠도 미리 입력해둔 좌표에 의해 계기로 착륙하기 때문에 착륙도중 추락했다거나 일기가 나빠 되돌아간다는 말이나 모두 믿기가 어렵습네다."

민서는 손으로 턱을 고였다. 역시 이해가 가지 않는 얘기였다. 보통의 나라에서도 국가 원수가 그런 지경에 빠졌다면 출동한 헬리콥터가 되돌아온다는 건 상상하기 어려운 일이었다. 더군다나 북한은 김일성의 생명 유지에 전력을 다할 수밖에 없는 나라였다.

신의 죽음

"뭔가가 있어도 단단히 있다는 얘기군요?"

김종명은 마치 조롱이라도 하듯 손을 들었다 놓았다.

"더 웃기는 건 직승기가 기수를 돌린 후 평양에서 떠난 차량들 역시 묘향산 기슭에서 되돌아왔다는 겁네다."

"음."

민서의 입에서 신음이 새어 나왔다.

"역시 말도 안 되는 이유로 말입네다."

"무슨 이유였지요?"

"묘향산에 산사태가 났다는 겁네다. 그 지점에서 차를 내려도 한 시간이면 올라갈 수 있는 거리지요. 게다가 그 지점에는 대대 규모 이상의 병력이 주둔하고 있습네다. 모두 일당백의 용사들 이지요. 비교적 거리를 두고 김일성의 경호를 담당하는 병력인데 그들에게 약이나 의사를 운반하라고 했다면 질풍같이 내달아 경 애하는 수령님을 구할 수 있었을 텐데 말입네다."

김종명의 야유가 아니라 하더라도 이해할 수 없는 일이었다.

"이상하군요. 모두 그냥 돌아오면 엄중한 처벌을 당할 줄 알면 서도 그냥 돌아오다니요? 특히 조종사나 운전병들은 군인이라 그 처벌이 거의 총살에 가까운 중형이었을 텐데요."

"물론입네다. 수령님의 건강을 책임진 일꾼들이 수령님을 버려 두고 돌아오다니요? 당장 모두 총살감입네다."

"결국 그들은 모두 총살을 당했나요?"

"아닙네다."

"그러면 형무소에 갔나요?"

"아닙네다."

"그러면요?"

"그 일로 처벌을 받은 사람은 아무도 없습네다."

"그게 정말입니까?"

"그렇습네다."

"왜요? 왜 처벌을 안 받았지요?"

"그 이유는 저도 모릅네다."

"이유와 상관없이 김일성이 죽고 나서 그들 중 아무도 처벌을 당하지 않았다는 사실이 문제군요. 김정일의 성격상 어떤 처벌이라도 해야 하는 건데."

"물론입네다. 다들 죽어야 할 운명입네다."

"그런데 어떤 처벌도 없었단 말이죠?"

"그렇습네다."

민서는 미국에서 본 사진을 떠올렸다. 흥분한 인민들이 봉화 진료소를 몽땅 때려 부수는 사진.

"인민들이 병원을 때려 부술 만큼 분노한 일인데 김정일은 아무도 처벌하지 않았다? 음……."

민서가 혼잣말을 흘리곤 김종명에게 물었다.

"당신은 김정일이 김일성을 죽였다고 생각하는군요. 그렇지요?"

김종명은 아무 말도 하지 않았다.

　　　　　　　　　　　　　　　신의 죽음

김정일의 특수요원

민서는 일레인과 같이 클라크가 있는 곳으로 이동하면서 지금 까지의 상황을 정리해보았다.

모든 증언이나 정황은 김정일이 김일성의 죽음에 관련되었다는, 적어도 방치했다는 사실을 짐작케 하기에 충분했다. 하지만 문제는 김정일이 왜 김일성을 죽여야 했는지 그 이유가 분명치 않다는 점이었다. 가장 손쉬운 해석은 권력투쟁의 과정에서 김정일이 아버지를 제거했다는 것이었다. 하지만 당시 김정일은 이미 더 이상 쟁취할 권력이 없을 정도로 확실한 후계 체제를 구축하고 있었다. 아버지 김일성과 목숨을 건 투쟁을 벌여야 할 이유가 전혀 없었던 것이다.

다른 해석의 가능성은 외교 문제와 연결되어 있었다. 당시 김일성은 남북정상회담 및 미국과의 관계 개선을 희망하고 있었다. 이 점은 카터의 증언에서도 충분히 드러난 사실이었다. 그런데 이런 김일성의 결정에 대해 김정일이 반기를 들었을 가능성이 있었다. 하지만 이 역시 개연성이 매우 낮은 해석에 지나지 않았다. 특히 남북의 정상회담에 관해서는 훗날 김정일 역시 김대중 대통령과 회담을 추진했고 실제로 성공시키기도 했던 것이다. 아버지의 목숨을 빼앗으면서까지 남북정상회담을 막아야 할 어떤 사정이 김정일에게 있었을 수 있지만 그게 무언지 짐작하기는 불가능했다.

또 하나의 강력한 변수는 중국이었다. 천안문 사태를 유혈 진압한 지옌 일파가 덩샤오핑에게 요구한 선물이 바로 김일성이 가진 현무첩이었다는 사실, 그리고 김일성이 덩샤오핑의 요구를 거절했다는 사실에서 이를 둘러싼 지옌 일파와 김일성의 암투는 쉽게 상상해볼 수 있는 것이었다. 이 과정에서 김정일이 현무첩의 진정한 가치를 알지 못한 채 지옌 일파의 꼬임에 넘어가 김일성을 살해하고 현무첩을 그들에게 넘겼을 가능성도 상정해볼 수는 있었다. 하지만 이 역시 몇 가지 전제 조건이 충족되어야만 그럴듯한 가설이 될 수 있었다. 먼저, 김정일이 현무첩의 존재나 그 가치를 잘 알지 못했어야 한다. 하지만 모든 것을 이미 아들 김정일에게 승계한 김일성이 현무첩에 대해 그에게 일언반구 언급도 하지 않았을 것이라고는 쉽게 상상이 되지 않았다. 게다가 김정일의 입장에서는 아버지를 살해하고 현무첩을 넘겨주는 대가를 지옌 일파에게서 받아내야 했다. 나중에 대규모 식량 원조를 받았다고는 하지만 과연 이것이 아버지를 살해하고 자신의 목숨까지 내건 싸움을 벌일만큼 큰 선물이었던가에 대해서는 확신할 수가 없었다. 지옌 일파가 현무첩을 손에 넣기 위해 북한 정권의 붕괴로 이어질 수도 있는 김일성 살해 작전을 감행했다는 것

신의 죽음

도 쉽게 상상이 가지는 않는 시나리오였다. 이런 작전에 김정일이 동의할 만한 이유 역시 쉽게 상상할 수 없었다. 어느 쪽으로 상상력을 발휘해도 결국은 막히는 지점이 나타났다.

그러나 점점 분명해지는 사실도 몇 가지 있었다. 김정일이 김일성의 사망에 직간접적으로 책임이 있다는 사실, 그리고 현무첩이 이 사건의 핵심 단서 가운데 하나라는 사실이 그것이었다. 운전을 하던 일레인 역시 비슷한 생각을 하고 있었던 모양이었다.

"현무첩의 비밀이 뭔지 모르는 상태에서 김일성의 죽음을 규정하는 건 어딘지 미흡하게 느껴져요."

민서는 조용히 고개를 끄덕였다. 일레인이 다시 입을 열었다.

"그런데 현무첩, 그걸 볼 수 있는 기회가 올까요?"

"일단 지옌의 손에 들어갔다면 그건 불가능할 것 같군요. 다시 흘러나올 물건은 절대 아니니까요."

"지옌의 손에 들어갔다는 건 확실한 정보인가요?"

"확실하지는 않아요. 하지만 아마 맞을 거라고 생각돼요. 레이치우의 사회과학원 동료였던 어떤 교수가 전해준 얘기니까."

"그럼 이제 현무첩의 비밀을 밝힐 방법이 없다는 말인가요?"

"지금으로서는 그런 상황이네요. 현무첩의 존재를 아는 사람들도 하나같이 어렴풋하게 짐작만 할 뿐, 그 내용과 가치를 정확히 알고 있는 사람이 없어요."

말을 마치고 한참 눈을 감고 무언가를 생각하던 민서는 갑자기 강렬한 빛을 내쏘며 눈을 떴다. 어제 밤새 꺼냈다가 흩뜨리곤 했던 생각의 조각들이 얼추 얼개가 맞추어지는 것도 같았다.

"음, 어쩌면 방법이 있을 수 있겠군요. 기상천외한 방법이……."

"뭔데요?"

"발굴과 관련이 있다는 이야긴데……. 아니, 아직은 생각이 정리되지 않았어요. 좀 더 생각이 정리되면 이야기할게요."

일레인은 액셀을 힘주어 밟아 베이징 교외에 있는 어느 주택에 도착했다. 대문 앞에서 잠시 기다리는 동안 일레인은 지금 만날 사람에 대해 귀띔을 해주었다.

"중국 사정에 정통한 우리 직원이에요. 지옌과 레이치우가 미국에 나타났을 때부터 여기 중국에서 그 흔적을 쫓던 사람인데, 이 사람이 최근 매우 민감한 정보를 수집했대요."

"뭔데요?"

"직접 들어보세요."

일레인을 따라 들어가자 클라크가 반가운 얼굴로 민서를 맞았다.

"교수님, 여기서 뵙게 되는군요."

인사를 마치고 나서 클라크가 함께 있던 한 중년 사내를 소개했다.

"중국의 우리 요원입니다."

그는 민서에게 반갑게 악수를 청했다.

"스탠리입니다. 한국에서도 근무한 적이 있죠. 친구들도 사귀

신의 죽음

었고요."

클라크가 이미 민서에 대해 어느 정도 설명한 모양인지 스탠리는 바로 본론으로 들어갔다.

"지엔 일행이 김일성이 죽던 날 오후에 단둥에 나타났었다는 첩보는 들으신 적이 있을 겁니다. 제가 수집해서 보고한 첩보였죠. 그런데 저는 이 첩보에 단순히 지엔 일행의 동정 이상의 어떤 고급 정보가 감추어져 있을 것이라는 생각이 들었어요. 그래서 지금까지 나름대로 추가 정보들을 모아봤습니다. 그러다가 최근에 한 가지 특별한 정보를 입수하게 된 겁니다."

민서는 스탠리의 입가에 시선을 집중했다. 상당한 고급 정보일 것 같았다.

"김일성이 죽던 날, 김정일이 보낸 특수요원들이 그 뒷정리를 했어요. 그런데 그 특수요원들 가운데 한 사람이 단둥으로 와서 레이치우를 만났고, 레이치우는 그를 만나고 난 뒤에 곧장 베이징으로 돌아왔어요. 물론 지엔 장군과 함께."

"그 특수요원과 레이치우가 만난 이유도 알아냈나요?"

"제 소식통에 따르면 거기서 레이치우가 특수요원으로부터 무언가를 건네받았다고 하더군요."

"북한의 특수요원으로부터 말입니까?"

"네, 김정일이 보낸 특수요원으로부터 말입니다."

'현무첩!'

민서는 틀림없이 그게 현무첩이었을 것이라고 생각했다. 지엔과 레이치우, 그리고 캉바오가 김일성의 사망에 맞추어 단둥까지 가서 직접 받아 챙길 물건으로 현무첩 이외의 다른 것이 있으리라고는 생각되지 않았다. 민서가 현무첩에 대한 생각에 빠져 있는 사이 스탠리는 다음 이야기를 이어갔다.

"또 하나 중요한 사실이 있는데, 시간과 관련된 얘기입니다. 김일성은 1994년 7월 8일 새벽 두 시에 사망했습니다."

그건 민서나 일레인도 잘 알고 있는 일이었다. 스탠리는 설명을 이어갔다.

"그리고 레이치우와 김정일이 보낸 특수요원이 접선을 한 것은 같은 날 오후였습니다. 현장을 수습한 김정일의 특수요원이 묘향산을 출발해 단둥에까지 오는 데 걸릴 시간과 대체로 일치합니다. 그런데 문제는 지옌을 비롯한 세 사람의 행적입니다. 이 사람들이 그 시각에 단둥에 도착해서 북한의 특수요원을 기다리고 있으려면 헬기를 이용하지 않는 이상 전날 저녁에는 기차를 탔어야 한다는 계산입니다. 김일성이 사망한 새벽 두 시 이후에 북한의 누군가로부터 급하게 연락을 받고 세 사람이 단둥까지 달려와 특수요원을 기다리고 있기에는 무언가 시간 계산이 맞지 않는 겁니다. 게다가 차 안에 앉아 있는 이들 세 사람을 그날 오전에 단둥에서 본 사람이 있다는 첩보도 있습니다."

"그게 무슨 뜻이죠? 지옌 일행이 김일성의 사망 시간을 미리 알고 베이징을 출발해서 단둥에 먼저 와 있었다는 얘기인가요?"

"그렇게 해석할 수밖에 없습니다. 김일성 사망 후에 소식을 들었다면 도저히 그 시간에 단둥에 도착해서 북한의 특수요원을 만날 수는 없었습니다."

스탠리는 묵직한 목소리를 입 밖으로 밀어냈다. 그는 비록 단정 짓지는 않았지만 김정일의 배후에 중국이 있다고 얘기하고 있는 것이었다.

스탠리와 헤어진 뒤에 민서는 다시 시립도서관으로 향했다. 그 사이 그의 머릿속에는 다시 현무첩이 한가득 들어차 있었다. 지엔 일행이 그토록 원하던 보물, 김일성이 목숨을 걸고 마지막까지 지키고자 했던 그 보물의 정체를 밝히지 않고는 일레인의 말대로 어떤 가설도 엉성한 추측에 지나지 않을 터였다. 도서관으로 향하는 차 안에서 민서는 현무첩에 적혀 있었다는 열 개의 글자를 곱씹고 또 곱씹었다. 그러다가 퍼뜩 한 생각을 떠올렸다.

"음, 형은 그래서 『북경지지』를 훑었던 것일까?"

"네? 뭐라고요?"

운전을 하고 있던 일레인이 갑작스런 민서의 혼잣말에 놀라 그렇게 물었다.

"아니, 날 시립도서관에 좀 내려줘요."

도서관에서 민서는 『북경지지』를 뒤지며 열심히 4세기 무렵 베이징의 관리 중에 '진'이라는 이름을 가진 자가 있는지 찾아보았다. 그러나 몇 번을 샅샅이 뒤져도 진이라는 이름은 보이지 않았다.

"하하! 뭘 그렇게 열심히 찾고 계세요?"

예의 그 사람 좋은 직원이었다. 어느새 나타나서는 민서를 보고 아는 체를 해왔다.

민서는 혹시 도움이 될지 몰라 넌지시 물어보았다.

"혹시 4, 5세기 무렵 베이징의 관리 중에 진이라는 이름을 가진 사람에 대해 들어보신 적 있나요?"

"진이라고요? 그때 그 한국인 교수도 같은 걸 찾았었는데, 참 신기하네요."

"그랬나요? 그래서 그분은 찾아냈나요?"

"아닙니다. 며칠간 몇 번씩이나 반복해서 뒤지셨지만 진이라는 이름의 베이징 관리는 찾아내지 못했습니다."

민서는 역시 형도 자신과 같은 생각을 했던 것임을 확인할 수 있었다.

"저는 그분이 워낙 열심히 찾으시길래 국립도서관과 사회과학원에 전화를 해서 혹 그 시기 베이징 관리 중에 진이라는 이름을 가진 사람이 있는지 문의해봤어요. 뭔가 도움이 좀 되어드리려고요."

"뭐요? 사회과학원에 전화를 걸었다고요?"

"네, 가끔 서로 보완적인 자료를 갖고 있는 일이 있기 때문에 우리 세 개 도서관의 사서들은 협조를 한답니다."

"그래서요?"

"사회과학원 사서는 그런 경우 『북경지지』 외에 어떤 책을 보면 좋을지 교수님들한테 물어보는데, 한 교수가 도움을 줄 수 있을 것 같다고 한국인 교수님의 이름을 물어와 제가 가르쳐드렸어요. 그 교수님은 『북경지지』 말고도 몇몇 책들을 알려주었는데 결과적으론 진이라는 이름의 베이징 관리는 찾지 못했지요."

"혹시 그 교수님 이름은 알고 계시나요?"

"알지요, 워낙 유명하신 분이니. 바로 레이치우 교수님입니다."

민서는 하마터면 소리를 지를 뻔했다. 이 친절한 사서는 사촌형에게 죽음을 선물한 것이었다. 사서는 민서의 속도 모르고 신이 난 듯 얘기를 계속했다.

"그 책들에도 진이라는 이름의 베이징 관리는 없었는데, 이상한 일이 일어났어요."

"뭐죠?"

"책장을 덮으며 그분이 갑자기 기뻐하는 거예요. 그런 고생을 하고도 찾으려던 진이라는 이름의 관리를 찾지 못했으면 허탈해해야 할 텐데, 오히려 시험 문제를 다 푼 학생처럼 기뻐하더란 말입니다."

"당연히 그건 못 찾아야 기뻐할 일이었어요. 그나저나 당신의 친절은……."

민서는 도서관 직원의 순진한 얼굴을 보면서 차마 뒷말을 잇지 못하고 도서관을 나섰다.

교집합

도서관에서 호텔로 돌아온 민서는 깊은 생각에 잠겼다. 그의 머릿속은 온통 현무첩에 적힌 열 개의 글자들로 넘쳐났다. 이제 대부분의 글자들이 의미하는 바가 무엇인지는 거의 명확해졌다. 하지만 지옌과 레이치우가 그 현무첩에 집착하는 구체적 이유가 무엇인지는 여전히 알 수 없었다.

생각을 거듭할수록 민서의 뇌리에는 김일성이 자꾸 떠올랐다. 거액을 주고 현무첩을 사들인 그는 카터에게 뜻밖의 얘기를 했다고 한다. 미군 2사단을 북한에 주둔시키면 어떻겠느냐고.

아마도 김일성은 어떤 거대한 음모를 간파하고 있었던 것은 아닐까? 남북정상회담 추진과 미국과의 관계 개선은 그 음모를 혼자만의 힘으로는 막아낼 수 없다는 절박함 때문이 아니었을까.

하지만 김정일은 달랐을 것이다. 아버지가 미군을 북한에 주둔시킬 생각까지 하고 있다는 것을 알게 된 순간, 아버지의 정신 상태까지 의심했을 것이다. 거기까지 생각이 이어지자 민서의 입에서 짧은 신음이 토해졌다.

"음!"

신의 죽음

김일성이 죽는 순간까지 직접 간수했다는 현무첩, 지엔과 레이치우가 그토록 집착하던 현무첩의 의미는 과연 무엇일까? 김일성은 현무첩의 어떤 힘으로 중국의 음모를 막아내려 했던 것일까?

생각을 거듭하던 민서는 새벽녘에 일레인에게 전화를 걸었다.

"일레인, 아침에 호텔로 좀 와줄래요."

영문을 모르는 일레인이 급히 호텔로 찾아오자 민서는 정색하고 말했다.

"현무첩이 무언지 알 수 있는 방법을 생각해냈어요."

"그래요? 어떻게요?"

"레이치우의 심리를 이용해보는 거예요. 아무튼 그러려면 일레인의 도움이 필요해요."

"말씀해보세요."

민서는 일레인에게 자신이 생각해둔 바를 설명하기 시작했다.

이날 오후, 중국 사회과학원의 레이치우 박사는 자신을 찾아온 한 젊은 여인을 마주하고 앉았다. 그녀가 건넨 명함에는 신훙화라는 이름과 탐정이라는 직업, 그리고 연락처가 적혀 있었다. 자리에 앉아 인사를 건네자마자 여인은 단도직입적으로 물었다.

"왕젠춴 박사를 아시죠?"

일레인의 물음에 레이치우는 약간 찜찜한 기분을 삼키면서 짧게 대답했다.

"그렇소."

"얼마 전 누군가의 부탁으로 같이 왕 박사를 찾아간 적이 있었어요."

레이치우는 상당히 놀라는 표정이었다.

"제지하는 사람은 없었소?"

"호호호. 그 사람들 문책하고 그러진 마세요. 우리가 오랜 제자라고 통사정을 했으니까. 아무리 그래도 제자도 못 만나게 하더라는 소문이 나면 사람들이 손가락질하지 않겠어요? 왕 박사님을 거기에 가둔 사람 말이에요."

일레인은 정곡을 찌르고 들었고 레이치우는 떨떠름한 표정을 감추지 못했다.

"그자는 누구였소? 정말 제자였소?"

"아니, 외국인이었어요."

"외국인이라고? 혹시 한국인?"

"아니, 일본인이었어요."

레이치우는 약간 안심된다는 표정을 지었다.

"그들은 무슨 대화를 나누었소?"

"많은 대화를 나누었어요. 하지만 그들이 아주 조심스럽게 얘기를 나눈 부분이 따로 있었는데, 퍽이나 흥미로운 얘기더군요. 똑똑히 기억하고 있죠. 직업상 어쩔 수 없이 귀가 그런 쪽으로 향하니까요."

"그게 뭐였소?"

레이치우는 참을성 없이 물었다.

"그 둘은 한동안 광개토대왕비의 안 보이는 글자가 '동' 자니 어쩌니 하면서 열을 올렸어요. 그러고 나서 왕 박사는 잠시 울먹이더니 겨우 눈물을 닦아내고는 다시 북한의 평안도 어딘가의 발굴이 어떻고 고구려 관리 진이 어떻고 하면서 심각해하는 거였어요."

"평안도? 그 늙은이가 덕흥리 얘기를 했다고? 그 외국인에게?"

"네, 틀림없어요. 평안도 덕흥리가 어떻다느니 고구려 관리 진이 어떻다느니 하면서 꽤 시끄러웠죠."

"그건 그렇고, 당신은 내게 왜 왔소?"

"그 왕 박사가 내뱉는 말의 반이 레이치우라는 이름이었어요. 사회과학원에 레이치우라는 분은 박사님밖에 없더군요. 물론 애국심 하나로 왔지만, 혹시 저의 신고로 무슨 이익이 있다면 연락해주세요. 주운 돈은 반으로 나누는 법이니까요."

레이치우는 왕젠췬을 그냥 두지 않으리라 다짐하면서 이 애국적인 여성 탐정을 정중하게 배웅했다.

"덕, 흥, 리!"

"그게 뭐죠?"

"덕흥리 고분! 평안도의 그 덕흥리 고분이야!"

민서는 흥분에 휩싸여 앞에 일레인이 있다는 것조차 잊은 듯했다.

"성공하신 건가요?"

"그래. 그거였어. 덕흥리 고분 발굴!"

김일성이 했다는 말, 현무첩 덕분에 평안도를 지켰다는 말의 의미가 이제야 이해되고 있었다.

"전 아직도 이해를 잘 못하겠어요. 덕흥리라는 지명이 그렇게 중요한 정보라면 레이치우는 왜 제게 그렇게 쉽게 정보를 준 거죠? 별다른 경계심도 없이 말이에요."

"고구려 관리 진에다 평안도 발굴까지 다 아는 듯이 얘기하니까 덕흥리가 무의식중에 튀어나온 거예요. 평안도와 덕흥리는 동어 반복 같은 거니까."

"그렇게 머리를 썼다는 얘기군요. 상대의 무의식을 유도한다……. 역시 참 대단하시네요."

"어쨌든 현무첩은 한쪽으로는 고구려 관리 진에, 또 한쪽으로는 덕흥리에 닿아 있었고, 내 형은 평안도라는 말에서 힌트를 얻었던 거죠."

민서는 일레인과 대화를 하다 말고 갑자기 한국으로 전화를 걸었다.

"누구와 통화하시게요?"

일레인이 물었다.

"확인해둘 게 있어요."

민서가 찾은 인물은 한국의 연세대학교 이영명 교수로, 고구

려 역사를 전공한 역사학자이자 사촌형과는 대학 동창인 사람
이었다.

"이 교수님, 김민서입니다. 지금 중국에서 전화 드리는데 급히
덕흥리 고분에 대해 알고 싶은 게 좀 있습니다. 그 고분에 무슨
특별한 점이라도 있었습니까?"

"덕흥리 고분? 글쎄, 특별한 점이라면 무얼 얘기해야 할까요?"

이 교수는 잠시 생각하다 무언가 떠올랐다는 듯 목소리가 밝
아졌다.

"혹시 무덤의 주인과 관련된 북한과 중국의 논쟁을 얘기하는
겁니까?"

민서는 전율을 느꼈다.

"네, 아마 그럴 듯싶습니다만."

"덕흥리 고분은 유주자사의 무덤입니다."

"유주자사? 무덤 주인의 이름도 나왔나요?"

"네, 있습니다. 이름은 진입니다."

"진?"

민서의 가슴에 말할 수 없는 감동이 밀려왔다. 그토록 찾아
헤매던 고구려 관리 진의 이름이 거기 있었던 것이다. 진리는 늘
가까운 곳에 있다고 했던가.

"확실히 진입니까?"

"네, 진입니다. 정확하게는 모모씨 진입니다만 성씨는 보이지
않아 북한 학자들은 그냥 진이라고 한답니다."

민서는 들뜬 기분을 억지로 참아내며 다시 진지하게 물었다.

"한 가지 확인하고 싶은 게 있습니다. 고구려 때 신하가 왕에게 보고할 때 자신의 이름을 쓰기도 했습니까? 성이 없는 이름만 말입니다."

이 교수는 바로 대답했다.

"그런 경우가 많습니다. 가령 신 을지문덕이라고 하기도 하지만 많은 경우 신 문덕이라고 합니다."

"그렇군요."

모든 것이 정확하게 들어맞고 있었다.

"그러면 '신 진은'이라고 시작했다면 그 진은 이름이겠군요? 한 신하의 이름?"

민서는 거듭 같은 얘기를 물었고 이 교수는 민서의 달뜬 목소리가 가진 의미를 알 수 없는지라 잠자코 듣기만 하고 있었다.

"아까 유주자사 진이라고 하셨지요? 덕흥리 고분의 주인 말입니다."

"네."

"그 유주자사는 중국의 벼슬 이름 같은데요."

"그렇습니다."

"음."

민서는 잠깐 진이라는 사람의 신분을 생각했다. 현무첩에서 잔상이란 말을 쓴 걸로 보아 그는 틀림없는 고구려 사람이었다. 그런데 그가 유주자사라면 두 사람은 일치하는 인물이 아니라

신의 죽음

는 말처럼 들렸다.

"그런데 혹시 유주가 어떤 지역인지 아십니까?"

"물론입니다. 유주는 지금의 베이징 일대를 가리키는 지명입니다."

"베이징?"

그렇다면 현무첩에 등장하는 진과 덕흥리 고분의 주인인 유주자사 진은 동명이인이 아닐까? 민서는 손아귀에 만져지던 비밀이 다시 스르르 빠져나가는 기분을 느꼈다.

"그럼 유주자사는 베이징의 벼슬아치, 즉 중국인이군요?"

"일반적으로는 그렇지요. 그런데 덕흥리 고분의 주인 유주자사 진과 관련해서는 이상한 점이 있습니다."

"그게 뭡니까?"

민서가 반사적으로 물었다.

"그 문제를 이해하려면 우선 그 유주자사 진이라는 인물이 지내온 벼슬을 다 알아둘 필요가 있습니다."

민서는 이 교수가 자신의 상황을 모르고 느릿느릿 반응하는 것 같아 답답했지만 꾹 눌러 참았다. 인문학은 빙빙 돌아가는 것이 직선으로 가는 것보다 빠른 법이라는 사실을 억지로 상기시키며 차분하게 물었다.

"그는 어떤 벼슬들을 했습니까?"

"그의 무덤은 빙 돌아가며 석벽으로 장식되어 있는데 거기에는 그림과 글이 새겨져 있습니다. 그림은 그가 유주자사로서 주변 지역의 관리들로부터 예를 받는 장면을 담았고, 글은 그가 죽은 후 그 자손의 복을 비는 내용과 그가 생전에 지내온 벼슬 이름들을 나열하는 내용으로 구성되어 있습니다."

이 교수는 역시 생각했던 것 이상으로 덕흥리 고분에 정통해 있었다.

"건위장군, 국소대형, 요동태수, 동이교위, 유주자사의 순서로 벼슬을 한 걸로 기록되어 있는데 문제는 국소대형입니다."

국소대형이라는 소리에 민서의 귀가 꿈틀했다. 어디선가 들어본 관직이었다. 민서는 소형, 대형 같은 벼슬 이름을 생각해냈다. 그건 고구려의 관직명이었다.

"국소대형! 그건 어쩐지 고구려의 벼슬 이름 같군요."

"바로 그렇습니다. 국소대형은 오로지 고구려에서만 쓰던 관직명입니다."

"아!"

민서의 머릿속에서 전광석화처럼 모든 정황들이 맞추어지는 것 같았다.

"북한과 중국 간에 문제가 되었겠군요? 그 유주자사 진이 어느 쪽 사람인지?"

"그랬습니다."

"그런데 그 당시 왕은 누구입니까? 광개토대왕입니까?"

"네. 유주자사 진의 무덤에는 분명히 영락(永樂)이라는 대왕의 연호가 새겨져 있습니다. 영락 18년이던가 하는 해에 무덤을 만들었다는 내용이죠."

"그렇다면 그 사람이 고구려인이라는 것은 명약관화한 일이군요. 그가 어떤 벼슬을 했든 간에 죽을 때는 고향에 묻히게 되어 있으니까 말입니다. 광개토대왕 18년 때라면 고구려가 가장 강성하던 시기인데 평안도 덕흥리가 중국의 영토일 리도 없고요."

그러나 이 교수의 대답은 그리 밝지만은 않았다.

"무덤이 평안도 덕흥리에 있다는 사실이나, 그 무덤이 주변의 안악 고분이라든지와 형식이 같은 전형적인 고구려 고분이라는 사실로 보아 유주자사 진은 고구려인이 분명합니다. 게다가 그 고분의 벽에는 영락 18년이라는 광개토대왕의 연호가 분명히 새겨져 있습니다. 유주자사 진이 묻힌 때죠."

"그런데요?"

"문제는 유주가 지금의 베이징이라는 점과 유주자사라는 벼슬이 중국의 벼슬 이름이라는 데 있습니다. 유주자사 진이 고구려 사람이라면 중국인들 입장에서는 고구려가 광개토대왕 당시 중국의 베이징 지역을 지배하고 다스렸다는 사실을 받아들여야만 합니다. 중국인들로서는 죽기보다 싫은 일이지요."

"아무리 받아들이기 싫어도 역사적 사실인 걸 어떻게 하겠습니까? 비틀어버리기에는 너무도 뚜렷한 증거 같은데. 어떤 벼슬을 했건 사람이란 고향에 묻히는 법 아닙니까? 전사나 변사의 경우 타지에 묻히는 수도 있겠지만 그렇게 화려한 무덤이 만들어지고 적국의 연호가 쓰이지는 않았겠지요."

"그래서 그들은 유주자사 진을 망명객으로 만들어버린 겁니다."

"망명객이라고요?"

"네, 본래 진은 중국인이고, 유주자사라는 큰 벼슬을 했지만 고구려로 망명을 했다는 거지요."

"그런 기록이 있나요?"

"없습니다."

"어불성설이군요. 그러면 국소대형이라는 고구려 벼슬은 어떻게 설명하지요?"

"그건 망명 후에 고구려로부터 받은 벼슬이라는 거지요."

"흐음."

민서는 잠시 생각하다 물었다.

"아까 그가 평생 지낸 벼슬 이름이 석벽에 적혀 있었다고 하지 않았나요?"

"네."

"거기에 국소대형이 맨 마지막에 있습니까?"

"아니, 건위장군 다음에 두 번째로 적혀 있어요."

"그 국소대형이라는 고구려 벼슬은 맨 마지막에 있어야 하지 않을까요? 그가 중국인으로서 고구려에 망명을 했다면 말입니다."

"당연합니다. 유주자사 진이 중국인이라는 건 명백한 억지죠."

민서는 대화 중에 현무첩의 문구를 떠올렸다.

"그렇군요. 현무첩의 문구는 덕흥리 고분에 대해 그나마 중국인들이 쓸 수 있는 억지를 근본적으로 망가뜨려버리는군요. 그래서 그들이 그렇게나 혈안이 되어 현무첩을 찾아 없애려 했군요. 광개토대왕비의 글자 '동'을 숨기는 자들이니 현무첩의 '진'을 숨기는 것쯤은 너무도 쉬운 일이었겠죠."

"현무첩이라고요? 그게 뭡니까?"

"진이라는 신하가 광개토대왕에게 뭔가를 보고하는 첩지입니다. 그 진은 바로 유주자사 진이고요. 거기엔 백제 상인을 시켜 고구려 말을 가르친다는 얘기가 있어요. 중국인들에게."

민서는 이 교수에게 현무첩의 내용을 설명해주었다.

"아! 그런 게 있었군요!"

이 교수는 탄성을 질렀다.

"현무첩은 덕흥리 고분에 대한 그들의 억지를 일거에 꺾어버리는 역사의 증거물이네요. 그런데 그 현무첩은 어디에 있습니까?"

"김일성이 가지고 있다가 사후 중국인들의 수중에 넘어갔습니다. 영원히 나올 리가 없지요. 어쩌면 이미 없애버렸을 수도 있고요."

"저런……."

이 교수의 안타까운 탄식을 끝으로 더 이상 대화는 이어지지 않았다. 모든 것을 확인한 다음이건만 민서의 마음도 어딘지 허탈하기만 했다.

민서가 통화를 끝내자 옆에서 눈을 빛내고 있던 일레인이 물었다.

"그런데 형님은 왜 시립도서관에 갔을까요?"

"형은 현무첩의 진이라는 인물이 열쇠란 걸 알았던 거죠. 즉, 평안도의 덕흥리 고분 발굴 현장에 진과 관련한 무언가가 나타난 거예요. 만약 진이 중국 측 인물이라면 평안도가 중국의 것이 되어버릴 수 있었을 거예요."

"어머나!"

"반대로 진이 중국 인물이 아니라면 즉, 고구려의 인물이라면 오히려 베이징이 고구려의 영토로 들어가야 하는 상황이 될 수도 있었을 겁니다."

"베이징이 고구려의 영토라고요? 말도 안 돼요!"

일레인은 중국의 역사 왜곡에 대해서는 냉소를 보내는 입장이었지만 고구려가 베이징을 지배했을 수도 있다는 민서의 가설에는 고개를 갸웃했다.

"그래서 지옌 같은 거물이 그렇게 다급하게 움직였을 겁니다. 그건 동북공정 전체를 허물어뜨리는 강력한 증거가 되니까요. 변방에 있던 중국의 일개 지방 정권이라고 일축해버린 고구려가 베이징을 지배했다는 사실이 알려지면 동북공정은 웃음거리밖에 안 될 테니까요."

말하는 민서의 뇌리에 흡족한 미소를 입가에 머금고 부드러운 눈길로 자신을 바라보고 있는 사촌형의 모습이 스쳐갔다.

　　　　　　　　　　　　　　　신의 죽음

"형은 그래서 『북경지지』를 뒤졌을 거예요. 진이라는 이름의 베이징 관리가 존재하지 않았다는 것을 확인하려고 말이죠. 그리고 형은 마침내 그걸 해냈어요. 그리고 진실을 찾아낸 대가로 목숨을 내놓았죠."

민서의 목소리가 떨려 나왔다. 감정이 격해져 왔던 것이다. 그런 민서를 한동안 안타까운 눈빛으로 바라보고 있던 일레인이 애써 웃으며 위로하듯 말을 건넸다.

"자, 이제 수수께끼를 다 풀었잖아요. 그 복잡한 퍼즐 조각을 다 맞춘 거 아녜요? 우리 나가요. 야시장에서 같이 한잔해요. 제가 모실게요."

"고맙지만…… 마음이 그리 편치 않네요."

민서의 표정을 살피며 일레인이 조심스레 말했다.

"따지고 보면 보물 지도 찾은 거 아녜요? 긴 추리 끝에. 그런데 표정은 왜 그래요? 김일성이 어떻게 죽었든 이제는 옛날 얘기잖아요. 현무첩도 결국 중국의 역사 조작에 대한 반대 증거잖아요. 그게 아무리 중요하다 한들 오늘 그런 표정을 지을 필요는 없을 것 같은데요. 과거는 과거니까."

"이것은 결코 과거의 얘기가 아니에요. 이런 식이라면 저들은 곧 한반도 전체를 옛 중국의 일부로 선언할지도 몰라요."

"선언한다고 한반도가 중국의 것이 되나요?"

"그들이 십삼억 인구를 세뇌시킨다는 사실이 끔찍한 거지요. 십삼억 인구가 한반도를 자기네 역사로 인식하고, 기필코 통일시

켜야 할 대만이나 티베트와 같은 지역으로 여기게 될 날이 온다
면 어떻겠어요?"

애써 밝은 표정을 짓던 일레인의 표정이 약간 가라앉았다.

"전쟁은 그렇게 생기는 거예요. 일본 역시 학자들이 과거 한반
도는 일본의 영토였다고 주장하자 일반 국민들이 아무런 죄의식
없이 한국을 침략했어요. 역사 왜곡은 항상 전쟁을 불러온다는
걸 역사가 증명하고 있어요."

"……."

일레인은 손을 뻗어 가만히 민서의 손을 잡았다. 중국에서 태
어나고 미국에서 살아온 그녀로서는 민서의 마음을 이해하기
쉽지 않았지만 그의 진지함에 동조하고 싶었다.

남겨진 사람들

민서는 베이징에서 인천으로 가는 비행기에 앉아 지난 몇 달 동안의 일들을 다시 반추해보았다. 먼저 토니 왕이라는 중국계 미국인 감정사가 총에 맞아 피살되었다. 그를 살해한 사람은 중국에서 온 골동품 도둑 쓰시안과 그의 부하였다. 어쩌면 크리스티 경매회사의 여직원 미아 또한 범행에 가담했을지도 모르는 일이었다. 하지만 쓰시안과 미아 역시 지금은 세상에 없는 사람들이 되었다. 미아는 자신의 애인과 공모하여 쓰시안을 해치운 뒤 그가 가지고 있던 현무첩을 탈취했고, 이를 중국 사회과학원의 고고학자 레이치우에게 팔아넘겼다. 그러다가 애인 자니가 돈을 털어 달아났고, 빈털터리가 된 미아는 다시 레이치우에게 연락을 했다가 그의 뒤를 봐주는 인물인 캉바오의 부하들에게 처참하게 살해되었다. 이 와중에 민서 자신이 현무첩에 적힌 글귀를 알고 있다는 정보가 미아를 통해 레이치우 일당에게 전해졌고, 민서를 찾기 위해 혈안이 된 캉바오의 부하들에게 형사 제럴드가 사살되었다. 현무첩을 장쉐량의 집사 저우허양에게서 사들여 김일성에게 전달했던 양수열 역시 현무첩의 존재를 안다는 이유만으로. 그리고 그런 얘기를 민서에게 전했다는 이유만으로 살해되었다.

그리고 민서 자신을 친동생이자 때로는 자식처럼 돌봐주던 사촌형 김민철이 죽었다. 현무첩에 적힌 '진'이라는 인물이 중국인이 아니라 고구려인이었음을 확인하기 위해 베이징에 왔다가 야시장 골목에서 강도의 칼을 맞았다고 했다. 하지만 단순한 강도는 물론 아니었다. 김민철이 현무첩에 적힌 인물이 누구인가를 찾아냈다고 판단한 레이치우 일당이 강도를 가장하여 살해한 것이었다. 민서는 그런 형의 장례식에도 참석하지 못했다. 그리고 이제야 서울로 향하고 있는 것이다. 형수와 어린 조카들을 어찌 볼 수 있을지 가슴이 미어지는 것만 같았다.

광개토대왕비의 마모된 글자가 무엇인지, 그리고 현무첩의 기록이 얼마나 중요한 것인지를 알게 된 것은 크나큰 소득이었다. 김일성의 죽음에 숨겨진 비밀을 알게 된 것과, 중국을 움직이는 블랙 커튼의 최고 실세와 역사학 분야의 리더를 파악하게 된 것도 성과라면 성과였다. 이들이 추진하는 동북공정의 실상과 위험성을 뼈저리게 느끼기도 했다.

민서는 비행기가 인천에 닿기도 전에 새로운 결심 하나를 굳히고 있었다. 샌프란시스코에서의 생활을 정리하고 서울로 돌아와야 한다는 것이 그것이었다. 대학에 자리를 잡는 일은 그다지 어려운 일이 아닐 터였다. 그전에라도 그가 해야 할 일은 산더미처럼 쌓여 있었다.

우선은 당분간 형의 빈자리를 메워주는 역할을 하리라 생각했다. 사촌형 김민철은 민서 자신을 위해 무언가를 하려다가 목숨을 잃었다. 단순히 현무첩의 비밀이라는 학문적 연구를 위해 나섰다가 비명횡사한 게 아니었다. 민서 자신이 이 일에 연관되지 않았다면 사촌형이 베이징까지 날아가는 일도 없었을 것이다.

민서를 위해 목숨을 버린 사람은 또 있었다. 제럴드 형사와 양수열 같은 사람이었다. 이들의 죽음을 헛되이 하지 않기 위해서는 자신이 찾아낸 진실을 세상에 널리 알릴 필요가 있었다.

'진실을 알린다?'

진실의 어디까지를, 어떻게 알릴 것인가가 문제였다. 하지만 지엔과 레이치우, 캉바오가 이끄는 블랙 커튼의 존재에 대한 진실은 한시도 묻어둘 수 없는 것이었다. 권력에 기대어 사람들의 눈을 가리고, 학문의 이름으로 진실을 왜곡하고, 목적 달성을 위해서라면 사람의 목숨조차 파리 목숨처럼 여기는 자들이었다. 한국이나 주변국을 위해서도 당연히 척결되어야 할 존재들이지만 중국자신을 위해서도 반드시 도려내야 할 환부였다. 민서는 미국의 정보부와 중국의 공안에 알릴 내용들을 노트에 하나하나 적어나갔다. 지엔과 같이 막강한 권력을 휘두르는 자의 본색을 밝히기 위해서는 미국의 힘을 이용할 필요가 있었다. 경찰이든 정보부든 아니면 외교부든, 동원할 수 있는 모든 힘을 동원해야 할 터였다.

반면에 레이치우와 같은 악질 학자들은, 민서 자신이 앞장서서 직접 그 마수를 드러내 보일 수 있을 것이었다. 다양한 논문과 책과 발굴을 통해 역사가 결코 왜곡될 수 없는 것임을 끊임없이 상기시킬 필요가 있었다. 그러자면 우선 남북한의 학자들이 손을 잡아야 했다. 서로 다른 정치 체제나 경제 체제에 초점을 맞출 것이 아니라, 주변국들의 마수에서 우리의 역사를 지켜야 한다는 공통의 목표를 설정하고 함께 노력할 필요가 있었다. 더 많은 교류와 협력을 위해 자신이 할 수 있는 일이 있다면 무엇이든 마다하지 않겠다고 민서는 다짐했다.

알려야 할 진실 가운데 가장 뜨거운 감자는 김일성의 사망과 관련된 부분들이었다. 현재 북한을 이끌고 있는 김정일이 이 전대미문의 사건에서 한 축을 담당하고 있다는 사실을 남북한의 평범한 사람들은 과연 받아들일 수 있을까? 아마도 불필요한 오해와 상호 비방, 적개심만 키우게 될 가능성이 더 높아 보였다. 김정일이 사망한 뒤라면 몰라도 아직은 입 밖에 꺼낼 수 없는 진실이었다.

민서가 상념에 빠져 있는 사이, 비행기는 서해 위를 날아 영종도로 진입하고 있었다. 검푸른 바다와 푸르디푸른 하늘이 비행기의 좁은 창으로 내다보였다.

어쩌면 싸움은 이제부터 시작인지도 몰랐다. 이제까지가 민서 자신과 몇몇 사람들만의 힘으로 버텨온 싸움이었다면, 지금부터의 싸움은 진실의 힘을 믿는 모든 사람들과 함께하는 싸움이 될 터였다.

〈끝〉

신의 죽음